江戸化物草紙

アダム・カバット＝編

江戸化物草紙◎目次

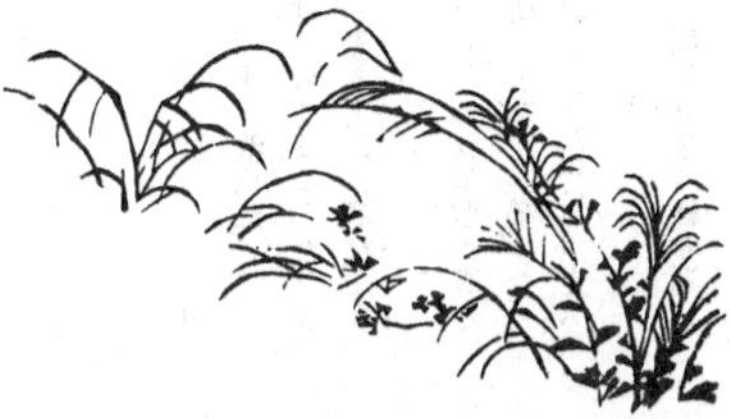

【凡例】

一　本書に収めた作品の底本は次のとおりである。

　夭怪着到牒　　東京都立中央図書館加賀文庫
　妖怪一年草　　東北大学附属図書館狩野文庫
　化物の娵入　　東北大学附属図書館狩野文庫
　信有奇怪会　　東京都立中央図書館加賀文庫
　化皮太皷伝　　国立国会図書館

一　作品の原形をできるだけ残すようにつとめるとともに、読みやすくするために次の方針によった。

・原本はほとんどが平仮名なので適宜漢字をあて、もとの仮名を振り仮名とした。ただし、序文はそのままにした。

・漢字は現行常用字体のあるものはそれを用い、その他は正字を用いた。

・原文には句読点がほとんどないので適宜補った。ただし、序文は句点のみなので適宜改めた。

・原文の仮名づかいの不統一はそのままにした。また、感動詞や擬音語などをのぞき、片仮名は平仮名にした。

・清濁や誤刻については正しいと思われる形に直した。なお、判読できない箇所は別本から補った。

・詞には「　」をつけ、上に発言者を示した。また、引用にも「　」『　』をつけた。

・脱字は補って（　）で示し、同じ言葉の繰り返し（衍字）は省いた。

・反復記号は原文のままを原則としたが、次のような場合は同文字をくり返した。

　言ゝて→言いて　　いまゝで→いままで

一　作品の各場面ごとに簡単な解説をつけた。

江戸化物草紙の妖怪画

京極夏彦 Kyogoku Natsuhiko

妖怪《ようかい》、化物、お化け、もののけ、あやかし――これらはみな、怪異なるモノを言い表す名称である。それらはそれぞれ同じモノを示している場合もあれば、全く違うモノを指している場合もある。対象が曖昧模糊《あいまいもこ》としている所為《せい》もあるのだろうが、その使用法は時代により変遷《へんせん》が見られるし、恣意《しい》的でもあり、術語としては甚《はなは》だいい加減なものである。残念ながらそれらを明確に定義することは難しい。

それでも学問の対象とする以上は定義されなければならない。柳田國男《やなぎたくにお》は妖怪を「多くは信仰が失われ、零落《れいらく》した神々のすがた」とした上で、「出現する場所が大抵定まつて」おり、「特定の人を選ばず、多くは薄明・

逢魔《おうま》ヶ刻《とき》に出現」する（柳田國男監修・民俗學辭典・昭和二十六年）とした。それらは現在でも妖怪を定義する条件として一般にも広く用いられている。

だが、よく考えてみるとこれは幽霊を定義することとワンセットになって初めて有効に機能する、謂《い》わば相対的な定義でしかないということが判る。妖怪を定義する際、同時に幽霊を「場所に出るモノではなく人に祟《たた》る」モノ、「多くは丑三刻《うしみつどき》に出現する」モノと定義しておく必要があるのだ。

例えば、ウブメという妖怪がいる。これは産褥《さんじょく》で死亡した女性の無念が形を為《な》して現れる――という怪異なのだが、これは個人に憑《つ》かずに場所に出る。先の定義に従うなら、ウブメは妖怪として分類されるだろう。しかし――幽霊の定義を単に「顕在化《けんざいか》した死者の霊魂」としてしまった場合は、ウブメは幽霊に分類されることになってしまうのである。

実際に幽霊は丑三刻にばかり出るものではないし、妖怪も場所に縛《しば》られているモノばかりではない（前述の定義でも「多くは」という例外を認めるようなニュアンスが採用されているのだが、それが統計学上例外の範《はん》疇《ちゅう》に収まるかどうかは疑わしい）。その上柳田は化物・お化けという呼称も妖怪と同義として混用している。お化けという呼称は幽霊を表す場合もあるから（そもそも明確な区分などできないことを承知でいうなら）やはり混乱しているという感は否めない。

結論からいうなら、ウブメは幽霊でもあり妖怪でもある。理由はどうあれ、死んだ筈《はず》の人間が現れたなら、それはやはり幽霊なのである。但《ただ》し、固有名詞を失ってしまったなら、それはお化けと呼ばれるしかない。何故なら幽霊は「死後も意識——自我が保存される」という原則に則《のっと》ってこそ定義されるものだからである。生前の固有名詞が失われたなら、その段階で生者であった証《あか》しもまた失われてしまうのだ。遺《い》恨《こん》を残して亡くなった某《なにがし》の幽霊は、単なる怪しきモノになってしまう。

しかし固有名詞は失われても属性だけは残る場合がある。あの怪しいお化けはどうも産褥で死んだ女らしい――というような場合は「産褥で死んだ女」という属性だけが残存していることになる。個人的な情報は捨てられ、「産褥で死んだ女」という概念だけが抽出されて普遍性を獲得し、やがて「ウブメ」という共通の名前を得ることとなる。ウブメはウブメという名で呼ばれた時に幽霊から妖怪になるのである。

そこで――近代以降の妖怪を考える時、便宜上以下のような定義が有効になるのではないかという予測が成り立つ。

まず個的な形質が捨象《しやしよう》されていること。抽出された属性に添った形態――意匠が確立していること。一般的な名称を獲得していること――その条件を満たした「お化け」こそを「妖怪」と呼ぶのだ――。

その定義に従うなら、「お岩さん」や「琵琶《びわ》の精」は妖怪ではない。お岩さんは固有名詞が消えていないし、琵琶の精は像《かたち》が決定していない。しかし四谷《よつや》怪談《かいだん》から離れた「提灯《ちようちん》お岩」や、鳥山石燕《とりやませきえん》描くところの「琵琶牧々《ぼくぼく》」は妖怪である。つまり、妖怪とは形象化され、文化に定着した概念である。そして妖怪は、名前そのもの、意匠そのものでもある。

＊

さて――、そこで本書に収録されている、近世江戸の絵本に登場する妖怪どもに目を向けてみよう。子供向け妖怪図鑑と云った体裁《ていさい》の『天怪《ばけもの》着《ちゃく》到牒《とうちょう》』はともかく、十返舎一九《じっぺんしゃいっく》の一連の作品に登場する妖怪達は（昼夜は逆転しているものの）取り分け黄昏時《たそがれどき》に限って出没する訳ではない。諸国を闊歩《かっぽ》し、丁々発止《ちょうちょうはっし》の大活躍をするのだから、当然場所に呪縛《じゅばく》されてもいない。柳田の定義した妖怪像からは大きく逸脱《いつだつ》してしまう。

　もちろん、それは創作物中の、謂わばキャラクターであるのだから、それを論《あげつら》って民俗社会の口碑伝承《こうひでんしょう》と比較しても意味がないということは十分承知している。加えていうなら、この場合一九が別に妖怪を描きたかった訳ではないこともまた明白なのである。彼等異形は人間のメタファーでしかない。妖怪というキャラクターを使用することで生じる異化効果を有効に利用して、作品の主題を際立《きわだ》たせているだけのことである（その効果を駆使《くし》することで描き得る主題を選択したというような前後関係はあるのだろうが)。

それでも、そこに跋扈《ばっこ》しているのは(否、そこに跋扈しているものこそ)紛《まご》うことなき妖怪なのだ——と私は考える。

例えば『化皮太鼓伝《ばけのかわたいこでん》』には、魍魎《もうりょう》、見越入道《みこしにゅうどう》、ももんじいなど、妖怪の名士が大挙して登場する。それらは確かに作中のキャラクターではあるのだが、作者の想像力の産物ではない。魍魎も見越入道も一九が勝手に創作したキャラクターではないのである。魍魎は『和漢三才図会《わかんさんさいずえ》』に描かれた、眼赤く、耳長く、髪うるわし——という形態的属性をそのまま受け継いでいるし、見越入道も連綿《れんめん》と語り伝えられ描き続けられて来た、所謂《いわゆる》お約束通りの姿像をしている。名前もある。意匠も受け継いでいる。彼等はつまり、妖怪としての記号化が完成した——キャラクターとして民意を得た——モノ達なのである。

＊

妖怪は山間部や農村の共同体の中ばかりにいる訳ではない。妖怪の多くは都市に湧《わ》くのである。イメージとの反復と再生産の末に、不可知なるものを捕まえて定着させるのはやはり知の体系なのだ。天然の深い闇にその根を持ちながら、それでも妖怪が妖怪として花開くのは都市の文化の中なのである。

だから――妖怪を定義しようとする時、私達は民俗社会の薄明に目を向けるのと同じだけ都市の闇にも注目せねばならない。仮令《たとえ》それが個人の創作物であったとしても――恰《あたか》も漫画の如《ごと》き荒唐無稽《こうとうむけい》な絵本だったとしても、疎《おろそ》かにしてはならない。滑稽《こっけい》でも卑小《ひしょう》でも、そこに蠢《うごめ》いているモノは一個人の妄想《もうそう》を越えた真実の「妖怪」である。

付け加えるなら、妖怪は「知る」モノではない。本書に収録された五つの絵物語は、本来的に娯《たの》しむために書かれたものである。本書をゆっくりと娯しむことこそが、妖怪に到《いた》るただひとつの道なのである。

化物草双紙の世界

アダム・カバット Adam Kabat

化物と草双紙

人を脅《おど》かすことが化物の本来の仕事ならば、人間は当然化物から遠ざかったはずであるのに、逆にいつの時代も人間が化物を求めつづけてきたのはなぜだろうか。昔の怪談から最近のホラー映画に至るまで、様々な表現形式を経てその形は変わったものの、化物は長く人気を保ってきた。この人気の秘密には人間の「怖いもの見たさ」という心理があるのだろう。また、恐ろしい化物を最終的に退治することにより、ある種の安堵感（または優越感）も得られるのであろう。

一方、現代においては、それらの恐ろしい化物たちとはまったく違った化物像も見受けられる。例えば、川をきれいにするシンボルとしての正義感の強い河童《かっぱ》、あるいはぬいぐるみのような可愛い狸《たぬき》。これらの化物は見かけも性格もとても穏やかである。ディズニーの親しみやすいキャラクター妖怪も日本の伝統的な化物像に影響を及ぼしているような気もする。

このように世界中の化物がみな似たような無難な存在となってきたのは、それぞれの国の文化の独自性が少なくなったことと、今の時代がいかにも安全な化物を求めていることにあると思う。とはいっても、こういった人間に害を与えない化物は、実は現代社会だけの産物ではなかったのである。

例えば、草双紙《くさぞうし》の化物像を見てみよう。草双紙とは江戸時代の小説の一種で、絵に重点が置かれているのが特徴である。現代の漫画に近い文芸形式だといえよう。江戸時代中期に始まり明治中期まで続いたが、時代とともにその形式と内容は変化した。

初期の赤本《あかほん》とこれに続いた黒本《くろほん》・青本《あおほん》は頁数が少ない小型の本となっており、絵が中心で文章の量が少ないものである。

これらは子供向きの傾向があり、おとぎ話に取材した話や勇士談が多かったので、当然化物が何らかの形で登場する場面もたびたびあった。源頼光《みなもとのらいこう》の四天王のような、伝説上の豪傑が、素早く化物を退治する話が多かった。または、黒本では、芝居の人物に見立てられた化物が多く登場していた。しかし、これらの化物にさらに新たな面白さを与えてくれたのは黄表紙《きびょうし》であった。

黄表紙は安永四年（一七七五）から文化三年（一八〇六）までの間に出版された草双紙である。草双紙の長い歴史の中で、たった三十二年という短い期間であったが、黄表紙は画期的なものであった。文章の量が増え、子供の領域を脱して、大人向きのパロディー文学が生まれたのである。今のギャグ漫画のようなふざけた遊び精神や当時の洒落た風俗をコミカルに描

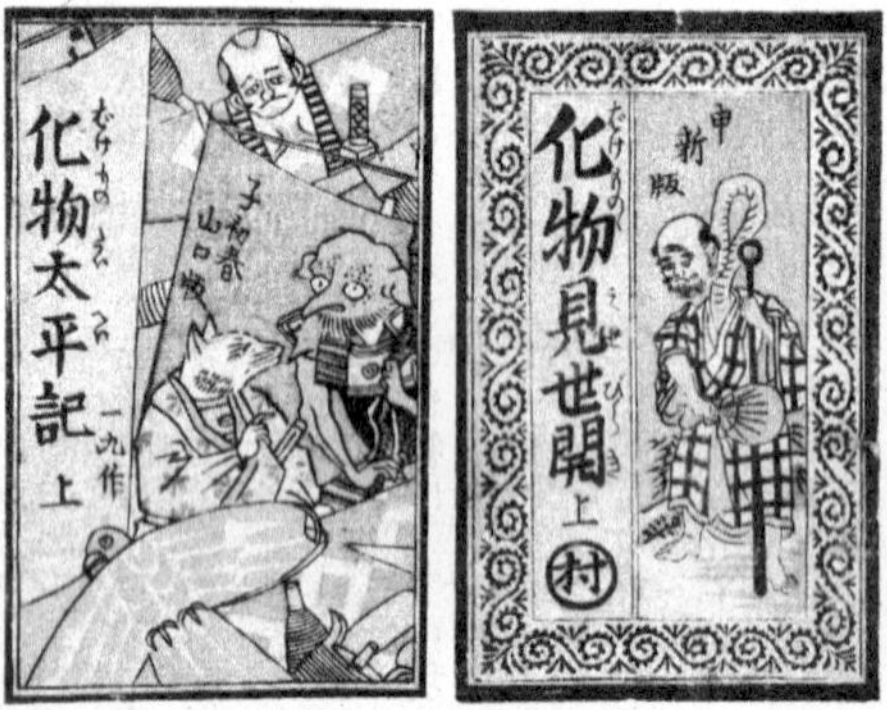

十返舎一九の化物黄表紙。このような洒落たデザインの絵題簽がはられている。右は『化物見世開』（寛政十二年〈一八〇〇〉刊、〈公財〉東洋文庫蔵）、左は『化物太平記』（文化元年〈一八〇四〉刊、同）。

草双紙の巻末にはお正月にちなむ絵が描かれている。右は『信有奇怪会』、左は『化皮太皷伝』（どちらも本書所収）。

く趣向《しゅこう》、複雑な筋、難しい言葉遊び、捩《もじ》りや穿《うが》ちなどが入り組んで、高度の文学作品となった。この黄表紙では、化物の存在はどうなっているのだろうか。

実は黄表紙の時代になってからも、赤本や黒本・青本に見られるような化物の話は相変わらず書かれ続けていた。本書の『夭怪《ばけもの》着《ちゃく》到牒《とうちょう》』の終わりに「御子様方、御気を丈夫に尿《しい》に御出なさるべく候」とあり、『妖怪一年草《ばけものひととせぐさ》』にも「女中方へも子供衆へも一向あたる気遣ひのなきさうしの初もの」、また、『化皮太鼓伝《ばけのかわたいこでん》』にも「お子様方御目ざましに奉入御覧候」とある。これらはいずれも子供の読者に向かって書かれた文章だと思われるが、ここには二つの説明が付けられる。一つは、草双紙の出版はお正月に行われ、子供たちのお年玉として買われたということである。もう一つは、このような決まり文句は作者の謙遜《けんそん》と結びつけられるということである。実際の読者は必ずしも子供ばかりというわけではない。この決まり文句は化物の草双紙のみならず、黄表紙の全体的な特徴である。しかし、他に比べると、確かに化物を主体にする黄表紙には高い教養を必要としない、分かりやすい作品が多いことは否定できない。狙った読者層の一つは明らかに子供である。

だからといって、黄表紙の化物たちは、それまでのような単純なものばかりではない。退治されるべき存在としての化物たちであることは相変わらずだが、それぞれの作者の想像力によって、化物にまつわる面白い話が生まれて、化物という登場人物に新しいアイデンティティーが与えられたのである。

何よりも、化物たちは我々読者の笑いを呼び起こさせなければならない。これは、化物の異形の外見だけではなく、化物の行動と価値観に関連する。

従って、化物はもはや人間との対立関係では定義されなくなる。むしろ、化物は人間へ憧れのような気持ちを抱きながら行動する。そして、この人間くさい化物こそ、笑いの種にもなっているのである。

江戸には「野暮《やぼ》と化物は箱根から先」という諺《ことわざ》があった。化物たちは野暮（遊里のことが分からない洗練されていない人）と一緒に、江戸から離れた箱根の先で生活しなければならないという意味である。これは誇り高い江戸っ子にとって自慢の言葉でもあるが、その裏には上方《かみがた》への劣等感も感じ取れる。

それにしても、野暮と同列にされた化物たちは素直に自分たちの運命に納得できず、多くの化物の黄表紙では江戸の大通《だいつう》（遊里や流行に詳しい粋《いき》な人）になりたくて頑張ろうとする。この努力は人並みではないが、化物たちはどうしても〝おしゃれ〟にはなれず、ドジと失敗を繰り返すばかりである。本物の江戸っ子から見れば、ただの笑い草で終わってしまうが、読者は笑いながら同情する。化物は社会が掘り出した、社会の除《の》け者である。それでも自惚《うぬぼ》れる化物に対して読者は苦笑せざるを得ない。なぜなら、人間だれもが同じような弱点を持つからである。

『信有奇怪会』では、この謔通りに化物たちが最後に箱根の先に追い出される。だが、彼らを退治する豪傑の坂田金平《さかたのきんぴら》がクローズアップされるわけではなく、化物たちの無様な振《ぶ》る舞《ざま》い自体が話の中心となる。化物たちが最後に箱根に引っ込むのは化物の草双紙のお決まりの終わり方だが、『化皮太鼓伝』の場合では化物たちが話の冒頭からすでに箱根の先に暮らしている。

つまり、ここでは人間が化物を追い出すかどうかはもう問題にはされていない。化物たちは最初から江戸文化と違う環境にいるのである。人間と関係なくなった化物たちは、自分の日常生活に夢中になる。『妖怪一年草』では化物たちの年中行事が描かれており、『化物《ばけもの》の娵入《よめいり》』ではお嫁に行く過程が描かれている。どちらも平和な世界である。しかし、そこでは人間の価値観とは逆の世界が展開される。つまり、化物たちは自分の化物らしい価値観を維持しながら、人間の行動を取る。そして何もかも覆《くつがえ》すことによって、人間社会の〝鏡〟となっている化物世界から、化物たちは人間たちに鋭い視線を浴びせているのである。

「化物」という言葉は、草双紙の作家たちが特に好んで使った。「妖怪」

見越入道（左）が化けない化物を集めているところ（『化物仲間別』、国立国会図書館蔵）。

と違って、あどけない、無邪気なイメージがある。黄表紙の『化物《ばけもの》仲間《なかま》別《われ》』（伊庭《いば》可笑《かしよう》作、天明三年〈一七八三〉刊）では「化ける化物」が「化けない化物」と喧嘩《けんか》する。まったく化けないのに化物たちの親玉である首の長い見越入道《みこしにゅうどう》が、本当に化けられる化物たち（狐《きつね》や狸《たぬき》など）にとっては面白くないが、最後に馴染み深い見越入道の座が奪われない。要するに、黄表紙の化物は化けなくてもいいということだ。異形の容姿と滑稽な振る舞いが化物の定義にもなっているのである。

　黄表紙に時代的に続く合巻《ごうかん》では

狐・狸・猫など化ける化物たちが反乱の相談をしているところ（『化物仲間別』、国立国会図書館蔵）。

内容の長編化がみられる一方、黄表紙のような笑わせる化物の話がほとんどなくなったのも事実である。合巻はユーモア性より、伝奇性や複雑なストーリーを求める形式のものだから、当然の成り行きだともいえよう。多くの合巻では、人間に恨みを晴らす幽霊の話などがよく描かれている。ふざけた化物の黄金時代は終わってしまったのである。

さて、本書に収めた五作品の趣向を書かれた順番でまとめてみよう。

『天怪着到牒』（天明八年〈一七八八〉刊）は化物の入門編。人間

を徹底的に脅かしている化物たちがまだまだ怖い。しかし、見方によっては、化物たちが楽しく描かれているとも思われるが、これは読者の判断に任せよう。ストーリー性がないので、図鑑として楽しんでもらいたい。『信有奇怪会』（寛政八年〈一七九六〉刊）は化物退治談でありながら、化物たちのおどけた生き方に焦点が当たっている。失敗者としての化物のイメージがここで定着される。

『化物の娵入』（文化四年〈一八〇七〉刊）と『妖怪一年草』（文化五年〈一八〇八〉刊）では人間が全く登場せず、人間の世界と平行している化物の世界が描かれる。人間の真似をしながら、逆さまの価値観をもつ化物たちの振る舞いがユーモアの原点となり、先の除け者の化物像と似通っている。

この作品から二十五年後に書かれた合巻『化皮太鼓伝』（天保四年〈一八三三〉刊）は『化物の娵入』と『妖怪一年草』の趣向を受け継ぎながら、合巻らしいドキドキさせる複雑なストーリーを提供する。読者は笑いころげ、無駄《むだ》のない話に飲み込まれてしまう。歌川国芳《うたがわくによし》（一七九七〜一八六一）の素晴らしい化物絵の力も大きい。

化物と十返舎一九

本書に収めた五作品の中で、四作は十返舎一九《じっぺんしゃいっく》（一七六五〜一八三一）の作である。これは意図的な選択ではなかったが、単なる偶然でもなかった。一九の作品が多いというのにはそれなりの理由がある。

一九は弥次《やじ》さん・喜多《きた》さんの『東海道中膝栗毛《とうかいどうちゅうひざくりげ》』であまりに有名であり、いわゆるベストセラー作家である。駿府《すんぷ》（今の静岡市）生まれ。大坂で浄瑠璃《じょうるり》作者としての体験もあったが、二十九歳の時、江戸に出て山東京伝《さんとうきょうでん》の下で滑稽《こっけい》本『初役金烏帽子魚《はつやくこがねのえぼしうお》』の挿絵を描いた。寛政七年（一七九五）に黄表紙のデビュー作があり、これ以降、草双紙の作家としても活躍した。三十歳からの遅いスタートにもかかわらず、毎年多くの作品を書いていた。黄表紙・合巻・噺《はなし》本など合計四百点を越えているといわれる。

また、一九は原稿料のみで生活した日本初の「プロ作家」だといわれている。当然、一九自身にもプロ意識があった。つまり、本を多く売ることが何よりも大事で、これを実現させるためには、まず何が一般読者に受け

十返舎一九作『東海道中膝栗毛』第八編の袋（〈公財〉東洋文庫蔵）。袋は現在の本のカバーにあたる。

一九の肖像（『風流五十人一首五十鈴川狂歌車』、東京都立中央図書館東京誌料文庫蔵）。

るのかを考えた上で創作する。言い換えれば、読者の好みを意識して、それに合わせて書いたのである。そして、読者に〝受ける〟ことさえ分かれば、多少形を変えてでも、同じものを何回も書き続ける。『膝栗毛』の続編が、二十年間にわたって何冊も書かれたのは人気の証拠である。読者が求めたのは新鮮さよりも、映画の「男はつらいよ」シリーズのように、安心させてくれるお馴染《なじ》みのストーリーであったのだ。

　一九の化物の草双紙も、長年にわたって書き続けられたものである。書き続けられたこと自体が、その人気を示している。一九は寛政八年（一七九六）に四点の化物の草双紙を発表し、その後、文化五年（一八〇八）まで、ほとんど毎年のように発表を続けた。この十三年の間におよそ二十点の化物が主役の草双紙が残った。

これらの作品を見て分かることの一つは、『膝栗毛』と同じように、繰り返しが多く、同じ趣向やストーリーを少しだけ変えて、何回も利用していることである。このワンパターンは一九本人が『妖怪一年草』の中で認めている。売れっ子作家の悪いクセだが、繰り返しの中で、一貫した化物世界が出来上がったともいえる。

一九の化物像と似たものは、他の作家の草双紙の中にも見出すことはできるが、我々をいとも簡単に笑わせる化物像として、一九の作の右に出るものはない。一九の秘訣《ひけつ》は、化物の〝逆さまの世界〟を分かりやすく提供するところにある。例えば、婿《むこ》が高望みして不器量《ぶきりょう》の嫁《よめ》を欲しがること。あるいは化物たちが穴の中に住んでいることにより、花見のかわりに穴見《あなみ》をすること。あるいは化物夫婦が大工を頼んで、新居のきれいなところを壊《こわ》してもらうこと。いずれも、難しい知識がなくても分かるジョークである。

売れっ子作家とは、どこかいかがわしい存在である。分かりやすく書くことは、深みがなく悪いことのようだと非難する人さえもいる。しかし、一九の仕事はだれにでもできることではない。今の読者さえも、苦労せず、その世界を素直に楽しめるのである。もしかしたら今の時代だからこそ、このたわいない化物たちが受けるのかもしれない。これは〝大したものだ〟とつい誉《ほ》めたくなるほどである。

最後に、編者から一つお願いがある。当時の読者には草双紙の特殊な読み方があった。本を読む前にまず絵を見てこれがどういう話なのかを自分なりに想像した。そして、実際読んでみた時、自分の想像が合っていたかどうかが、一つの楽しみであった。この読み方を本書の読者へもおすすめしたい。図鑑を見るように頁をパラパラめくるのではなく、順番を追いながら、絵を見てもらいたい。そして、漫画を読む時と同じ感覚で、ストーリーと絵の総合的な面白さを味わってもらいたいのである。

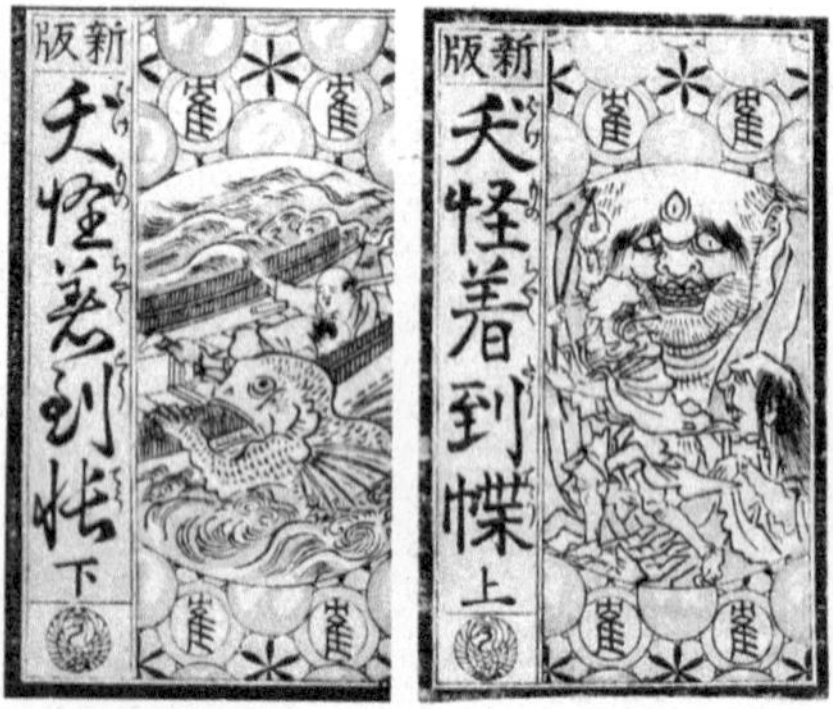

『夭怪着到牒』の絵題簽。右は上巻（東京都立中央図書館蔵）、左は下巻（〈公財〉東洋文庫蔵）。

【作品解題】

『夭怪着到牒《ばけものちゃくとうちょう》』

二冊十丁　北尾《きたお》政美《まさよし》画（別称・鍬《くわ》形蕙斎《がたけいさい》）天明八年（一七八八）刊

鶴屋板　底本・東京都立中央図書館加賀文庫蔵

凄《すさ》まじい化物たちが次から次へ人間たちを脅かすが、最後に朝比《あさい》奈《な》三郎《さぶろう》が化物たちを残らず退治する。本書に収めた他の四作とは違い、本作はストーリー性がなく、文章の量も極めて少ない。つまり、たくさんの種類の化物を面白く見せるのが狙《ねら》いだ。従って、作品の面白みが主に絵だけにあるともいえる。

絵師の北尾政美（一七六四～一八二四）は北尾重政《しげまさ》の弟子で、鍬形蕙斎としても知られている。西洋画法も学んだ幅広い浮世絵師である。草双紙の作品も多く、中には化物の草双紙も数点あるが、『化物通人寝語《ばけものつうじんのねごと》』（天明二年〈一七八二〉刊）・『作意《みたて》妖《ばけもの》恐懼《おそれ》感心《かんしん》』（天明三年〈一七八三〉刊）・『化物楽屋《ばけものがくや》異牒《いちょう》』（山東鶏告作、天明七年〈一七八七〉刊、政美画推定）の化物絵はいずれも本作の絵とはひと味違う印象を与えている。絵の違いは話の趣向の差異と直接的に結びつけられるかもしれない。

本作では強い化物たちが常に人間たちと対立する。そして、化物たちは人間より優越的な立場に置かれている。話の最後に化物を退治する朝比奈は狂言『朝比奈』でも閻魔《えんま》王《おう》さえもかなわぬ豪傑だが、人間たちのほとんどは化物を怖がる小さな存在である。反対に、侍《さむらい》の大頭をはじめ、人間を脅かす尼入道《あまにゅうどう》・猫股《ねこまた》・海坊主《うみぼうず》などはいずれも途《と》轍《てつ》もなく大きい。

神田邦彦氏の説によると、巨大化した化物は富川房信《とみかわふさのぶ》（生没年不詳）画の黒本・青本によく見られるという。氏は、「化物が退治されるべきものとして人間との関わりを持つ様になる時、化物は必然的に大きくなった」

と論じている（『江戸の絵本II』小池正胤・叢の会編、国書刊行会、一九八七年、一四二頁）。本作に関しても、人間から見て化物は恐れるべき存在ということを主張するために、化物を大きくしていると考えられ、房信の化物と似通っているところがある。政美画の他の化物の草双紙などでは、化物たちは人間を脅かすよりも大通《だいつう》になって江戸で遊びたいと考えている。このユーモアあるストーリーに合わせて化物の描き方もそれほど怖くないのである。その意味では、本作は同時代のストーリー性の発展した化物の草双紙が主流となる流れの中で、ある種の独自性を持っているともいえる。
なお、本作の作者は不詳である。刊年については、五丁裏に「天明七丁未歳寒中日参」とある提灯《ちょうちん》が描かれ、これから翌天明八年であることが分かる。

『妖怪一年草《ばけものひとつとせぐさ》』
三冊十五丁　十返舎一九作　九徳斎春英《くとくさいしゅんえい》画（別称・勝川春英）摺付表紙・喜多川月麿《きたがわつきまろ》画　文化五年（一八〇八）刊　山口屋藤兵衛板　底本・東北大学附属図書館狩野文庫蔵

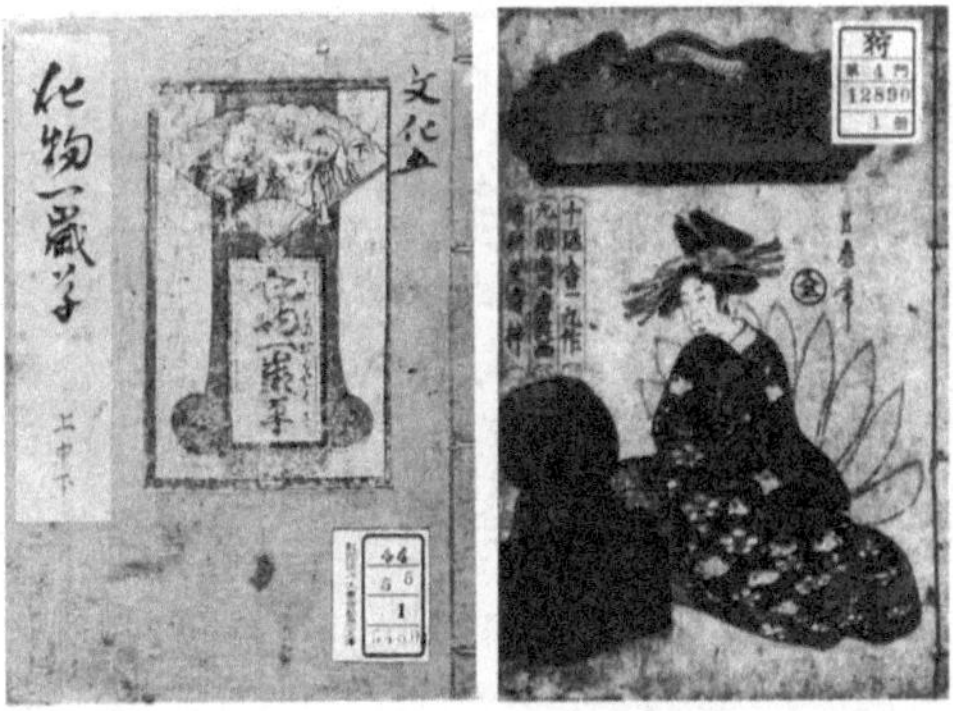

『妖怪一年草』の表紙。右は摺付表紙（東北大学附属図書館狩野文庫蔵）、左は黄表紙仕立ての絵題簽（大東急記念文庫蔵）。

化物世界における年中行事が紹介される話。本作は一九が十二年前に書いた黄表紙『化物年中行状《ねんじゅうぎょうじょう》記《き》』（寛政八年〈一七九六〉刊）のテーマをそのまま利用して、十丁の作品を十五丁に拡大して書かれたものだと思われる。『化物年中行状記』の刊行は一九の黄表紙処女作の翌年であり、彼の化物の草双紙のデビュー作の一つといえる。

　人間の世界と並行している化物世界の日常的な出来事をテーマとすること自体は、一九の化物の草双紙の最大の趣向であるが、伝奇小説や敵討《かたきう》ちものがすでに流行《はや》っ後に『妖怪一年草』と改作される『化物年中行状記』の絵題簽（〈公財〉東洋文庫蔵）。

ていた文化五年に、自分の初期の黄表紙とまったく同じテーマのものを書きあげた点が興味深い。本作の最後に一九自身が登場し、この話が古くさい趣向だとあっさりと認めるところがあるが、この頃にはすでに、この類《たぐい》の作品が書けなくなってきたことを暗示しているようにも思われる。

本作と『化物年中行状記』との最も大きな違いは、絵が一九本人ではなく、勝川春章《かつかわしゅんしょう》の弟子、勝川春英（一七六二〜一八一九）によるものであることだ。どうやら春英は意識的に一九の絵の着想や構造を真似していたようである。だが、春英の絵には独自の迫力があり、一九のものとは印象が大きく違う。

例えば、雛《ひな》人形の店の場面を比べてみると、化物の形や表情に関しては春英の方が豊かだが、化けた人形に関しては一九の方が面白く工夫してい

一九画『化物年中行状記』の雛人形の店の場面（国立国会図書館蔵）。

勝川春英画『妖怪一年草』の同じ場面（本書所収）。

るように思われる。春英が具体的に『化物年中行状記』から着想を得た場面は六点（春の遊び、雛人形の店、お釈迦《しやか》様の誕生、五月の幟《のぼり》、七月の盆、十一月の顔見世《かおみせ》）にとどまり、その他の場面（花見・五月の菖蒲葺《あやめぶ》き・六月の天王祭・八月の月見・十月の恵比須講《えびすこう》・十二月の煤掃《すすは》きと節分）は本作の独自の場面となる。逆に『化物年中行状記』に独自の場面（涼船、吉原の風景、菊月、十月の相撲《すもう》）もある。お正月の場面は両作品にもあるが、文章は似ているものの、絵の着想がまったく違う。

　春英は役者絵・相撲絵・武者《むしや》絵で特に知られているが、草双紙の作品にも力を入れていたようで、現在四十作ほどが残っている。特に天明四・五年（一七八四・五）頃には、市場通笑《いちばつうしよう》と組んだ黄表紙が多い。

『化物《ばけもの》の娵入《よめいり》』

三冊十五丁　十返舎一九作　勝川春英画　文化四年（一八〇七）刊　山口屋藤兵衛板　底本・東北大学附属図書館狩野文庫蔵

　見合いの成立から、結納《ゆいのう》、嫁入道具の準備、婚礼、色直しの盃《さかずき》、部屋

『化物の娵入』の絵題簽（東北大学附属図書館狩野文庫蔵）。

見舞いなどを経て、出産や宮参りまでの過程を化物世界に作り直して紹介する、いわゆる「嫁入もの」の一つである。「嫁入」の草双紙は早くよりあり、赤本などにも多く見られる。化物の嫁入より動物（鼠《ねずみ》、狐、猫、鶴）の嫁入の方が一般的であった。これらはかつて女子教育の手本として利用されたといわれている。

一九は、嫁入を主題にする草双紙を本作の他にもいくつか書いている。中には、純粋な嫁入の話から外れて、新しい趣向で黄表紙特有のユーモア性が見出されるものもあるが、本作は「嫁入もの」の古いパターンを誠実に保っているものである。

しかし、化物世界を嫁入の舞台にすることによって、他の「嫁入もの」と大きな違いが生じる。すでに指摘したように、無様な（場合によって、グロテスクで淫《みだ》らな）化物たちが人間の日常生活を演じる滑稽さは、一九にとって以前から書き続けてきたテーマであり、その意味では本作も、この作品群の一つとして数えられる。翌年の文化五年（一八〇八）に、一九は本作の絵師の勝川春英と改めて組んで、『妖怪一年草』を刊行した。趣向や全体的な印象からいうと、この二つの作品の類似性は明らかである。つまり、一九は「嫁入」という儀式にしても、あるいは「年中行事」にしても、人間とは価値観が違う化物が人間と同じことを行う際に生じる滑稽性を描いている。一九は、「嫁入もの」では本来の教育性よりも、笑いを誘う面白さを狙ったにちがいない。

なお、『化物の娵入』の前例として、初期の草双紙の『ばけ物よめ入』（画作者・刊年不詳）が挙げられる。話の展開はほぼ同じだが、化物の無様な生き方を表す強烈な絵と文がなく、違う印象を与える。

一九が春英と組んで書いた合巻は、ほとんどが文化四・五年の刊行となる。文化四年には本作の他に、『絵本大内家軍談《えほんおおうちけぐんだん》』・『絵本勇壮義経録《えほんゆうそうぎけいろく》』・『画本武徳木曾桟《えほんぶとくきそのかけはし》』がある。また、春英画の化物の草双紙の前例としては、黄表紙『歌化物一寺再興《うたのばけものいちじさいこう》』（寛政五年〈一七九三〉刊）があり、その中には、本作と同じ描き方の性器を思わせる一つ目の化物がある。

文化八年（一八一一）刊の『化物の娵入』（狩野文庫蔵）もあるが、これは一丁表と一丁裏が改刻《かいこく》され絵の構図がまったく違う。

なお、本作と類似する後の絵がいくつかある。例えば、歌川国芳画の『道外化もの夕涼』の左下の化物は、本作の見合いの場面に出てくる婿《むこ》そっくりである。

『信有奇怪会《たのみありばけもののまじわり》』
二冊十丁　十返舎一九作画　寛政八年（一七九六）刊　岩戸屋板　底本・東京都立中央図書館加賀文庫蔵
坂田金平《さかたのきんぴら》が化物たちと対立する形で話が展開する。敵討ちのつもりで見越入道と三つ目入道が金平と戦うが、逆に金平に振り回されるばかりであ

歌川国芳画『道外化もの夕涼』の水茶屋の場面。

る。化物たちが箱根の先に引っ込むところで話の決着がつく。題名の『信有奇怪会』は謡曲『羅生《らしょう》門《もん》』の一節「つはものの交じはり、頼みある中の酒宴かな」をもじったもの。

刊年の寛政八年は『化物年中行状記』（『妖怪一年草』の解題参照）と同じ。すなわち本作も一九の初期の黄表紙の一つである。強い金平が弱々しくなった化物たちを退治するテーマ自体が、昔の黒本・青本のパターンの繰り返しであり、また、浄瑠璃や謡曲からの数カ所の出典もあるが、これは天明期（一七八一～八八）の黄表紙の名《な》

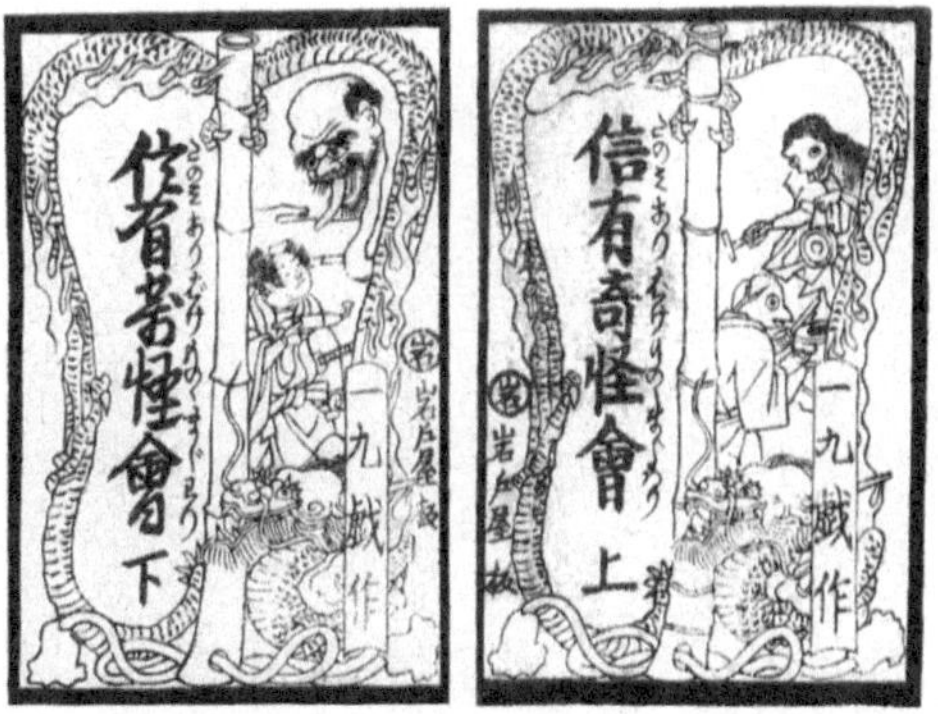

『信有奇怪会』の絵題簽（東京都立中央図書館加賀文庫蔵）。右は上巻、左は下巻。

残《ごり》となる。しかし、本作は寛政改革（一七八七〜九三）後の黄表紙としての特徴も備えている。何よりも、化物たちの無様な振る舞いが中心の滑稽なストーリーには難しい趣向や穿《うが》ちがなく、分かりやすくて面白い。

　見越入道が自分の頭をふんどしに隠し、これが男根の見立絵《みたてえ》になるところ、あるいはろくろ首が縄《なわ》を切るつもりで自分の首を食い切るところ、いずれも、化物の特殊な顔かたちをただ面白く見せているだけの場面ではなく、ストーリーの展開にも必要となっている。言い換えれば、一九は『夭怪着到牒』のように、化物たちを単に並べて紹介しているのではなく、化物たちをやや複雑なストーリーの中に巧《たく》みに組み入れているのである。また、本作に登場する金平の張《は》り子の大頭は、当時流行《はや》っていた玩具《がんぐ》などからの着想でありながら、筋の上で、重要な小道具にもなっている。これは多くの草双紙に登場する。例えば『ばけものつわもの二日替《ふつかがわり》』（桜川慈悲成《さくらがわじひなり》作、歌川豊国《うたがわとよくに》画、寛政二年〈一七九〇〉頃刊）では、坂田金時の息子は父に似合わず大変な臆病者で、金時の張り子の大頭を被り化物を脅かす。『妖怪一年草』や『化物の娵入』とは違って、本作は絵・作どちらも一九自身による。勝川春英の絵と比べると、質は落ちるが、文と絵の統一性があり、一九の一貫した〝あどけない化物世界〟が出来上がっているともいえよう。

なお、本作と『化物見越松《かいだんみこしのまつ》』（十返舎一九作画、寛政九年〈一七九七〉刊）を合わせ、新たに五巻目を付け加えた黄表紙として『怪談深山桜《かいだんみやまざくら》』（刊年不詳）がある。

『化皮太鼓伝《ばけのかわたいこでん》』

初編　六冊三十丁を十五丁ずつで上・下　十返舎一九作　歌川国芳画　天

『ばけものつわもの二日替』に登場する張り子の金時の大頭を被った金時の息子（国立国会図書館蔵）。

保四年（一八三三）刊　山口屋藤兵衛板　底本・国立国会図書館蔵

化物の親玉、見越入道が世の中を魔界にするために、国中の化物の豪傑を集める巡礼の旅に出かけるところから始まる合巻。題名の『太鼓伝』は中国の長編小説『水《すい》滸《こ》伝《でん》』をもじったもの。歌舞伎で「どろどろの太鼓」は化物や幽霊の出入りに用いるものである。つまり、この話は、化物風の『水滸伝』である。本作の刊年は一九の没後二年が経過した天保四年（一八三三）となるが、これが一九の遺作であるのかどうか、刊行のい

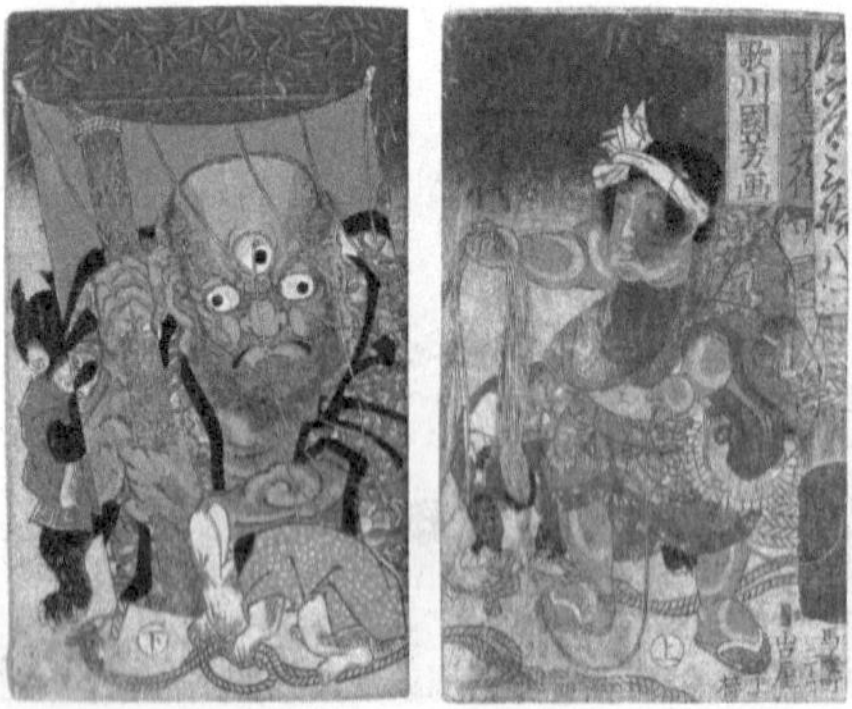

『化皮太鼓伝』の表紙。右が上巻、左が下巻（国立国会図書館蔵）。

きさつは不明である。話が途中で終わり、巻末に続編の広告があるが、その存在は確認できない。
『水滸伝』は百八人の豪傑の戦いぶりを描く伝奇小説で、明代の後期の作品である。七十回本・百回本・百二十回本がある。江戸中期に日本に輸入された。曲亭馬琴《きょくていばきん》（一七六七〜一八四八）作の『傾城水滸伝《けいせいすいこでん》』（文政八年初編刊、一八二五）が大変な人気を得て、様々な日本版の『水滸伝』の話も生まれた。中には、舞台を日本に置き換えながら、元の『水滸伝』の話を忠実に伝えているのもあるが、本作は『水滸伝』の大きな設

『化皮太皷伝』の見返し（国立国会図書館蔵）。

定を借りたものの、関係のない話も入れ込んでいる。しかし、毒入りの酒を飲ませて敵を倒す場面（本書一九〇～一頁、二一四～七頁）、首かせの囚人を遠くに連れてゆく場面（本書一九〇～一頁）、負けた敵を味方にする場面（本書二〇三頁、二〇八～九頁）等はいずれも『水滸伝』によく使われる趣向である。

また、『水滸伝』では花《か》和尚《おしょう》魯《ろ》智深《ちしん》という入道の豪傑が、大きな柳の木を根から引き抜く名場面がある（本書では二〇八～九頁）。この魯智深は、長さ五尺、重さ六十二斤の鉄の禅杖《ぜんじょう》をいつも持ち歩いているが、本作での見越入道の金棒は、この禅杖を思わせる。

さて、本作と先の『妖怪一年草』との間には二十五年のギャップがある。その間、ユーモア性の強い黄表紙から伝奇性の強い合巻への展開があった。本作は様々な敵討ちの場面において、『水滸伝』と似通っているところもあるが、一九の昔の化物の草双紙と共通している部分もある。すなわち、本作は読者の笑いを誘う無様な化物像や化物たちの、逆さまな価値観のおかしさがまだ充分感じられるものである。

なお、絵師の歌川国芳は『水滸伝』と深い関わりがある。国芳画『通俗水滸伝豪傑百八人之一個』（文政十年〈一八二七〉刊）のシリーズは武者絵の代表的な作品であり、同じ文政十年頃の『狂画水滸伝豪傑一百八人十番続之内』では豪傑たちがコミカルに描かれているのである。また、国芳画の豪傑を彫《ほ》り物にすることも流行した。国芳は化物の絵もよく描いたので、化物版の『水滸伝』は国芳にとって、最適な趣向だったともいえよう。

夭《ばけ》怪《もの》着《ちやく》到《とう》牒《ちよう》

北尾政美＝画

続々と登場してくるのは
おそろしい化物、かわいい化物……。
化物たちは人を脅すばかりでなく、
時には楽しい寄合もする。

妖怪の始まりは

【一】翻刻　二二九頁

妖怪《ようかい》とは人間の臆病《おくびょう》の心が勝手に作り出すものなのか。いや、必ずしもそうではない。

もの淋《さみ》しいところで、若い坊主が、震えながら午前二時頃を示す八つの鐘をつく。夜中の空に、女の頭の人魂が飛んでいる。

これが嵐《あらし》の前の静けさというものなのか。これからどんな恐ろしい化物が登場するのだろうか。

見越入道と豆腐小僧

【二】翻刻　二三九頁

化物関係の草双紙《くさぞうし》のなかで、首の長い、坊主頭の見《み》越入道《こしにゅうどう》（右）はほとんどの場合、化物たちの親玉となっている。ここは、見越入道がさまざまな手下の化物たちを呼んでいるところ。見越入道のぶかぶかしている首が、絵師の北尾政美《きたおまさよし》の描き方の特徴である。

紅葉豆腐《もみじどうふ》を手にしている大頭小僧《おおあたまこぞう》（左）は見越入道の孫。豆腐屋を脅《おど》かして、この豆腐を手に入れたらしい。実は、この頃に豆腐小僧と呼ばれる化物がよく草

双紙に登場する。豆腐小僧の特徴は頭が大きくて、竹の子笠《がさ》をかぶっており、手に紅葉のマークが記された豆腐を持っている。これが、吉原の名物の豆腐でもある。いろいろな小間使いの化物（狸《たぬき》、河童、一つ目小僧、雨降り小僧）は豆腐小僧の原型であるが、茶を運ぶ化物も、いつか豆腐を持つようになった。ここでは小僧の着物は玩具《がんぐ》の模様となっている。ちなみに左後ろの木も化物。

にょっとのぞくは大侍

【三】翻刻　二四〇頁

御殿か。
襖《ふすま》を大きく開けてのぞいている大侍《さむらい》の顔。夜の番をしている二人の侍は肝をつぶしている。しかし、この大侍の化物は害を与えずに、ただ「ご苦労」と言うだけ。
右の侍は怖がりながらも眠そうな顔をしている。化物の鼻毛が長くて、とてもかわいい。

51　夭怪着到牒

河太郎尻子玉を抜く

【四】翻刻　二四二頁

河太郎は河童《かっぱ》の別名。ちょうど川に引き込まれた人の尻《しり》の穴に手を入れようとするところ。

伝説では、河童はよく水中で人の尻から内臓の一部だと思われる尻子《しりこ》玉《だま》を抜いて食べるというが、本図のようにその光景が露骨に描かれるものは珍しい。

河童に殺された三人の亡霊の共食いもユニークな発想。

53　天怪着到牒

尼入道と猫股

【五】翻刻　二四一頁

尻尾《しっぽ》が二股《ふたまた》に分かれている三《み》毛《け》猫《ねこ》（右）が、人間にちょっかいを出しているところ。

猫は年を取ると、尻尾が二つに分かれて、猫股《ねこまた》という化猫になる。三毛猫はとくによく化けるという。また、飼い猫が神通力《じんつうりき》を得て、飼い主を殺す話もある。

尼入道《あまにゅうどう》（左）は見越入道の女性版。ろくろ首に似て、首を長く伸ばすが、ろくろ首の細くて綺麗《きれい》な首とは違って、太く毛深い首となっている。口も大きくて恐ろ

しい。
　絵の中央に大きな毛深い足があるが、これはどういう化物だろうか。

逆女にご用心

【六】翻刻　二四一頁

ひっそりとした海岸で一人の僧が逆女《さかおんな》に向かって必死に祈っているところ。

井戸や海に逆さまに投げ込まれて殺された女が、逆さまの形の亡霊となって、恨《うら》みを晴らす。「逆さまの幽霊」ともいう。成仏できない執念深い女が、逆さまのまま地獄に落ちるという説もある。

僧が手にしている提灯《ちょうちん》に「天明七年」と書いてあり、これが本書の成立の年（一七八七）。

正真正銘の海坊主

【七】翻刻　二四二頁

海坊主は海上に現れ、舟をひっくり返す化物。大きく黒い怪物として描かれる場合が多いが、本図のように、鱗《うろこ》だらけの場合もある。

鱗の模様と波の模様がよく合っている。やっぱり海坊主に嵐の海はつきものか。怯《おび》えている人間たちは「お手あげ」という感じ。

船の柄杓《ひしゃく》にも注目。海坊主が柄杓を使って船を沈ませるので、柄杓の底を抜いてから海坊主に貸した方がいいのだ。

化物たちのどんちゃん騒ぎ

【八】翻刻　二四二頁

たくさんの化物が集まり、踊ったり騒いだりするというような場面が、化物関係の草双紙や絵巻物によく見られる。ここでは化物たちは悪日《あくにち》（凶日）を選んで集まり騒ぐ。

中央の狐《きつね》は得意の「信太《しのだ》妻《づま》」（歌舞伎所作事の通称。信田の森の白狐が葛の葉に化けて安部保名の妻となる）を踊っている。馬（左下）は太鼓を打ち、隣の猫は縁のある三味線を弾き、狸（右下）は腹鼓《はらつづみ》を打つ。後ろに三つ目入道（左）や

からす天狗《てんぐ》（右）などがいる。

ちなみに雄馬の発情した様子を「馬が太鼓を打つ」（馬が陰茎を自分の腹に打ち当てる）という。

おそろしい女の化物

【九】翻刻　二四三頁

刑部姫《おさかべひめ》（長壁とも書く、右）は姫路城の妖怪であり、城の天守に住んでいる。鬼のような老婆の姿となっているが、狐の化身という説もある。天守に上がるのがあまりにも怖くて見た人は少ないが、年に一度城主に顔を見せているともいう。ここでは、顔を見た人はただちに死ぬことになっている。

三面乳母《みつめんうば》（中央）の顔は、正面と横顔と合わせてちゃんと三つの顔になっている。この妖怪が一つ眼《まなこ》の小僧

（左下）の世話をする。小僧の着物は七宝の模様。

憎い男ののどに食いつく女の人魂もいる。人魂は青白い火の玉の形のものが多いが、本図のように人面になっているものもある。

悪息、蛸入道、狸の八畳敷

【一〇】翻刻　二四三頁

たくさんの化物が人間を襲っている。悪息《あくいき》（右上）は臭い息で人を殺す。隣の蛸入道《たこにゅうどう》は海辺で人を捕る（左に波が見える）。

狸《たぬき》（中央）の金玉《きんたま》が八畳敷の広さになるというのは、有名な話。八畳敷がさまざまな見立絵にもなっているが、このように金玉を広げて人をつかまえる場合も多い。悪息の仕業と似ており、とても臭いいじめ方だ。

本図の一つ目小僧（左上）も狸に負けないほど脅威的であり、人間をつかま

えようとしている。
猿が年をとった狒狒《ひひ》（中央）は神通力を得た化物。人の心が読める猿系の妖怪としては覚《さとり》というのもいる。人の考えが分かるから、つかまえるのは不可能だという。

化物たちの大集合

【一一】翻刻　二四四頁

右に大きく描かれているのは恐ろしい女の頭が車輪となっている車巡《くるまめぐ》りという化物。口から出た炎が車輪を包んでいる。

　車に関連する妖怪として、輪入道《わにゅうどう》と片輪車がある。両方とも本図と同じく、炎に包まれている車輪の中に現れるが、輪入道は男の頭、片輪車は美女の頭となっている。

　蝙蝠《こうもり》（中央上）は人の目をねらい、風尼（その下）は強い風で人に取りつき、なめくじら（中央下）は人

の血を吸う。いずれも人間に害をなす悪質の化物。

片手に金棒を持つ赤鬼（左上）は片手で赤ん坊を取って食べようとしている。骸骨《がいこつ》（左下）だけは穏やかで、ただ墓場で毎夜踊っているのである。

朝比奈三郎登場

【一二】翻刻　二四五頁

　最後に登場するのは化物たちを全部殺してしまう英雄、朝比奈三郎。

　典型的な黄表紙《きびょうし》なら、坂《さか》田金平《たのきんぴら》があどけない化物たちを箱根の先に追い出すところで話の決着がつくが、ここでは残酷な力強い化物たちばかりだから、殺されてしまうのも仕方がないだろう。

　強そうな朝比奈に倒されている鬼の姿に注目。狂言『朝比奈』では地獄の閻魔《えんま》王《おう》さえも豪傑朝比奈に負けてしまうのである。

江戸化物の記号学

山口昌男 Yamaguchi Masao

北尾《きたお》政美《まさよし》画の『夭怪《ばけもの》着《ちやく》到牒《とうちよう》』について記号論の観点から所見を述べよという注文である。この十二の絵から見ると、江戸期の標準《スタンダード》的な化物という感じである。第一図から検討してみよう。

「世にいふ妖怪《えうくわい》は、臆病《おくびやう》より起こる我が心を向かふへ現《あらは》して見るといへども、其理《り》ばかりにあらず」という。この件《くだ》りは、妖怪というものは人間が臆病という状態で、現実の表層の輪郭をはっきり捕《とら》える心構えを崩して見るところから生じるものであるという事を認めている。つまり妖怪は客観的実在物であるという点を一応否定していることになる。これはつげ義春の漫画の主人公の或《あ》る芸術家の独居生活を描いた作品を想起させる。この人物にとって昼間は窓の輪郭も外界も明確である。ところが夕闇が濃く立ち籠《こ》めて来る。電灯をつけない状態で居るとすべての輪郭がぼけてしまう。

暗闇が心的実在性を帯びて、不定形の形態となる。この状態は妖怪を受け入れる寸前のものである。

ゴヤの版画の中に「理性が眠ると妖怪が目を醒《さ》ます」といった解題を付したものがあった。つまり臆病というものを理性の眠りという、潜在的な現実《リアリティ》の出現可能な接点を解発する装置《メカニズム》と考えればよい。西欧絵画ではフュズリの「ナイトメアー」(夜の夢魔)という、人が眠り馬の魔が姿を現して来る瞬間を描いた作品を想起することも出来る。この絵のように若い坊主が、びくびくしながら午前二時頃を示す八つの鐘をつく。夜中の情景の中に、柳・水・そして女の飛翔する首という、記号論的に等価な三つの事物が重なっているのが第一図の趣向というべきものであろう。

第二図。古典的な妖怪である見越入道が手下の妖怪たちに召集をかける。入道の妖怪性を示す長い首が特徴的である。ろくろ首に相当する形である。大頭小僧《おおあたまこぞう》は見越入道の孫である。大頭小僧は近代になって福助足袋《たび》の大頭で目許《めもと》ぱっちりの広告という形で再生したように思われる。誰か近代日本の広告に姿を現す化物について考察してみると、面白かろうと思う。よくみると大頭小僧は豆腐を一丁捧げ持っている。頭に傘を戴《いただ》いているのは神

化現を思わせる図像の工夫であろう。

第三図の大侍は唐紙の背後《はいご》から突然現われる妖怪のこわさを現す。ユーモアたっぷりのもので、明治日本を訪れたドイツ人、ワグネルが日本の化物研究を「日本のユーモア」という題でくくった意味がよく解る。

第四図。河童、ふつう河太郎とかガタローと呼ばれる、山中の妖怪猿に対し、水中又は水辺の妖怪で、秋冬に対する春及び夏の記号論的な表現と考えられる。

第五図。尼入道《あまにゅうどう》、二股猫《ふたまたねこ》。猫は年を経ると尻尾が二つに分かれ猫股という化物になる。左の尼入道は見越入道《みこしにゅうどう》の女性版。若い古典的なろくろ首の美人と異なり、首に毛が生え口が大きく目も開いている。侵犯性を強調するとこうなるのであろう。大きな足は山の神と考えられている。

第六図。舟から投げ捨てられた遊女が逆さに立っている様を描いている。謡曲『蝉丸《せみまる》』の姉の逆髪《さかがみ》としても出現したように語られ、神とも同一視される神格である。

第七図。海坊主。アマゾンにでも棲息《せいそく》していそうな怪物だが、勿論当時アマゾンは知られていない。

第八図。化物大観ともいうべきもの。太鼓（馬）、三味線（猫）、腹鼓《はらつづみ》（狸）といった囃子《はやし》が騒音の記号論的表現を形造っている。

第九図。様々な女の化物。刑部《おさかべ》姫は姫路城の天守に住んでいる。直ちに泉鏡花《いずみきょうか》の『天守物語《てんしゅものがたり》』を想わせる。

第十図。悪息《あくいき》や狸の金玉。八畳敷とはよくいわれるが、このように人間を捕らえる網という用法を明記するものは少ない。

第十一図。化物だらけ。六種類のお化けが登場するが、女の頭が大車輪に重なるのは、『信貴山縁起絵巻《しぎさんえんぎえまき》』の護法童子《ごほうどうじ》の霊性を想起させる。

第十二図。朝比奈《あさいな》三郎登場。これは鎌倉期まで遡る《さかのぼ》。狂言『朝比奈』では地獄に渡り閻魔《えんま》も取《と》りひしいでしまったとして描かれる。この草紙に登場する唯一のポジティヴな人物である。

妖怪《ばけもの》一年草《ひととせぐさ》

十返舎一九＝作
勝川春英＝画

平和な化物世界では
化物たちが日常生活を楽しんでいる。
ここではお正月から年末までの
化物の年中行事が紹介される。

怖いもの見たし

【一】翻刻　二四五頁

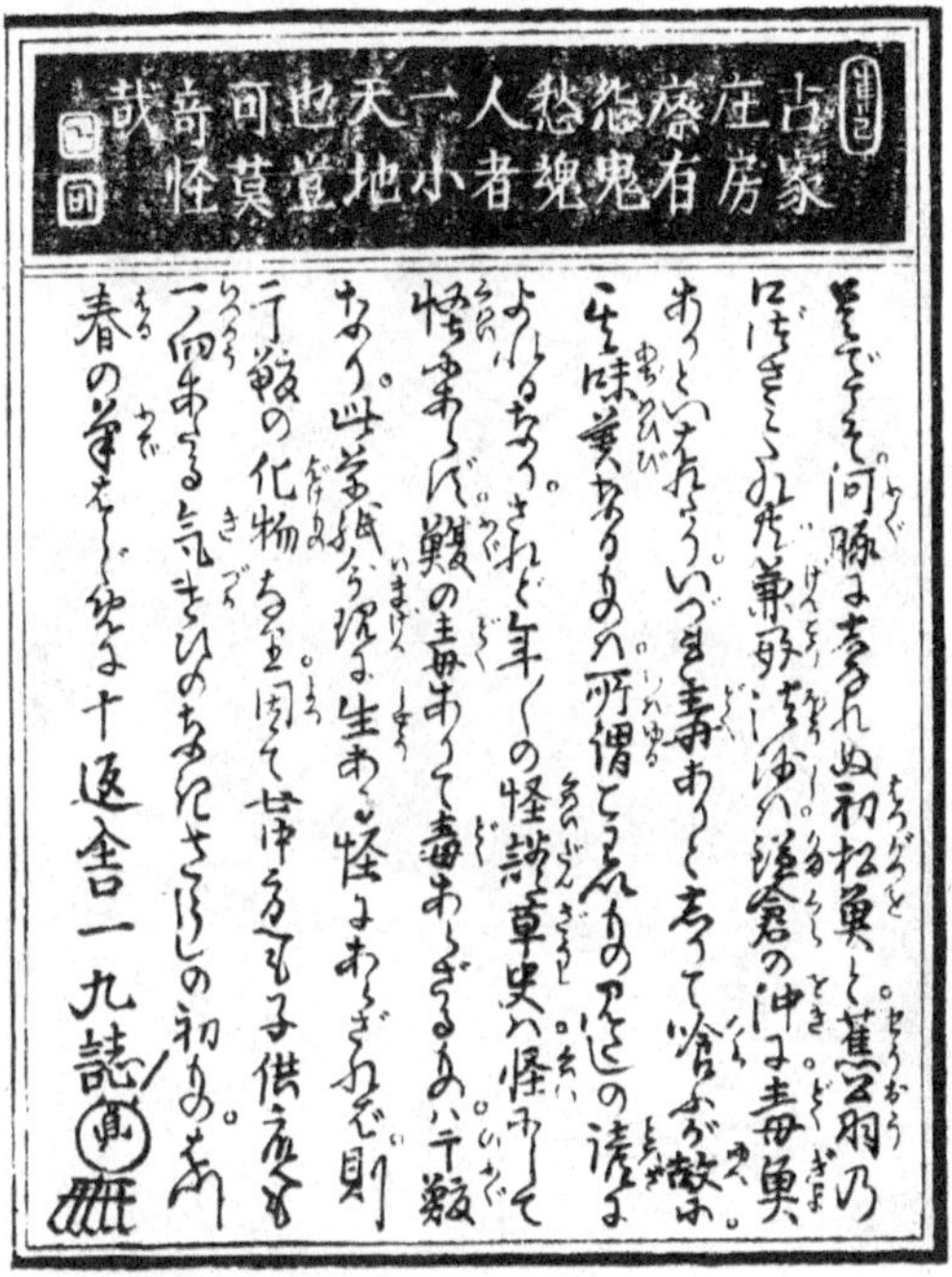

毒にあたるかもしれない怖さは、河豚《ふぐ》のうまさを引き立てる。これが怖いもの見たさというもの。ここに記された化物は、毎年の草《くさ》双紙《ぞうし》同様、本物の化物ではないから、怖くも何ともない。毒のない河豚が干《ひ》河豚なら、ここに描かれたのは、干河豚のような化物。ご婦人やお子さまにもお気遣いなく楽しめます、とは作者の口上《こうじょう》。

では、いったいどういう化物の暮らしぶりが描かれているだろうか。

化けまして春でございます

【二】翻刻　二四六頁

化物たちが静かなお正月を迎えている。場所は床に草が生えているぼろぼろの家。

化物たちの親玉・見越入道《みこしにゅうどう》(右)は自分の長い首を縮めて挨拶《あいさつ》している。古い竹の棒を脇《わき》に差しており、偉そうに見える。

中央にある三方にのせた小さな柳の木は食積《くいつみ》のつもりか。奥には樒《しきみ》を下げた注連飾《しめかざり》。手前に置かれた卒塔婆《そとば》は墓場を連想させるものである。左下の化物の袖はシャレコウベの紋入。

一つ目の子供（左下）や見越入道の頭の部分は男根の見立絵。一つ目の女（左上）の顔にも注目。

　この画面に隠されている「性」と「怪奇」の共通性は、同じ勝川春英《かつかわしゅんえい》画の『化《ばけ》物《もの》の娵入《よめいり》』（本書所収）にも見られる。

のどかな春の遊び

【三】翻刻　二四七頁

春になると、人間は誰でも気伸ばしに出かける。化物なら、つい首を伸ばすことが多い。

　凧《たこ》のかわりに自分の首を揚げて遊んでいるのはろくろ首の子供。友人に首を伸ばしてもらっているところ。

　絵馬を頭上に持ち上げているのは狐《きつね》の子供。二月の初めの午《うま》の日を「初午《はつうま》」といい、狐と深い縁がある稲荷《いなり》を祀る。稲荷社の多い江戸では特に盛んな祭り。この日、子供たちは絵馬を持って町を歩き回り、ご祝

儀をせびる。

子供を背負っている右側の化物は河童なのか。我々が抱く河童のイメージとだいぶかけ離れているが、頭のくぼみや足の水掻《みずか》きが河童の特徴。左上に鳥居と幟《のぼり》が見える。

花見のかわりの穴見とは

【四】翻刻　二四八頁

桜が満開の季節。

　右側の化物たちは人間風の花見を楽しんでいるらしいが、左側では、数匹の化物が穴に集まって、化物風の穴見《あなみ》をしている。穴見は花見と同じように、みなが酒を飲んだり、歌ったり、騒いだりするが、それが穴の中だと思うと、ちょっと味気ない。

　それにしても、「穴がよく開いた。見事見事」と賛美する化物がいるくらいだから、化物流の美的センスを改めて考えるべきだろう。

この絵は実は隠し絵。木の枝葉の陰に化物の姿が浮かぶ。何匹見つけましたか。

雛祭りの人形は

【五】翻刻　二四九頁

雛人形《ひなにんぎょう》の店。人形の種類はさまざま。

帳面を前掛けにした逆さまの筆が矢立（筆記用具。墨壺に筆が入る筒をつけた）の馬に乗って、裸小僧という人形に見立てられている。裸小僧とは、着せ替え人形。

内裏《だいり》雛《びな》は、茶釜《ちゃがま》の下から狸の手足と尻尾が見える「文福茶釜」。

人形の箱に「本面屋《ほんめんや》」と書いてあるが、「面屋」は日本橋にあった人形屋の屋号。

女の人が持つ扇に亀《かめ》の絵。
お客さんは亀ご一家か。

優雅なはずの雛人形やその道具も、この世界ではみな化物。買われれば歩いてついて行くから便利なもので、風呂敷《ふろしき》に包む世話なんかはいっさい必要なし。

お逆さまの誕生日

【六】翻刻　二五〇頁

足から逆さまに生まれてくる化物たちの親玉・見越入道のご先祖の誕生を、「お逆《さか》さま」の誕生としてお祝いする。ちょうど人間が四月八日の釈迦《しやか》降誕会に「お釈迦様」の誕生を祝うのと同じことだ。

　人間界では小さな釈迦誕生像が入った岡持ちを手にさげて「とうきたりのお釈迦お釈迦」と呼び、お金をせびる願人坊主《がんにんぼうず》がいるが、ここは化物の世界なので、「お逆さま」の誕生像を持っている。

五月の雑草葺き

【七】翻刻　二五一頁

五月の菖蒲《あやめ》葺《ぶ》きとは、軒に菖蒲をさし、邪気を払う習慣。ここでは崩れかかった家で化物夫婦が楽しそうに軒に菖蒲ではなく、雑草をさしている。邪気を増すのがねらいだ。

家の中から大きな顔の化物が関心ありげにのぞいている。これが夫婦の子供か。

五月節句の幟の絵には

【八】翻刻　二五一頁

化物の子供たちが五月の節句の幟《のぼり》を楽しんでいる風景。

　まず幟の図柄に注目。一番手前は金太郎が熊にいじめられる図。中央は鬼にいじめられる鍾馗《しょうき》の図。化物たちが人間に勝つ図柄ばかり。実在した幟の図柄の正反対になっているけれど、化物の子供たちにはちょうどよいのだろう。

　右の狐の化物は好物の胡《ご》麻《ま》揚げ（油揚げのこと）を売っている。着物は宝珠の模様。隣の猫《ねこ》の着物はあわ

びの模様。江戸時代にはあわびの殻《から》が猫のご飯の皿として使われていた。

顔が逆さまの化物（右下）が、歌川国芳の有名な浮世絵「源頼光公館土《みなもとのらいこうこうやかたつち》蜘作妖怪図《ぐもようかいをなすのず》」（一八四三年）にも登場している。また、本書所収『化皮太鼓伝』にも顔が少し似た化物がいる（二〇六頁、国芳画）。

六月は見越の渡り

【九】翻刻　二五二頁

六月の神田明神、天王祭りの化物版。祭りの最中のにぎやかな風景。

化物たちは大きな見越入道の像が乗る御輿《みこし》を担《かつ》いでいる。これが本当の見越の御輿だ。見越入道の頭には鳳凰《ほうおう》のかわりにからす天狗《てんぐ》。右側の提灯《ちょうちん》にろくろ首の絵。長い首にある皺《しわ》が提灯の折り目とよく合っている。

化物たちがあまりにも大勢いるので、区別するのが難しいが、絵をよく見ると、個性豊かな化物ばかりだと分かる。

七月の盆祭りには

【一〇】翻刻　二五三頁

化物一家が迎え火をたいて、霊界から幽霊となったご先祖様を迎えようとしているところ。しかし、人間の世界と違って、ご先祖様は実際に戻ってきてしまう。お世話するのは大変で、えらい迷惑。

子供から老人まで、幽霊はさまざま。蓮《はす》の葉をかぶった幽霊や菰《こも》に巻かれた幽霊や三角の額紙《ひたいがみ》をつけた幽霊もいる。

左側の女の化物と違って、右側の女たちの幽霊の髪は結っていない。死装束の姿

や足がないことで「化物」と「化物の幽霊」が区別されている。

七月の盆祭りには（つづき）

【二二】翻刻　二五四頁

左側は精霊棚《しょうりょうだな》でくつろぐご先祖の幽霊たち。右側の化物たちはご先祖様のために、蛇《へび》と蛙《かえる》（蓮の葉にのせてある）のご馳走を用意している。その間には小さななめくじもいる。

蛇・蛙・なめくじの組み合わせは三竦《さんすく》みという。三者が互いに牽制《けんせい》しあって、自由に動けないという意味。

切籠《きりこ》灯籠《どうろう》（盂蘭盆会《うらぼんえ》に用いる灯籠）が給仕の役をする。灯籠の部分が顔となっている。

幽霊と化物の睦《むつ》まじい語

らいを高く評価したいが、前妻の幽霊やうるさい姑《しゅうとめ》の幽霊が歓迎されないのは、ちょっと気の毒だ。

八月の風流な闇見

【一二】翻刻　二五五頁

三匹の化物が闇見《やみみ》を楽しんでいる。

化物は明るいのが嫌いで、八月十五夜の月見のかわりに、真っ暗の八月の晦日《みそか》の晩に闇見をする。

酒を嘗《な》めている化物。短冊に一句したためようかという化物。暗い空を眺めている化物。今夜は特別にいい闇だ。

十月の下卑須講

【一一三】翻刻　二五五頁

十月二十日には商家で商売繁盛を祝って恵比須《えびす》を祀る。これを、恵比須講といい、その日に祝宴を開く。この世界では、貧乏神を祀る。大食いする化物は下卑《げび》蔵《ぞう》（食いしん坊の意味）をするから、この祭りを恵比須講ではなく、下卑須講という。ここでは三匹の化物は箸《はし》を用いず、乱暴な食べ方をしている。手前の二匹はめでたい鶴と亀の化物。後ろの燭台《しょくだい》が不満そうな顔をしているのは「食滞《しょくたい》」（胃もたれの意味）をするほど食べたいからだ。

十一月の顔見世に

【一四】翻刻 二五六頁

玉藻《たまも》の助という女形（右側）が派手な着物を着て壊れかけた思案橋の上を歩いているのを、なまずや蛙の化物たちが見とれている。

左側には十一月の顔見世《かおみせ》狂言でにぎわう芝居小屋の櫓《やぐら》や幟《のぼり》が見える。顔見世狂言とは、各劇場が翌年勤める新しい役者の顔見世を目的としてする芝居。

玉藻の助は化けるのが上手な狐。今年の役は「妲《だっ》妃《き》」。伝説によると、金毛《きんもう》九尾《きゅうび》の妖狐は中国で妲妃という毒婦になって国を滅ぼ

した後、日本に来て、玉藻の前という美女に化けて悪事をする。やがて正体がばれて、那須野《なすの》の原で殺されるが、その後も執念が残り、毒気で人を殺す殺生石《せっしょうせき》になる。狐が狐の役をするのは化物世界ならではの出来事。

玉藻の助の着物は藻の草の模様（藻の草は狐が化けるために使う道具）。着物の下に九本の尻尾が見える。

十二月の煤掃かず

【一五】翻刻　二五七頁

三匹のだらしない化物がぼろぼろの家でぐっすり寝ている。食事はもう済ませたらしい。

右上には一束の煤竹《すすたけ》と一本の帚《ほうき》が置いてあるが、誰も手に取ろうとしない。これが化物世界の煤掃《すすは》かずの風景。

人間世界では、十二月になると、煤掃き（煤払いともいう）をする。家内の煤やほこりを払い清めるのだ。化物世界では、綺麗《きれい》にするのが嫌いなので、わざわざ煤掃きはしない。そのかわ

りに、何もしない煤掃かずの習わしがある。
　この化物風の「大掃除」を真似している人間も少なくないような気がする。

鬼は内、金時は外

【一六】翻刻　二五七頁

節分の日。

豆だらけの化物の家で、見越入道が手に握っている豆をまこうとしているところ。旧暦の節分は十二月に行った。

その日の夕暮れに、化物たちは「鬼は内、金時は外」と言う。坂田金時はたびたび化物たちを退治する豪傑だから、金時の災難をよけるための呪《まじな》いの言葉。

老婆の眼鏡の紐《ひも》の先には豆のようなものがついており、子供の着物には豆の模様。さらに向こうに置いて

ある琴の琴柱《ことじ》なども豆のように見える。これも一種の隠し絵である。「豆」と「豆でないもの」をきちんと見分けられますか。

作者一九の初夢は

【一七】翻刻　二五八頁

この話の作者、十返舎一九の正月の初夢。化物の親玉、見越入道をはじめ、たくさんの化物たちが一九の家に押しかけている。

　実は化物たちは一九に頼み事がある。いつも同じ話ばかりに飽き飽きしたから、もう少しちゃんとしたものを書いて欲しいという。恩人の一九と対面している見越入道の言葉遣いは丁寧だが、内容はかなりきつい。

　化物たちの姿は相変わらず凄《すさ》まじい。しかし、人間世界にいるということで、

周りの風景（一九の家）がごく普通に描かれている。さすが化物好きな一九はまったく怖がらず、楽しそうに化物たちと語り合っている。

作者一九の初夢は（つづき）

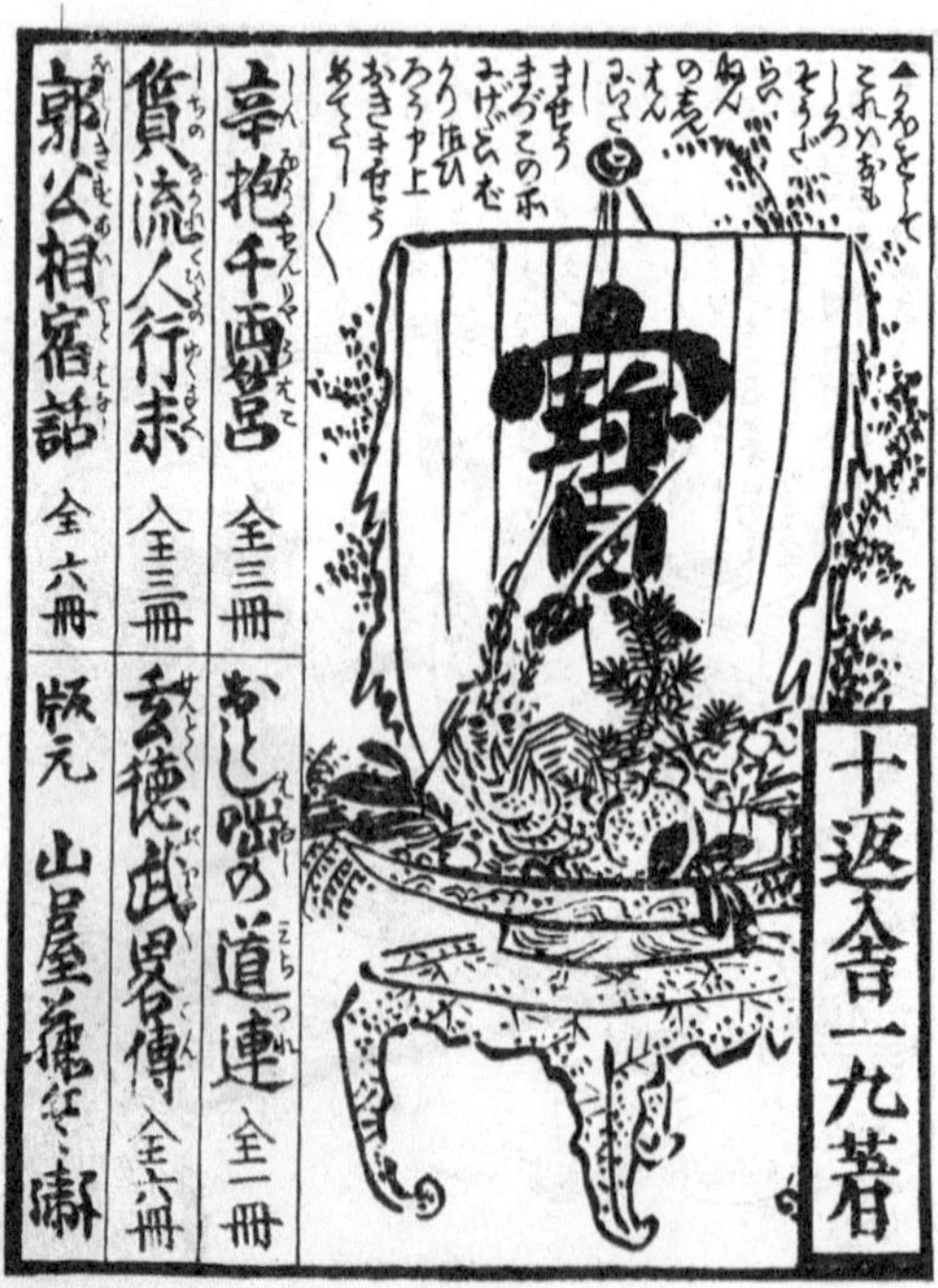

【一八】翻刻 二五九頁

お正月の風景。一九の正月の初夢の中で、見越入道が一九に『敵討化物語』という種本を渡す。一九は来年の新版にすると心に決めて、めでたく春を迎える。

このように、フィクションと現実が重なっているところで話が終わる。しかし、最後に出てきたこの『敵討化物語』という本はというと、残念ながら、この題名の草双紙は実際に刊行された記録はないのである。化物たちのご苦労が台無しということか。

十返舎一九と化物絵本

辻 惟雄
Tsuji Nobuo

日本における妖怪画《ようかいが》、ひらたくいって化物絵《ばけものえ》の伝統は、十二世紀にさかのぼり、昨今では水木しげる氏の活躍や映画『もののけ姫』の大ヒットなど、さながら妖怪画ルネッサンスの様相を呈《てい》している。しかし美術史の分野で、化物絵研究を専業にする学者のいることを寡聞《かぶん》にして知らないのは、子供だましのいかがわしい絵という印象がこれについてまわるからだろうか。妖怪こそ日本人の精神構造を探るための重要な研究領野である、と「妖怪学」の現代的再生に余念のない小松和彦氏に代表されるような、妖怪研究の新しい波が近ごろ起っているだけに、妖怪画研究の立ちおくれは淋しい。

とはいえ、そうした私の不満を打ち消すような刮目《かつもく》すべき成果がこのほどあらわれた。アダム・カバット氏の江戸化物絵本研究がそれである。

聞くところによると、カバット氏は、もともと泉鏡花《いずみきようか》の研究家で、鏡花の幻想世界や河童《かっぱ》のルーツをたぐるうち、思いもよらなかった江戸時代の化物絵本のいきいきとした世界にたどりついたということである。今回の一冊に収められたのは、そのごく一部でしかないが、本文よりなるべく挿図のおもしろいものを、という私の身勝手な注文を聞きとどけて選ばれた五本のうち四本までが十返舎一九《じっぺんしゃいっく》の作あるいは自画作という結果になったのは意外である。

カバット氏の研究によると、一九の「化物尽くし」は、寛政八年(一七九六)から文化五年(一八〇八)までの間に全部で二十点刊行されている、というから、かなり好評だったのだろう。うち最後の文化四、五年に出された二点を除き、他はすべて一九の自画である。

本書に載る『信有奇怪会《たのみありばけもののまじわり》』はそうした中の一点。内容は金平《きんぴら》が間抜けな化物どもを打ち負かすという他愛ないもので、一九の挿図の飄々《ひょうひょう》とした描線とよく調子があっている。そうした一九の筆致には、いかにも楽しんで描いているようなのびのびした動きがあり、機知とユーモアには事欠かない。

この作品は「化物尽くし」の最初の作だけに、描線にはまだ不確かさが残るが、以後の作品、たとえば享和三年（一八〇三）の『化物宝初夢《ばけものたからのはつゆめ》』や文化元年（一八〇四）の『化《ばけ》もの敵討《かたきう》ち』や『化物太平記《ばけものたいへいき》』になると、描写内容により生彩《せいさい》が加わり、見応えのあるものとなっている。にもかかわらず最後の二作の挿図を勝川春英《かつかわしゅんえい》（一七六二〜一八一九）に委《ゆだ》ねたのは、趣向《しゅこう》の出尽くした「化物尽くし」の模様替えをはかってのことだろうか。『妖怪一年草《ばけものひととせぐさ》』が、実は、寛政八年に出した自画作の『化物年中行状《ねんじゅうぎょうじょう》記《き》』の、画家を替えての作り直しであるというのも、そのことを示唆《しさ》する。

春英は勝川春章《しゅんしょう》の門人。兄弟弟子の春好《しゅんこう》、春潮《しゅんちょう》らとともに、師春章の役者似顔絵に大首絵《おおくびえ》などの新しい工夫を凝《こ》らし、写楽《しゃらく》の役者絵誕生の産婆《さんば》役を果たした。さすがに専門絵師である春英は、一九描く化物のスタイルを継承しながら、その面目を一新させた。描線は張りのあるものとなり、顔かたちのグロテスクな歪《ゆが》みは誇張されて生々しさを増した。江戸時代の化物絵を通じてもっとも力強い表現の一つといってよい。一九描く化物たちの、愛嬌《あいきょう》たっぷりの人間臭さは、そこにも依然健在である。

『妖怪一年草』は、庶民の暮しのなかの年中行事を、化物の世界に置き換えて、その錯倒の面白さを狙《ねら》った作品である。地口《ちぐち》（語呂《ごろ》合わせ、駄洒落《じゃれ》）の趣向がそれと表裏をなす。春の気伸ばし（レクリエーション）ならぬ首伸ばし、三月の花見ならぬ穴見、四月の釈迦《しゃか》誕生ならぬ見越入道の「お逆《さか》さまの誕生」、六月の祭礼の「見越の渡り」、八月の「月見」ならぬ「闇見《やみみ》」、十月の「下卑須講《げびすこう》」、十二月の「煤掃《すすは》かず」など……、ここでは化物の世界と人間世界とが、見立てや地口を媒体として、スリリングな変換ゲームを楽しんでいる。

妖怪の擬人化を楽しむ一九のこうした遊戯的な化物観は、日本人の想像力のありかたを考える上でも示唆的である。

化《ばけ》物《もの》の娵《よめ》入《いり》

十返舎一九＝作
勝川春英＝画

化物のお見合いから
結婚・出産・宮参りまでの
一部始終が紹介される。
末永くお幸わせに。

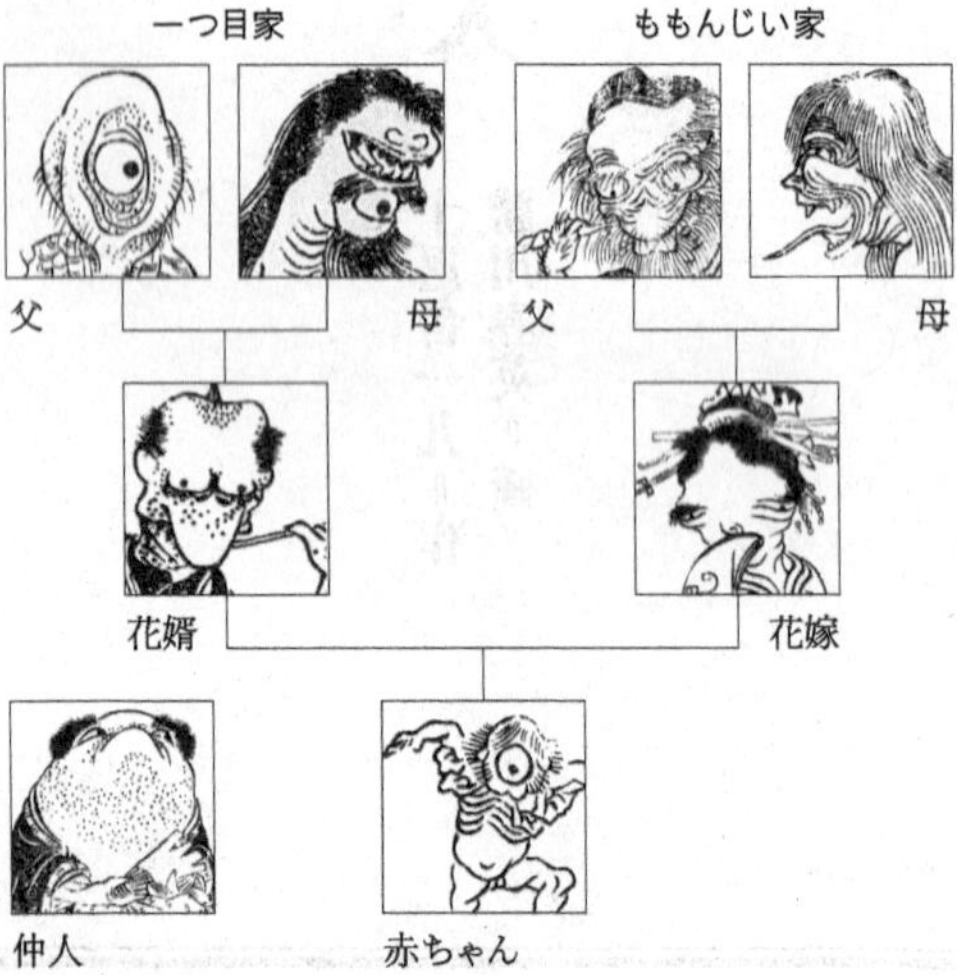

登場化物関係図

化物の嫁入とは

【一】翻刻　二六〇頁

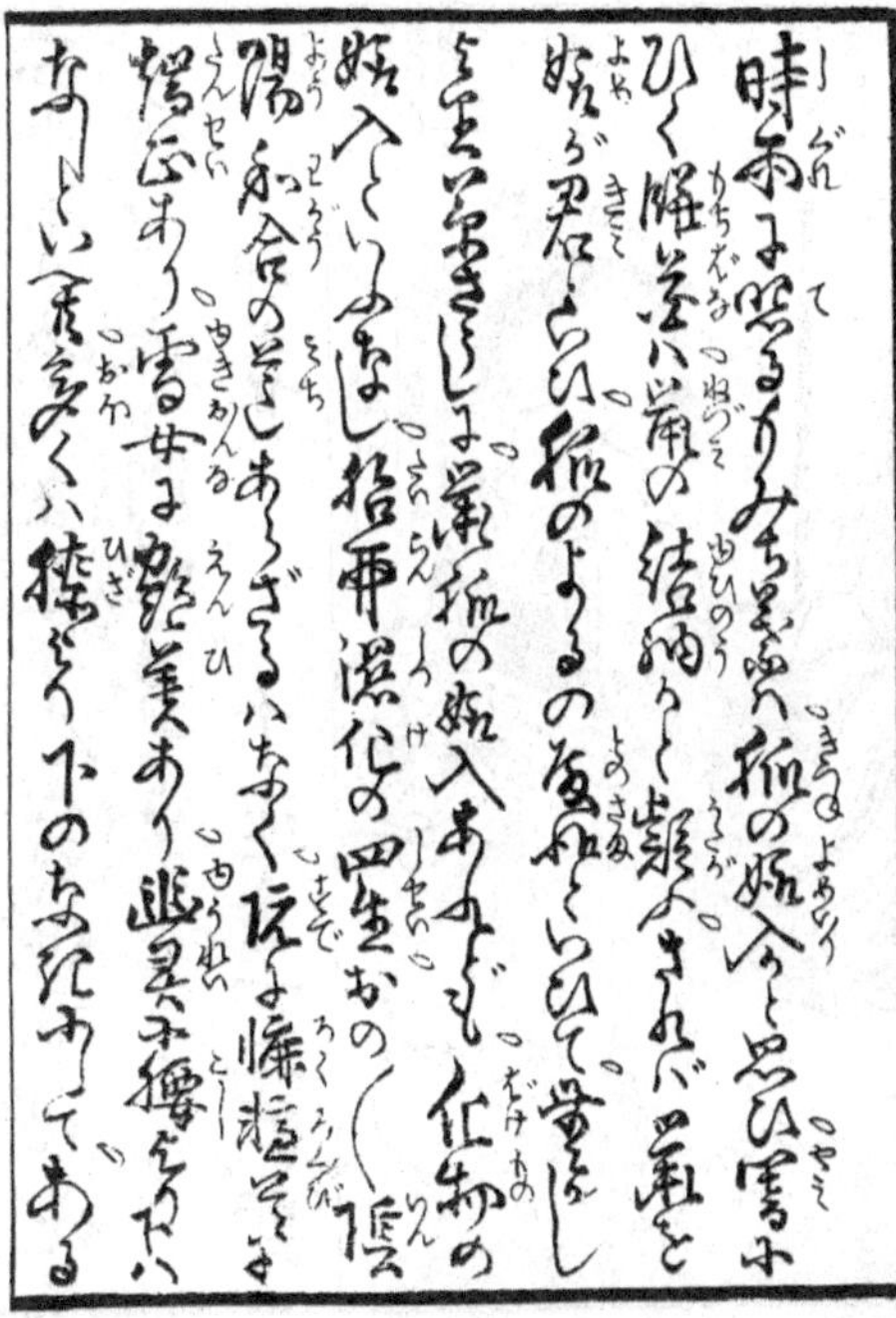

狐《きつね》の嫁入や鼠《ねずみ》の嫁入は昔からよくある話。しかし、化物の嫁入というような話は今までなかった。

端正なろくろ首、艶美な雪女。腰からではなく、膝《ひざ》から下がない幽霊。さまざまな化物との付き合いが深い十返舎一九は「化物の嫁入」というテーマで、あらためて化物の草双紙《くさぞうし》を書く。

評判の化物娘に縁談が

【三】翻刻　二六一頁

ももんじいの家。

ももんじい（中央）は妻（右下）と一緒に蝦蟇《がま》（左）に挨拶《あいさつ》している。

蝦蟇は医者でありながら、仲人《なこうど》の仕事もする。江戸では顔が広い医者はよく仲人を頼まれた。仲人は持参金の一割を礼金としてもらうから、よい商売になる。この蝦蟇は、頼もしい化物だから、両親はまず一安心。

右上にいるのはももんじいの家の評判の一人娘。若作りをして、いつでも化けそうな年頃。恥ずかしがっ

ている内気の娘は口もとを隠しているが、きっと美人だろう。
　蝦蟇の濃い眉毛《まゆげ》が印象的。扇は化物風で、ぼろぼろ。

高望みの化物息子に見合い話

【三】翻刻 二六三頁

場所が変わって、一つ目入道の屋敷。

仲人の蝦蟇は一つ目入道夫婦と相談している。後ろで煙管《きせる》をくわえているのはその息子。

一つ目の息子は、不器量望みだから、ももんじいの娘が醜い顔をしていると聞いて、大喜び。さっそく見合いの話がまとまる。

一つ目入道の肩を揉《も》んでいる化物もいる。一つ目の顔は女性器。逆さまとなっている一つ目の女房の顔は男根。変わった夫婦だ。

中央の火鉢は自ら客に茶を出しているし、隣の煙草《たばこ》盆は片手に煙管を持ちながらもう一方の手で煙草入れから刻み煙草を出している。化物の家の所帯道具は皆愛嬌たっぷりのロボットのようだ。

柳の下で化物の見合い

【四】翻刻　二六四頁

化物の好きな柳の下で見合いが始まる。

ももんじいの娘は長い舌を出しながら、じれったい気持ちでいっぱい。相手の第一印象は歯くそだらけの男。とても素敵だ。

一つ目の息子と仲人の蝦蟇が、娘の印象を語り合う。やっぱりあの長い舌が魅力的。

江戸では水茶屋（路傍や寺社の境内などで人に湯茶を飲ませて休息させた店）で見合いをする場合が多かった。男が床几《しょうぎ》に座ってい

る間、女たちがさりげなく通りかかる。つまり、偶然に男女が見初《みそ》めるという芝居をする。

　左上の薬缶《やかん》と茶釜に注目。これは水茶屋の風景を思わせながら、狸《たぬき》の「文福茶釜」を連想させる。右下の毛並は狸の八畳敷のものか。また、柳の木、ぼろぼろの古い立札、雑草などが、化物世界の雰囲気をいっそう高めている。

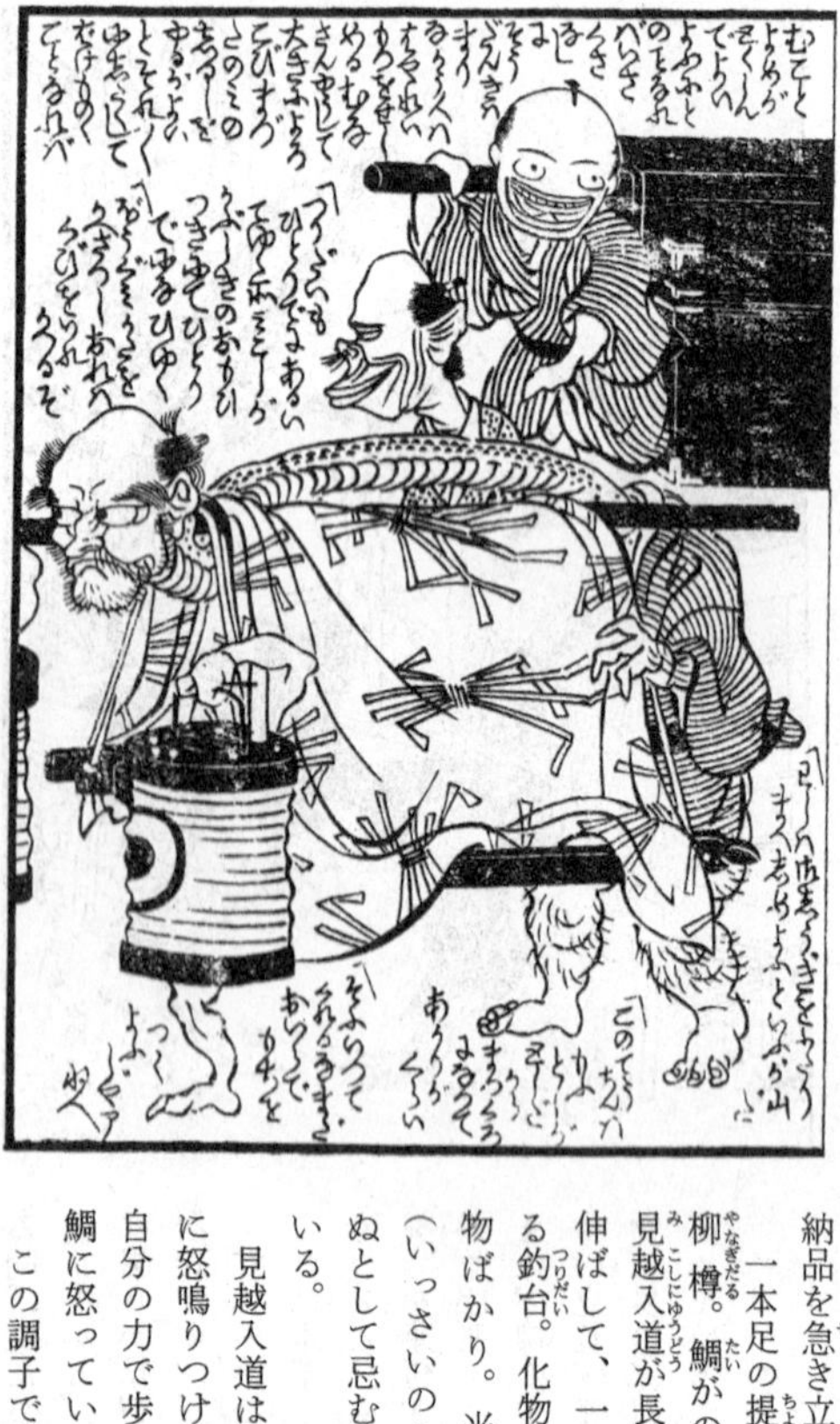

歩き出す結納品

【五】翻刻　二六五頁

番頭たちが婿方からの結納品を急《せ》き立てるところ。

一本足の提灯《ちょうちん》。二本足の柳樽《やなぎだる》。鯛《たい》がのっている台。見越入道《みこしにゅうどう》が長い首をさらに伸ばして、一人で担《かつ》いでいる釣台《つりだい》。化物ならではの品物ばかり。当然、不成日《ふじょうにち》（いっさいのことが成就せぬとして忌む日）を選んでいる。

見越入道は年寄りの提灯に怒鳴りつけている。台は自分の力で歩かない怠けた鯛に怒っている。

この調子で彼らは花嫁の

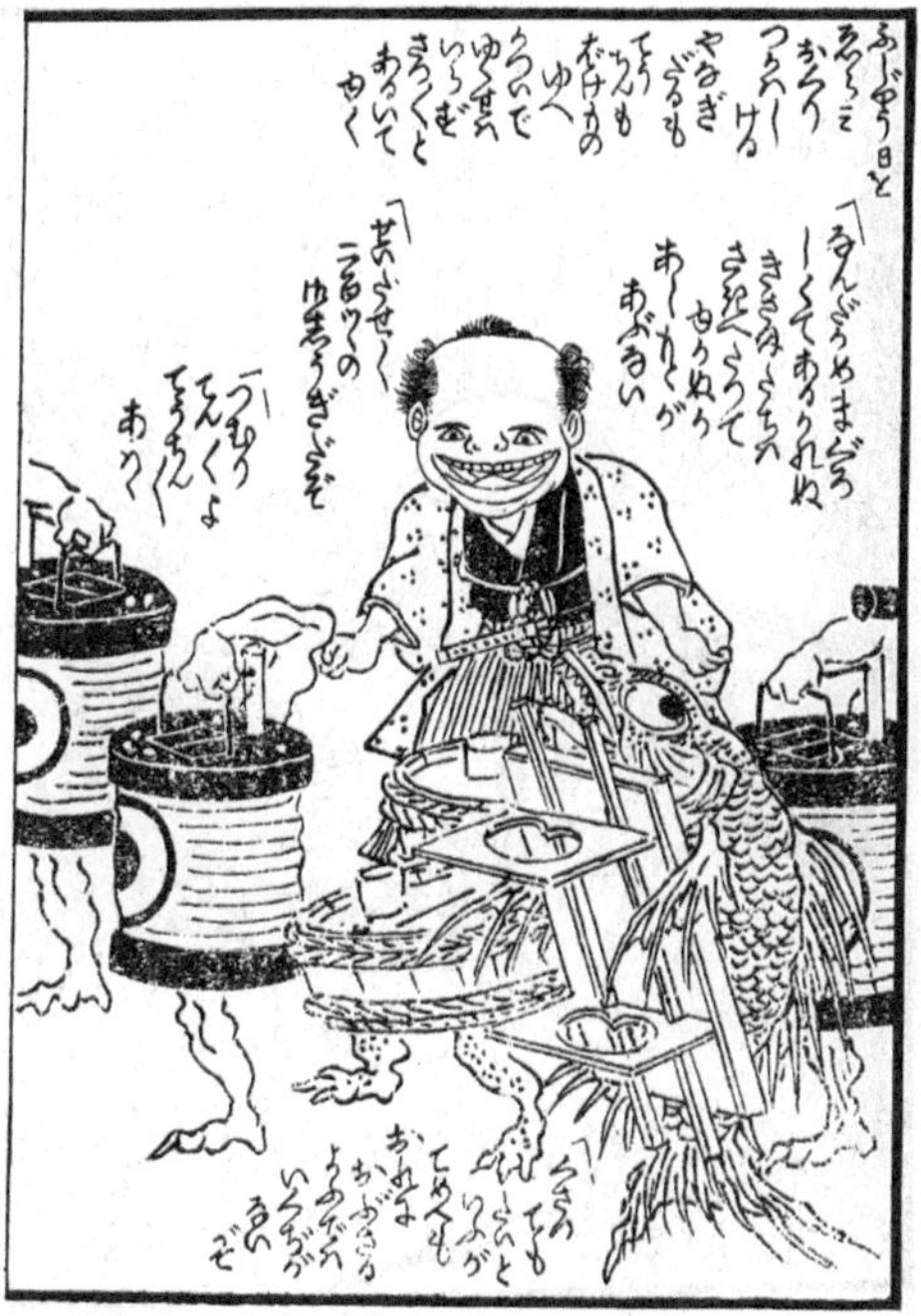

家にたどり着けるのか。

ももんじい家に結納届く

【六】翻刻　二六六頁

ももんじいの家。

一つ目家の二匹のお使い(右)が、ももんじい家の方(左)に約束固めの結納《ゆいのう》品を渡している。江戸時代、結納を渡す場合に本人たちが出ないのは普通のこと。お使いは「目録の通りよろしくご披露お頼み申します」と、お決まりのせりふを言う。人間界の結納品は真鴨《まがも》、するめ、鯛なのだが、これは化物の世界だから、狸が自分の大きな金玉に包まれて、水引がかけられている。後ろには墓場の絵。

酔った提灯川へ

【七】翻刻　二六七頁

一つ目家の二匹のお使いの夜明けの帰り道。
　ももんじい家で、たくさん飲んだり騒いだりしたから、べろんべろんに酔っ払って、足下が危ない。夜道に肝心の提灯《ちょうちん》さえ、酔って川に落ちてしまう。

嫁入の準備始まる

【八】翻刻　二六七頁

ももんじい家。

嫁入の支度《したく》をする娘（中央上）。中央の下女は白無垢《しろむく》に火熨斗《ひのし》をかけている（これが江戸時代のアイロン）。お婿《むこ》さんの噂《うわさ》話に花がさく。

下女たちはよほどお嫁さんをうらやましがっているようだ。「お婿さんのおならを一度嗅ぐことができたら、死んでもいいわ」と嘆く。

目がねをかけたももんじいは落ち着いたようにみえるが、心の中で大切な娘を

心配しているはずだ。
　買った嫁入道具は手足がついて、自ら歩いてくれるし、ほかの道具も土蜘蛛《つちぐも》の店へ頼むと手足を付けて寄こしてくれるから、便利な世界。

両親と涙の別れ

【九】翻刻　二六八頁

婚礼の日。嫁が実家から離れるところ。

先頭に松明《たいまつ》を口にくわえているのは二匹の狐。狐の嫁入（夜に山野で狐火が連なっているのを嫁入りする行列の提灯に見立てたもの）は有名な話。ここでも、嫁入の段取りが狐にまかせられている。

次に来るのは花嫁と仲人の蝦蟇。花嫁の着る打ち掛けは、墓に供える樒《しきみ》と卒《そ》塔《と》婆《ば》の模様。

花嫁は淋《さみ》しそうに実家の方を見ている。ももんじい

は窓からそっと見送る。

実際に、嫁入行列は夕方に行う場合が多かったが、昼間の場合でも松明や提灯や蠟燭《ろうそく》が必ず利用されていた。

人間界の嫁入行列でも百鬼夜行を思わせる非現実的な感じがしたというから、化物たちの行列ではなおさらのこと。

不思議な嫁入行列

【一〇】翻刻　二六九頁

壊れかかった駕籠《かご》に揺られる花嫁。

汚れた着物に乱れ髪。青ざめた顔は垢《あか》だらけ。やっぱり化物の嫁入だ。

先頭に立っているのはなまずの化物。長刀のかわりに金棒を担いでいる。後ろの化物は提灯のかわりに燃えるシャレコウベが付いた棒を手にしている。老婆(左下)の数珠もシャレコウベ。

花嫁は一刻も早く花婿の屋敷に着きたい。なぜなら、おしっこがしたいからだ。

化物風の結婚式は

【一二】翻刻　二七〇頁

花嫁と花婿が並んで、祝《しゅう》言《げん》の三々九度の盃《さかずき》がはじまる。

江戸の婚礼式では花婿と花嫁は直接向き合わないような形をとる。

花婿は菰《こも》の裃《かみしも》袴《はかま》。花嫁は白無垢と白い綿帽子。この帽子で顔が完全に隠れて、花嫁のチャームポイントの長い舌しか見えない。

中央に「流れ灌頂《かんじょう》」に使うものが置いてある。川辺などに竹を立てて柱にし、これに布を張り、水死者やお産で死んだ女の人の霊を

鎮めるために使うものだが、ここは化物の世界だから、婚礼式に登場する。花瓶には墓場と関連する樒《しきみ》の花。
花嫁のそばに猫のえさを入れるあわびの殻が置いてある。右下の化物は化猫ということか。花嫁の後ろに大きな藁塚《わらづか》。婚礼は八畳敷の座敷なのだから、右下の毛並は狸のものか。

調理場が騒々しい

【一二】翻刻　二七一頁

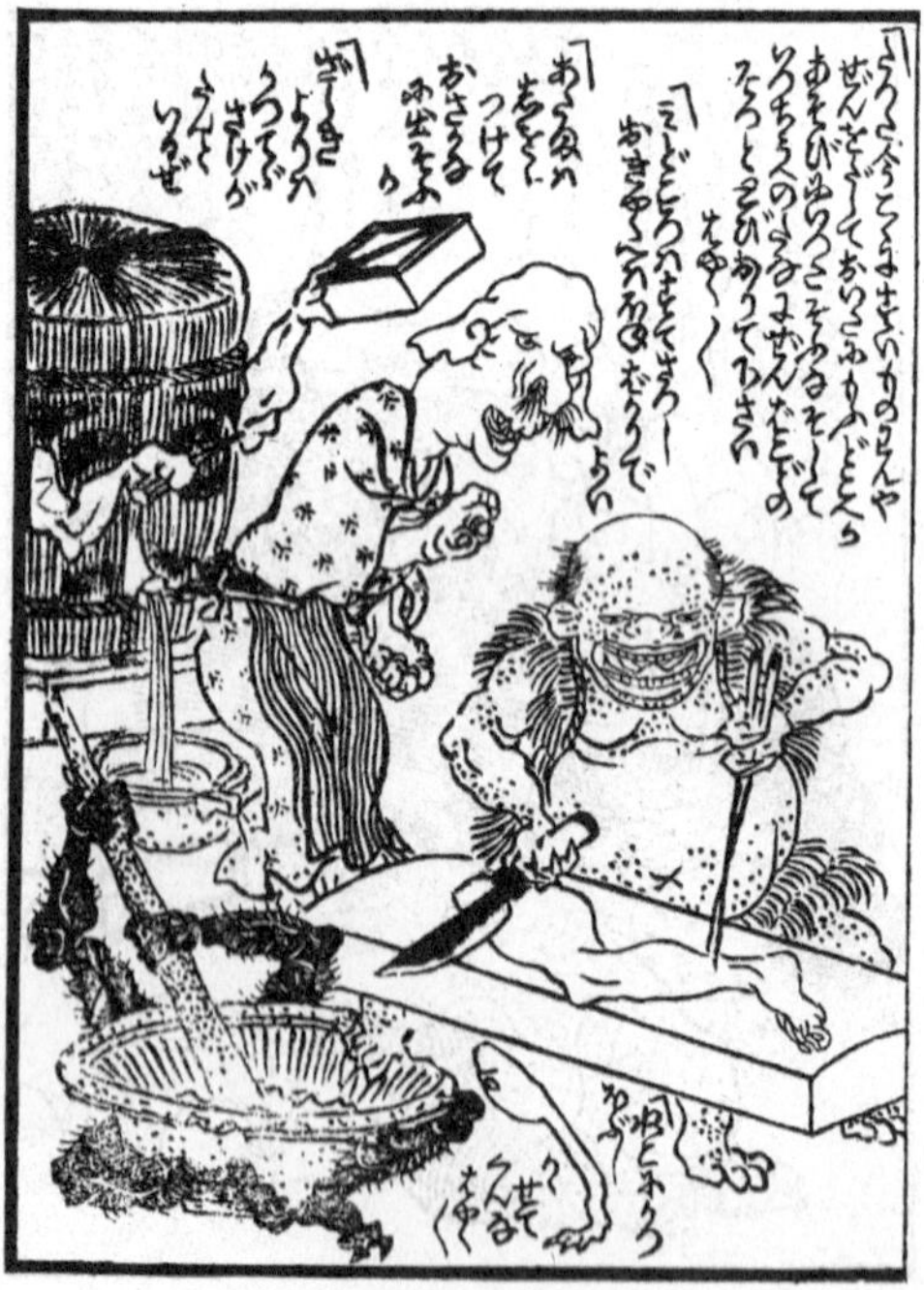

大混乱の調理場。怖ろしい顔の調理師が人間の足をさばいているところ。骨ばかりを客に出す。

酒樽は升《ます》と箸《はし》を持つ。酒樽の口から酒が出ている。擂《す》り鉢は自分で勝手に擂っているが、足のついている吸物椀《わん》や膳《ぜん》はどこかへ遊びに行ってしまった。

便利なようで、不便な世界かもね。

仲むつまじい新郎新婦

【一三】翻刻　二七二頁

花嫁と花婿のお色直しが終わり、あらためての盃。

　二人はもうかなり親しい仲となってはいるが、いまだに恥ずかしがっている花嫁は袖《そで》で顔を隠している。祝言はなかなか終わらない。花婿は多少あせっているようだが、花嫁はただおなかがぺこぺこ。

　花嫁の着物は柳の模様。小僧の着物は酒樽と徳利の模様。

にぎやかな部屋見舞い

【一四】翻刻　二七三頁

部屋見舞いとは、親戚や友達が贈り物を持って、花嫁に挨拶《あいさつ》すること。

今、花嫁（中央）はお客さんと会っている。お世話する下女たちも大変だ。忙しい雪女（左）は消えるひまがない。

ろくろ首（右下）もまだ便所の中だが、とりあえず首ばかりが先に来ている。

肝心の花嫁はおいしいものがいっぱい食べたい一心（このお嫁さんは変に食べ物にこだわる傾向があるらしい）。蛇《へび》の寿司をすすめ

ているのは蛙《かえる》か。

自分で火をおこしているのはせっかちな火鉢。化物の新居にふさわしく、屏風がぼろぼろ。

赤ちゃん誕生

【一五】翻刻　二七四頁

荒れはてた墓場で二人の産婆《さんば》が一つ目の赤ん坊を産《うぶ》湯《ゆ》に入れているところ。

右側ではお医者さんが薬の調合をしている。右上の倒れた墓の横には、産後の疲れた花嫁の姿が見える。

玉のようではなく、化物のような子供が生まれて、みな大喜び。この子供は何となく花婿のお父さん（一一三頁）と似ている。立派、立派。

133　化物の娵入

みんなそろって宮参り

【一六】翻刻　二七四頁

生まれた子供の初めての宮参り。

江戸時代では生まれてから百日めに産土神《うぶすなかみ》に参拝する。普通は神主が御幣《ごへい》で邪気を払うが、ここは化物の世界だから、御幣は自ら動いている。

金時除《よ》けの守り札を買ったり、「払《はら》い給うな、清め給うな」と祈ったりする化物たちの厳《おごそ》かな姿。化物風の灯籠《とうろう》も面白い。

〽まつて〳〵
うだどのもまつて〳〵

遊び放題大騒ぎ

【二七】翻刻　二七五頁

どういうことか、今になって化物たちは羽目をはずして、思う存分に遊んでいる。

馬は太鼓を打ちならし、猫股《ねこまた》は三味線をひき、産女がこれに合わせて踊っている。酒樽と蠟燭《ろうそく》台も楽しそうに遊んでいる。

「雀百まで踊忘れず」という諺《ことわざ》があるが、ここでは「雀《すずめ》」ではなく、「産女《うぶめ》」が百まで踊を忘れない。産女は出産で死んだ幽霊ということで、赤ん坊を抱いたまま踊っている。

「嫁入もの」はだいたい宮参りの場面で終わるが、これはおまけの絵。化物世界によくある大騒ぎ。

めでたしめでたし

【一八】翻刻 二七六頁

お正月の凧《たこ》の絵で、この話がめでたく終わる。凧の「金」の字は化物と縁の深い坂田金平の「金」。

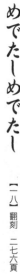

化物嫁入のフォークロア

宮田　登
Miyata Noboru

「狐《きつね》の嫁入」は、古くからのフォークロアである。晴れなのに突然ぱらぱらと雨が降ってきたり、あるいは夕暮、田畑との境目あたりに点々とともる野火《のび》らしき灯《あか》りの列をとらえ、何となく言の葉となる。あれは狐の仕かけた幻覚だろうか。あいまいとした境界の時空間を、私たちが何気なく通過したときに感じる不可解なものを、そのように表現した。

「嫁入」ということは、体験する女性にとって、人生の一大事である。とくに永年住み慣れた親許を離れ、次の新たな婿方《むこかた》の家に入家する。二つの世界を往来するわけで、象徴的にいえば異界に旅立つ時間と空間を移動することになる。それは具体的には嫁入の行列になるが、そこで次々と危険が迫ってくるという実感が深層心理としてあるのではないか。全身を白無《しろむ》垢《く》に包み防御《ぼうぎょ》し、角隠《つのかく》しで頭部を覆《おお》い、危険な境界を通過する。「狐の嫁入」のあいまいな状態が「化物の嫁入」を一層際立たせ、その具体的な描写が読者の興味を高める趣向《しゅこう》となり、さすが十返舎一九《じっぺんしゃいっく》と思わせる怪作になっている。

冠婚葬祭の儀礼のうちで、婚姻の際、男と女が性的結合するプロセスがあり、子が生まれる。その儀礼は説明の出来ぬ不可解な感性に支えられており、性や妊娠という生命の神秘に触れる機会でもある。それゆえ全体が妖怪現象にいろどられているといってよいから、そうした非日常性を描くのに、化物を主役に仕立てるのは適性なのかもしれない。

嫁入は、陰陽和合《おんみょうわごう》が前提である。化物の代表格である幽霊は「腰より下はなし」というが、実際には膝《ひざ》より下がない、「ある所にはあるもの」と写実的である。ももんじいの一人娘と一つ目入道の息子の結婚が話題となる。化物の世界での価値基準は人間世界とは異なる。「嫁の不器量《ぶきりょう》」を前提に見合いをする。見合いは暦《こよみ》の上で不成日《ふじょうにち》に決められる。結納《ゆいのう》も羽目《はめ》をはずす結果になった。

人間と妖怪のちがいは、価値基準の逆転という物指《ものさし》ではからねばならない。たとえば逆《さか》さ幽霊のイメージはこちらから見れば逆様《さかさま》だが、逆に向うから見れば、現世に生きる人間の方が逆さになることを体現している。化物世界の基準からみると無器量の花嫁が望まれるが、人間にとってマイナスであっても化物から見れば、それはごく自然なのである。「化物の嫁入」は、化物の滑稽さを描いて笑いを起こすためのようにみえるが、実は読者に全て森羅万象《しんらばんしょう》は相対的に成り立つという調和の精神を伝える目的があったのかも知れない。

ところで、『化物《ばけもの》の娵入《よめいり》』の器物は全て命ある妖怪である。たぶん室町時代のつくも神の系譜をうけついでいるのだろう。「提灯《てうちん》はもふ年が年だから」「酒樽《さかだる》は足をもいでおきませう」。どんちゃん騒ぎの結納のあと、道を照らすはずの提灯がぬかるみに足をとられ川に落下する場面が画かれている。婚礼の日、花嫁は白無垢のうち着の盛装、櫛匣《くしばこ》、鏡立《かがみたて》、たんす、古《ふる》葛籠《つづら》のつくも神の諸道具を化物屋敷からそろえる。化物にも月経があり、月役を避けるという。婚礼の日、風が吹き、荒模様でお日柄が悪い。花嫁は「こゝを晴れと、うそ汚れた着物に乱れ髪、垢付きて真つ黒に青ざめた顔つき」とこれが良いのだと読者を納得させる。

妖怪の論理をこちらの側で認めなければならないという前提が、化物の噺《はなし》の文脈にはある。花嫁は早く子を生みたいと願い十月《とつき》に「化物のよふな子を産んで喜ぶ」、へその緒《お》が二つからんでいるし、妖怪産女《うぶめ》が乳付親《ちつけおや》になっている。やがて宮参りで産土《うぶすな》に参詣し、金時除《よ》けのお守りをもらう。これで化物世界は万々歳《ばんばんざい》。「太平の御代に、四天王の金時、綱の恐れもなく」と化物にとっての現世が謳歌《おうか》される。

『化物の娵入』は化政期の産物であるがこの時期、人の世も幕末の混乱直前ではあるが、まだ陰陽和合の調和がとれていることが分かる。人間と妖怪がパラレルに見つめ合い、対等の価値を認めていたのである。化物が分散して、それぞれが人間に対し復讐《ふくしゅう》するという、現代の妖怪たちのおどろおどろしさがなかった当時の世相を投影しているのだろう。

信《たのみ》有《あり》奇《ばけ》怪会《もののまじわり》

十返舎一九＝作画

化物退治で有名な豪傑、
坂田金平が美しい
ろくろ首を生捕りに。
恋人の見越入道は
彼女を救うため
奇想天外な作戦に……。

登場化物関係図

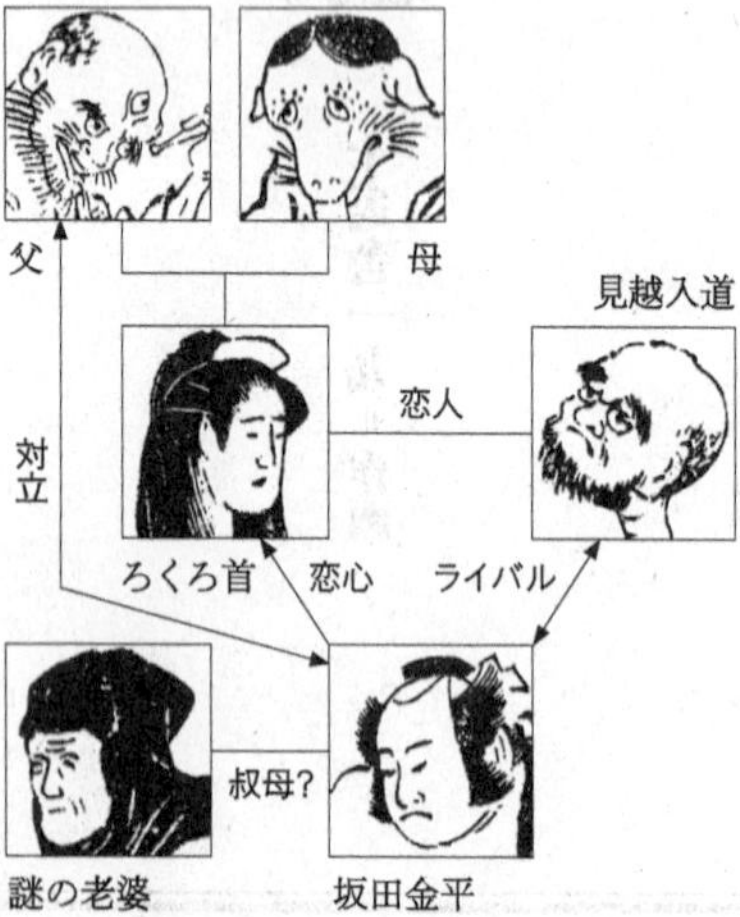

化物たちの奇怪会

【二】翻刻 二七七頁

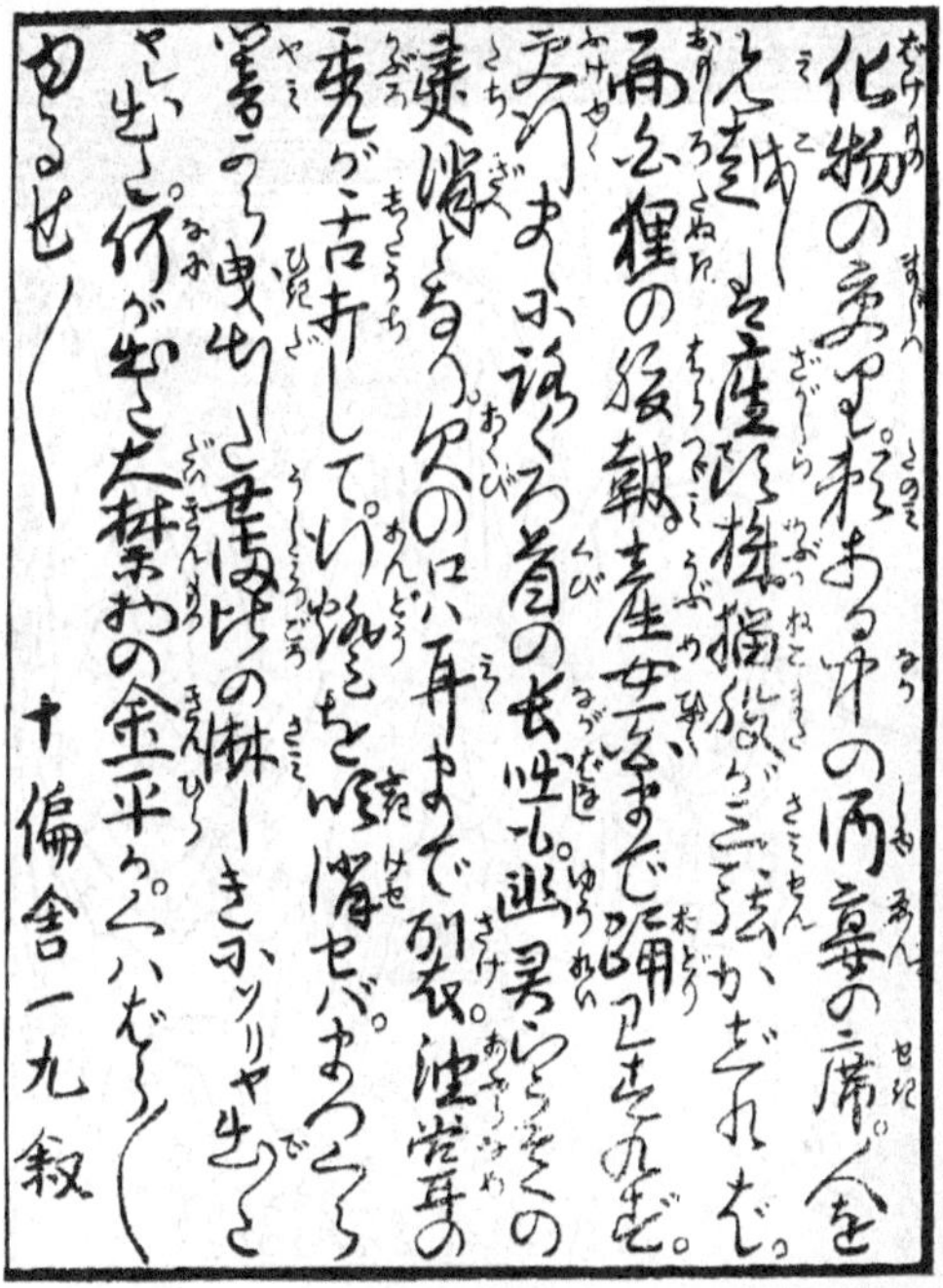

化物の奇怪会には、見越《みこし》入道《にゅうどう》、猫股《ねこまた》、狸《たぬき》、産女《うぶめ》、ろくろ首などが参加する。猫股が三味線を弾いたり、狸が腹鼓を叩《たた》いたり、産女が踊ったり、ろくろ首が長話をしたりしている。

しかし、行灯《あんどん》が消えると大騒ぎとなる。大禁物の坂《さか》田金平《たのきんぴら》（化物たちを退治する豪傑）が現れるかもしれない。怖がっている化物たちは「桑原《くわばら》桑原」という呪《じゅ》文《もん》を唱《とな》えるのである。

ろくろ首が行方不明に

【二】翻刻　二七八頁

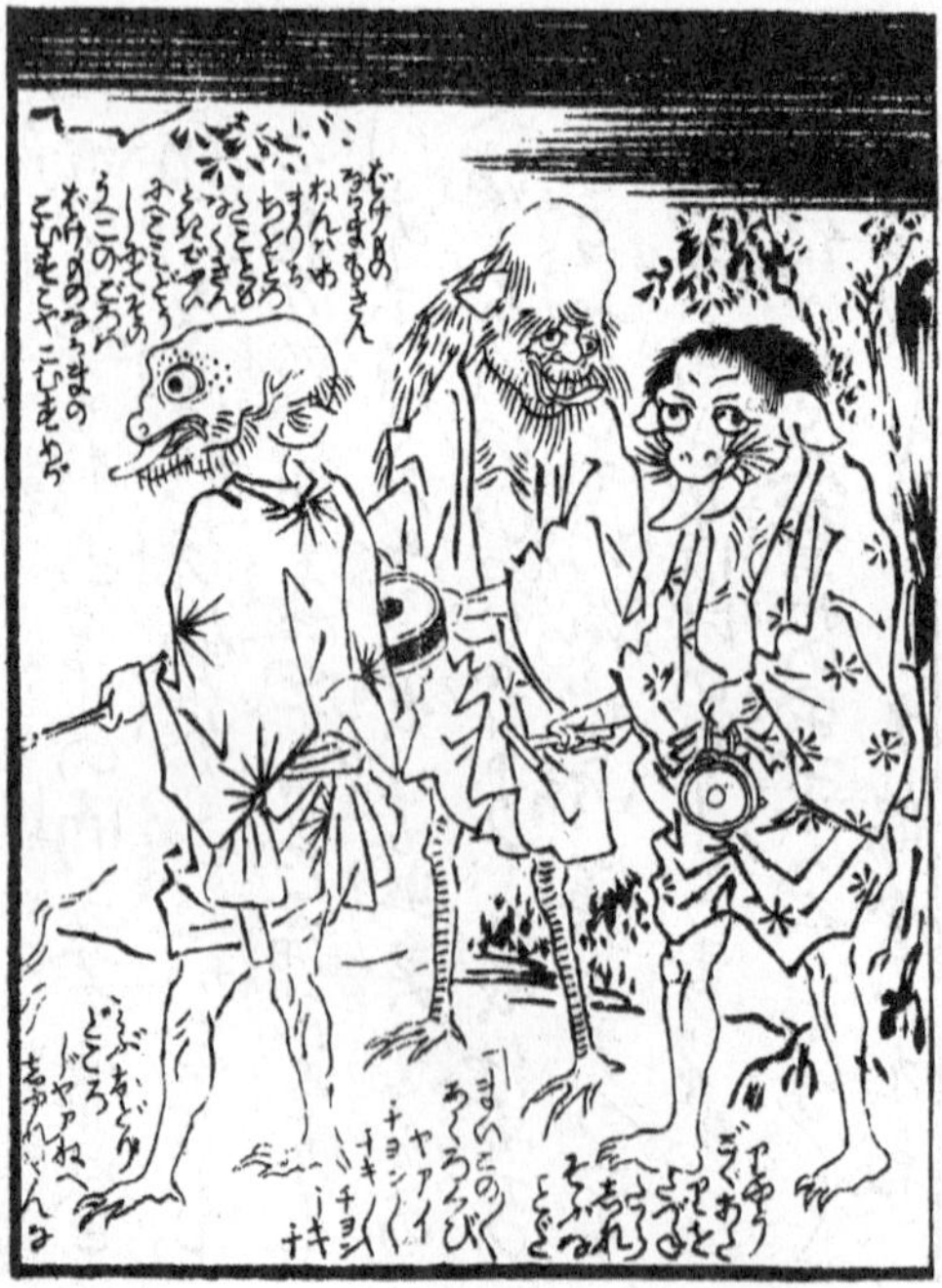

行方不明になったろくろ首を探しに夜道を行く三匹の化物。

こういう場合、ふつう鉦《かね》と太鼓《たいこ》と提灯《ちょうちん》を持つが、ここでは提灯のかわりに先に火の玉が付いている棒を持っている。

人間の迷子なら野原を探すが、化物だから町中を探す。

三匹の化物はみな舌を出しているが、これは一九の化物絵の一つの特徴。

ろくろ首は金平の手に

【三】翻刻　二八〇頁

坂田金平がろくろ首の長い首をつかんで、引っぱろうとしているところ。「化物殺し」と叫ぶろくろ首。右側の人物は金平の奴《やっこ》で、彼は自分の旦那《だんな》がろくろ首に恋慕するのではないかと心配している。

一般的にろくろ首は美人として描かれるが、このろくろ首の足は珍しく獣《けもの》の足となっている。

見越入道怒る

【四】翻刻　二八一頁

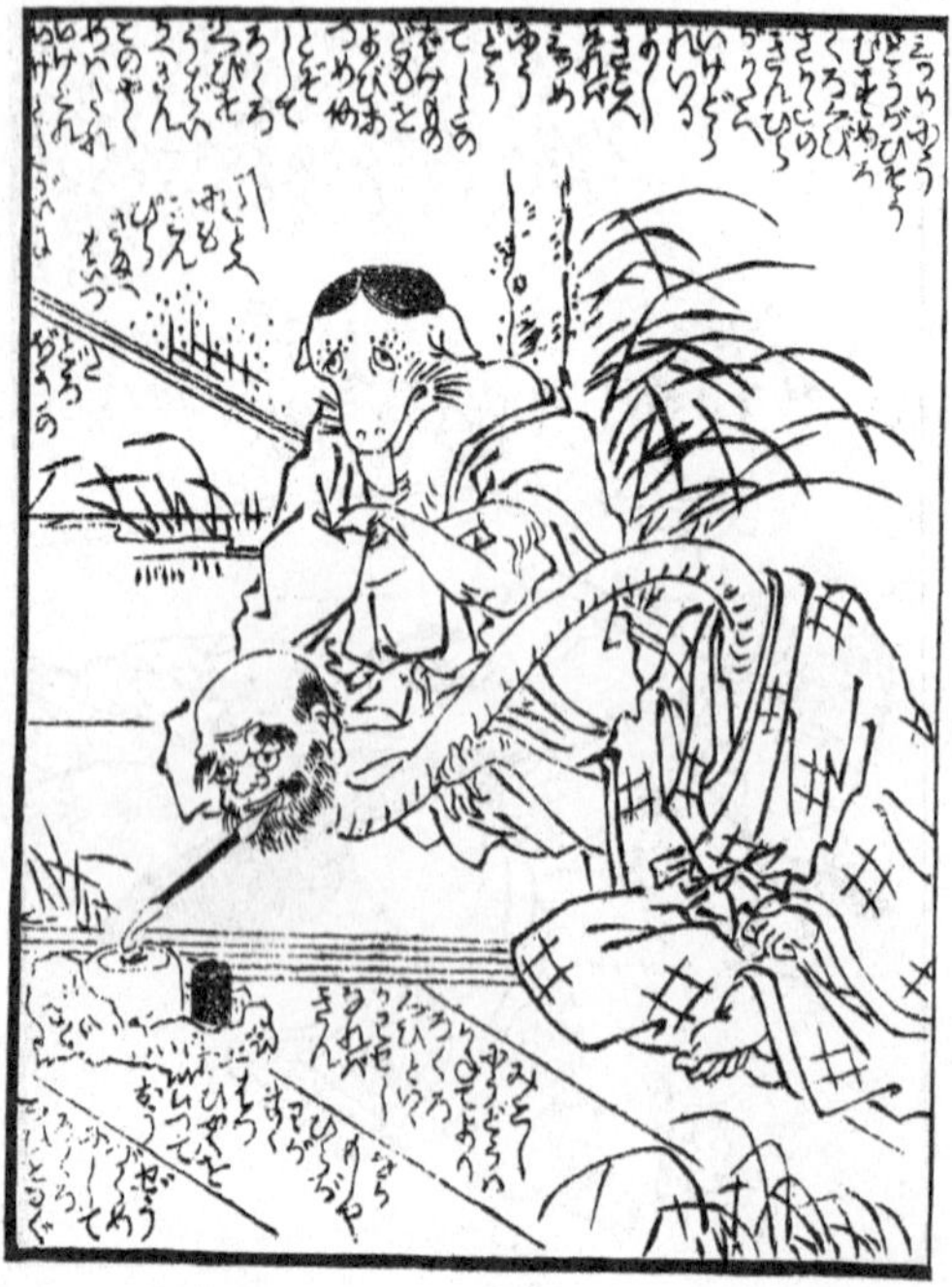

左側の化物はろくろ首の父親、三つ目入道。

自分の娘が金平に生けどりになったことを聞いて、大ショック。今、ろくろ首の恋人、見越入道（右）と相談しているところ。

見越入道は、化物風の煙草《たばこ》盆に煙管《きせる》が届くまで首を長く伸ばしている。金平ごぼうと違って、生きている金平を怖がっている三つ目入道は「まいった」という表情。彼の着物は蜘蛛《くも》の巣の絞り模様。

右上は三つ目入道の妻か。

彼女は中世の化物絵巻物に出てきそうな古風の顔をしている。

見越入道は、ろくろ首を無事に助けだすと偉そうに言うが、はたしてそんなことができるのか。

変装には首が邪魔

【五】翻刻　二八二頁

老婆の面をかぶった見越入道の変身ぶり。化物は簡単に変身できるはずなのに、ただ仮装しているようだ。首に面をつけたが、残りの首と頭はどうするのか。困った表情の見越入道。隣の山姥《やまんば》がふんどしに挟んだほうがいいと言う。源頼光《らいこう》の四天王の一人の渡辺綱《わたなべのつな》は茨《いば》木童子《らきどうじ》という鬼の腕を切ったが、後に茨木童子が渡辺綱の叔母《おば》に化けて腕を取り返す。見越入道も、同じように金平の叔母に変装して、ろくろ首を取り返すつもり。

謎の老婆金平屋敷へ

【六】翻刻　二八三頁

見事に老婆の姿に変装した見越入道が金平の屋敷を訪ねているところ。門前では金平の手下と話している。見越入道は謡曲『道成寺《どうじょうじ》』のせりふを真似《まね》して、自分はこのあたりの白拍子《しらびょうし》の婆だと名乗ると、滑稽な「かぼちゃ踊り」をやるかと聞かれる。

　金平は渡辺綱と違って、叔母を持った覚えがないが、わざと見越入道をもてなす。化物は素直で人間は陰険なのか。

恋人たちついに再会

【七】翻刻　二八四頁

見越入道とろくろ首の美しい再会。

しかし、これはどういうことか。見越入道は喜びのあまり、首がふんどしから立ち上がってしまう。

庭の木に自分の長い首でしばられているろくろ首は、本物の縄《なわ》にしばられているようだ。不思議な運命に左右される化物の恋人同士。

金平の作戦会議

【八】翻刻　二八五頁

坂田金平（右）は土手平という手下を呼び出して、ろくろ首の張番を頼んでいるところ。
金平は「見越入道に天井を見せる」（ひどい目にあわせるという意味）と言う。これが、その当時の豪傑のお決まりのせりふらしい。

首はないものつらいもの

【九】翻刻　二八五頁

大変だ。張り番の土手平がろくろ首のちぎれた首をつかんでいる。残りの首から血が無惨にもたくさん流れている。泥棒の格好をした見越入道は呆然《ぼうぜん》としてこの悲惨な風景を見ている。いったい何が起こったのか。

　あせったろくろ首は縄を切るつもりで自分の首を食い切ってしまった。そして、「嬉《うれ》しや」と駆け出したところが、肝心の首がなかった。

　見越入道にしてみれば、首ばかりの恋人では面白く

ないだろう。首のないろくろ首の体は「首はないもの、つらいもの」と嘆く。これが、諺「旅は憂《う》いもの、つらいもの」をもじったもの。しかし、そんなことを言っている場合ではない。

可愛い娘の敵討に

【一〇】翻刻　二八七頁

三つ目入道に頭を下げる見越入道。ろくろ首の無惨な死を報告しているところ。娘に死なれた三つ目入道は当然怒っている。「今度自分が金平の頭を抜いて、串刺しにしてやる」と偉そうに言う。

強い金平逃げる三つ目

【一二】翻刻　二八八頁

可愛い娘を殺した金平に、許せない父親の敵討《かたきう》ち。
しかし、どういうことか。今、金平は大きな金棒を振り回して、三つ目入道を追い出している。敵討ちは台無しに終わる。三つ目はやっぱりみじめ。

金平の首ここにあり

【一二】翻刻　二八九頁

時間的に二つの場面に分かれている絵。

右では、三つ目入道が先頭に立って、金平の首をのせた車を引いているところ。まるで源頼光の四天王が鬼の酒呑童子の首を都に持ち帰った場面のようだ。左下では二匹の化物が関心ありげにこの風景を見ている。左上の場面では、化物たちが、獄門の上に置いてある首を面白そうに見上げている。

しかし、三つ目入道は金平に負けたはずなのに、なぜ金平の首を手に入れるこ

とができたのか。

実は面目《めんもく》を失った三つ目入道は、蜜柑籠《みかんかご》に浅草紙を張って、目と鼻を書き入れ、贋物《にせもの》の金平の首を作った。問題は風が吹くと、頭が揺れ動く。「腐らないように頭の骨を抜いて塩漬けにした」と言い訳する三つ目入道。結局、素直な化物たちはこのインチキくさい頭が本物だと信じてしまう。「目が動くようで気味悪い」と言う化物もいるくらいだ。

金平の首の正体は

【一三】翻刻　二九〇頁

蜜柑籠がすでに半分見えている金平の大頭。雨に降られて紙が剝《は》がれたせいで、正体がばれてしまう。

言い訳なしの三つ目入道（左）。責める化物たちから目をそらすばかり。

この張り子の大頭は多くの草双紙に登場している。浅草の玩具《がんぐ》の店でこの大頭が売られる話もあり、また、飛んだり跳ねたりする仕掛けをもった玩具（亀山のお化けという）に金平の頭の形をしたものもあった。

化物は箱根の先へ

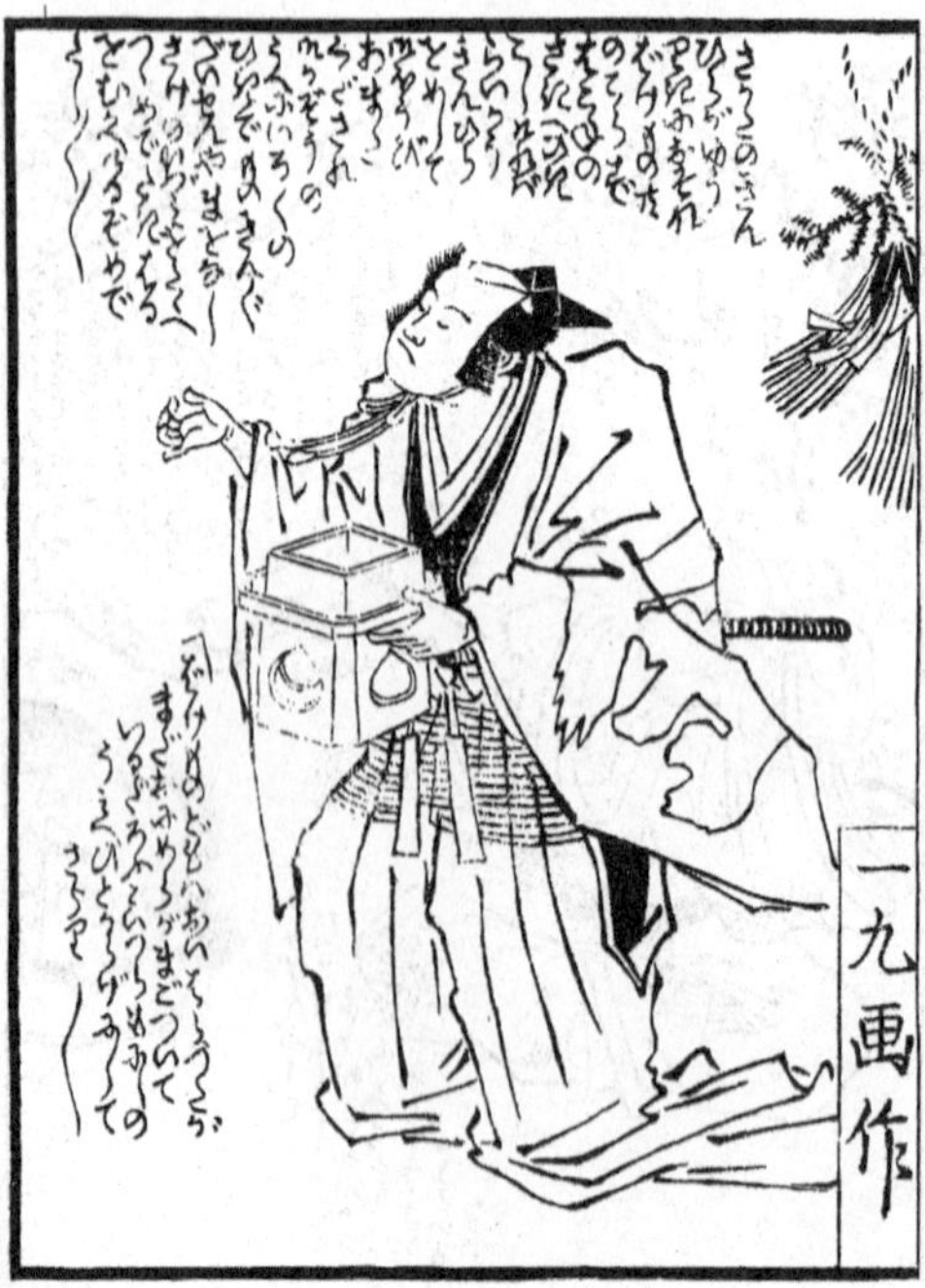

【一四】翻刻　二九一頁

お正月を楽しむ坂田金平。

結局、金平を恐れる化物たちは残らず箱根の先に引越してしまった。

化物たちが江戸文化の及ばない箱根の向こう側に引っ込むというのは、化物退治談のお決まりの終わり方である。

棚橋正博 Tanahashi Masahiro

野暮と化物は箱根の先

「箱根よりこっちに野暮と化物はない」と江戸っ子はことさらによく誇示してみせる。そこに江戸っ子を自称する御仁の野暮らしい片鱗がかえって窺えるのだが、十返舎一九《じっぺんしゃいっく》は駿河国府中《するがのくにふちゅう》（現静岡市）の産であるから、江戸っ子から見ると野暮や化物と一緒に暮らしていた類《たぐい》ということになるであろうか。

一九自身が、遊びの世界（遊びといえば当然吉原《よしわら》などの遊廓《ゆうかく》での遊びのことである）で少々野暮に振る舞って吉原の廓《くるわ》の法に抵触して責められ、万座の前で縛《しば》られ辱《はずか》しめられたことは有名な話で、一九自らが『道中膝栗毛《どうちゅうひざくりげ》』[一]後編で打ち明けてみせている。

当時、吉原角町の万字屋《まんじや》抱えの部屋持女郎・秀機《ひではた》に通い詰めて馴染《なじ》みであったのが、断りもなく他の妓楼で遊んだのが露見して一九は縛られたといわれる。もちろん本気で縛ったわけではなく、二股《ふたまた》をかけた不誠実な態度行動に対する私刑《リンチ》であり、この一件は一九自作の洒落本《しゃれぼん》『竅学問《あなもん》』(二)でも紹介している。

一九の名誉のために言い添えておきたいのだが、一九はスラリと背が高い美男であったと伝えられ、その似顔絵を見ると確かにその通りのようである。戯作者《げさくしゃ》として洒落本も〝作者の陣笠組〟と『恵比良濃梅《えびらのうめ》』(三)以来染筆している一九が、廓でもてたとしても不思議はない。つい廓法に外れたこともあったのであろう。そこが野暮なのだと言ってしまえばそれまでなのだが……。

一九の洒落本の著作手法は山東京伝《さんとうきょうでん》のそれに倣《なら》うところが多く、京伝同様、遊廓に自ら遊んだ体験を生かしている。

吉原の男芸者荻江藤四郎《おぎえとうしろう》と銚子への旅をして、潮来《いたこ》などの遊廓で大騒ぎをしたと一九は披露している。茶番と呼ばれる滑稽素人狂言《こっけいしろうときょうげん》が得意であった一九にふさわしい芸者同伴の房州旅行であったようである。この旅が例の『道中膝栗毛』の発想の下敷きになったろうと思って間違いない。

駿府《すんぷ》の産にして青年時代に一時江戸へ滞在していたことがあり、それから大坂へ上って浄瑠璃《じょうるり》作者近松余七《ちかまつよしち》を名乗ることもあった一九は、江戸の水がどこまで性に合っていたのか測《はか》り難《がた》い。しかし、廓での野暮なことなどはむしろ愛嬌《あいきょう》と言ってよいほどで、箱根の先から来たにしては江戸の水と相性がよかったのかも知れない。

　そんな一九だけに、野暮と並んで化物話が得意だったのでもあろうか。ただし、その化物話にはネタがあったようだ。

　ともに京都板である『古今怪談とのゐ袋』（四）や『当世化物大評判』（五）あたりに早く影響された可能性があるとにらんでいる。

　また、遅れては『異魔話武可誌《いまはむかし》』（六）や『画本纂怪興《えほんさんかいきょう》』（七）といった江戸板の〝妖怪絵本〟を意識したことは間違いない。前者『異魔話武可誌』の改竄《かいざん》再板本である『列国怪談聞書帖』では、一九は『捜神記《そうじんぎ》』をはじめとする和漢の書を引用して妖怪の一々を解説してみせ、叙文も書いている（八）。

　最後に本書『信有奇怪会《たのみありばけもののまじわり》』に話を移すと、この作は黄表紙の化物作品としては上出来とは言いかねる。要するに箱根からこっちでは金平《きんぴら》の働きによって化物の跳梁《ちょうりょう》する場がなく、再び箱根の山へ戻るという落ちも陳腐《ちんぷ》である。

中でも笑いの材となる張貫《はりぬ》きの大頭の正体がバレるというのも、寛政五年（一七九三）二月二十日から六十日間、南品川の海晏寺《かいあんじ》の観世音開帳時に境内に作られた張貫きの大頭で評判をとった合羽大仏に趣向を仰《あお》いだものので、その開帳を知る江戸の人士にはもう旧聞に属することで、黄表紙の趣向としても古いものであった。

が、しかし、その旧聞に属したものをわざわざ趣向にしたのがポイントなのである。江戸での話題性に遅れていても、それが面白いものであれば一向に構わないというのが一九戯作のスタイルであった。つまり、江戸ではとっくに時流に遅れたものでも、地方では遅れてそれが話題になっていることもあり、そうしたあらゆる笑いを取り込んで行くところに一九の戯作の本質があり、その手法の開花が『道中膝栗毛』であったとも言えるのである。

（一）享和二年（一八〇二）初編刊。
（二）享和元年刊。
（三）享和二年刊。

（四）臥仙子文坡編、明和四年（一七六七）刊。
（五）一文字寿正作、天明二年（一七八二）刊。
（六）勝川春英画、寛政二年（一七九〇）刊。
（七）北尾政美画、万象亭撰、寛政二年刊。
（八）拙著『叢書江戸文庫　十返舎一九集』（国書刊行会刊、一九九七年）参照。

化《ばけの》皮《かわ》太《たい》鼓《こ》伝《でん》

十返舎一九＝作
歌川国芳＝画

化物の親玉・
見越入道は
世の中を
魔界にするため
豪傑たちを
集める旅に出る。
これが不思議な
物語の始まりだ。

主な登場化物

白だわし

飲んだくれの悪党。おちよぼんに横恋慕する。

おちよぼん

魍魎の妻。夫に尽くすタイプ。なかなか魅力的。

魍魎

好青年。お金持ちのお坊ちゃん。今は駆け落ち中。

見越入道

化物たちの親玉。正義感が強い。金棒で敵を下す。

狸

白だわしの仲間。のまわり狐の娘に恋をしている。

のまわり狐

お金持ちの狐。娘の結婚と息子の化け修業で忙しい。

幽霊

人間が怖がらないのが悩み。白だわしの妻になるが…。

ももんじい

白だわしの大家さん。見かけによらずの正義派。

謎の小僧

酒を持って山道を歩いてくる。その正体はだれか。

猫股

大胆不敵な雌猫。色っぽさもあり。好きな物は小判。

山彦

山に住む泥棒ボス。見越入道に挑戦。お酒が大好き。

狢

魍魎の隣に住む。魍魎の財産を目当てに急接近。

世の中すべて化物か

【一】翻刻　二九二頁

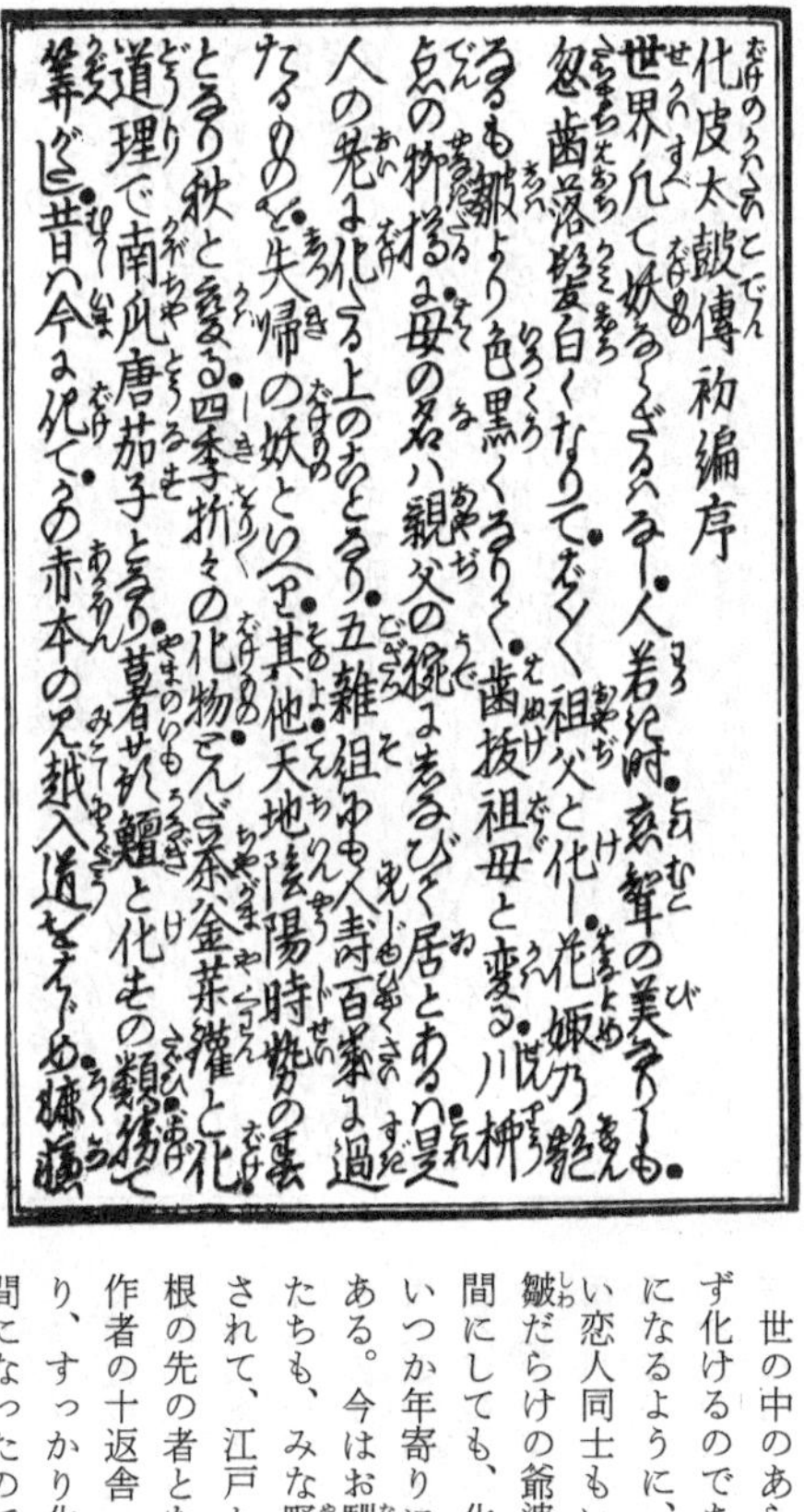
化皮太皷傳初編序

世の中のあらゆる物は必ず化けるのである。春が秋になるように、若くて美しい恋人同士もいつの間にか皺《しわ》だらけの爺婆となる。人間にしても、化物にしても、いつか年寄りになる運命である。今はお馴染《なじ》みの化物たちも、みな野暮《やぼ》と一緒にされて、江戸から離れた箱根の先の者となっている。作者の十返舎一九も年を取り、すっかり化物たちの仲間になったので、久しぶりに化物の草双紙《くさぞうし》を書くことにした。

一九の化物最新作

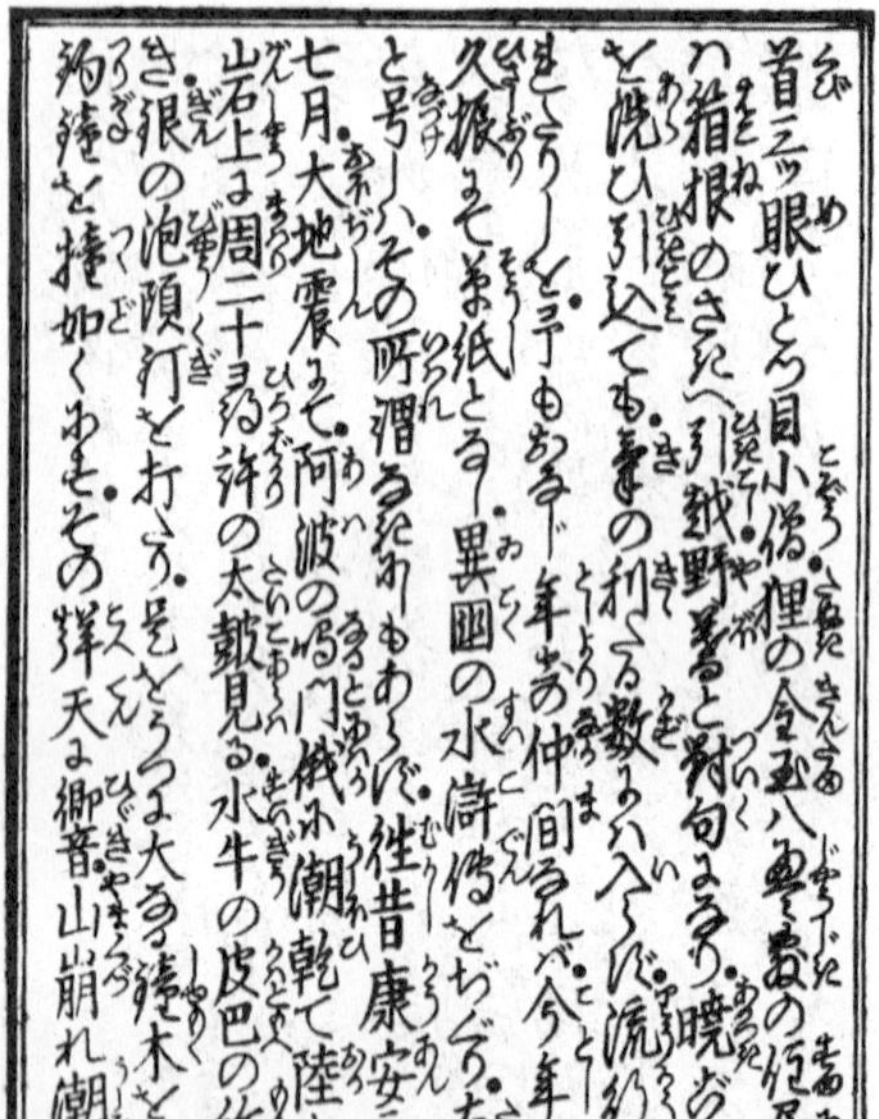

【三】翻刻　二九四頁

題名の『化皮太鼓伝《ばけのかわたいこでん》』は中国の長編小説『水滸伝《すいこでん》』をもじったもの。

つまり、この話が、日本を舞台にした化物風の『水滸伝』。『水滸伝』を真似《まね》した場面もあるが、一九の創作も多い。

この序でこじつけられた大太鼓の由来が示すように、歌舞伎のどろどろの大太鼓は化物や幽霊の出場によく用いられ、太鼓と化物とは深い縁がある。

最後の天保四年（一八三三）は刊年。しかし、これ

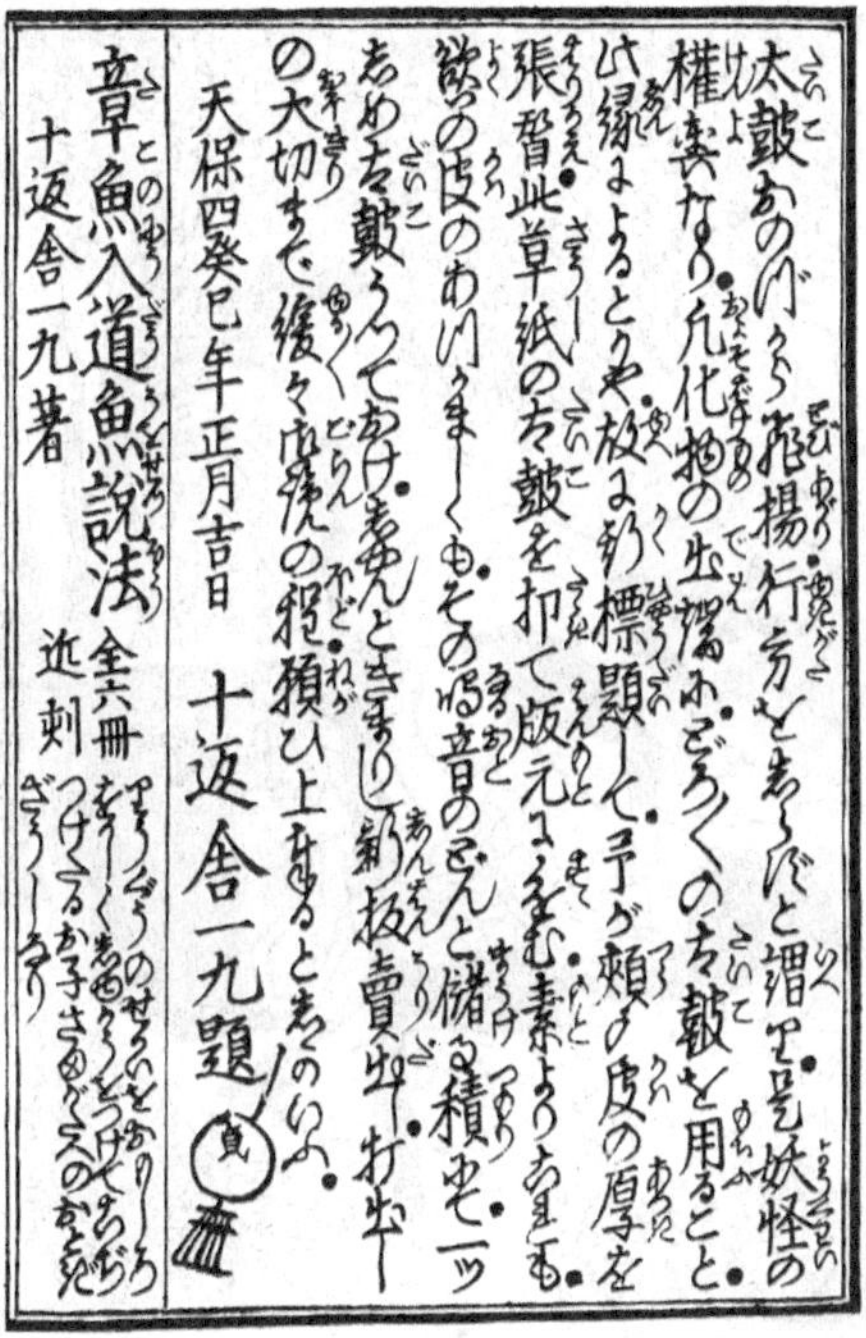

は一九没から二年後のこととなる。一九はあの世からこの作品を送ってくれたのだろうか。

見越入道登場

【三】翻刻　二九五頁

化物の親玉、見越入道《みこしにゅうどう》はふと思いつき諸国巡礼の旅へ。

吉野山に登り、一休み。傍《かたわ》らに大きな笈《おい》、手には見越入道自慢の大きな金棒。

首を伸ばして空を見上げると、二人の魔物が乗っている黒い雲が舞い降りる。そこにいるのは、天狗《てんぐ》となった大塔の宮護良親王《もりよししんのう》と十二単《ひとえ》の美女に化けた金毛九《きんもうきゅう》尾《び》の妖狐。どちらも悲惨な死をとげて、怨霊《おんりょう》となった。

この世を魔界にするのが二人の宿願。見越入道も彼

らに従い、喜んで国々の化物の豪傑を探し求めることを誓う。

大塔の宮は「一緒に酒を飲まないか」と見越入道を誘うが、首の長い見越入道は「相当飲まないと腹まで届かない」と言う。

魍魎とおちよぼんの駆け落ち

【四】翻刻　二九七頁

話は変わって、化物の俗世間。

若い化物の魍魎《もうりょう》（右上）とおちよぼん（右下）は箱根の先でほやほやの新婚生活。駆け落ちしたにもかかわらず、高い家賃を覚悟して化物には最高の荒れ果てたあばら屋に引っ越した。

魍魎が、大工を頼んでこの家のまだ綺麗《きれい》なところを壊してもらいたいと言うのは、お坊っちゃんの見栄っ張りか。

魍魎は魑魅魍魎《ちみもうりょう》のこと、中国にもいる由緒ある化物。

卒塔婆《そとば》を背に踏み台を運んでいる白だわし（左）は引っ越しの手伝い。

おちよぼんの帯の柄は化物風のおしゃれ感覚か。白だわしの着物はやっぱり「たわし」の模様。

破れた障子の穴から現れている男根のような一つ目小僧は、この話の題名にちなみヒョウドロの太鼓を欲しがる。

白だわしの陰謀

【五】翻刻　二九九頁

白だわしの本性はとんでもない飲んだくれの悪党。かわいいおちょぼんを騙《だま》し、自分が住んでいる穴に引き込もうとする。

貞淑なおちょぼんはいやがる。しかし、彼女の帯はもう少しで解《と》かれそう。

帯に「三界」（欲界・色界・無色界のこと）という興味深い文字が記されているが、これからのおちょぼんの運命を暗示するのか。

青二才の魍魎より、自分の方が床上手と、白だわしは威張っているが、本当か

な。ももんじいという化物（この辺の穴の大家）が木の上から二人の様子をのぞいている。
　ももんじいはおちょぼんを助けてくれるのか。それとも……。

情けない夫の魍魎

【六】翻刻　三〇一頁

魍魎の家を訪ねて刀で脅《おど》す白だわし（右）。後ろの囲炉裏《いろり》でめらめら燃える火は白だわしの怒りか。

気の弱い魍魎は頭をかき、白だわしの機嫌を取っているばかり。ついにおちょぼんを譲ると約束して、彼女の荷物をまとめて渡すことに。

泣いてばかりのおちよぼん

【七】翻刻　三〇二頁

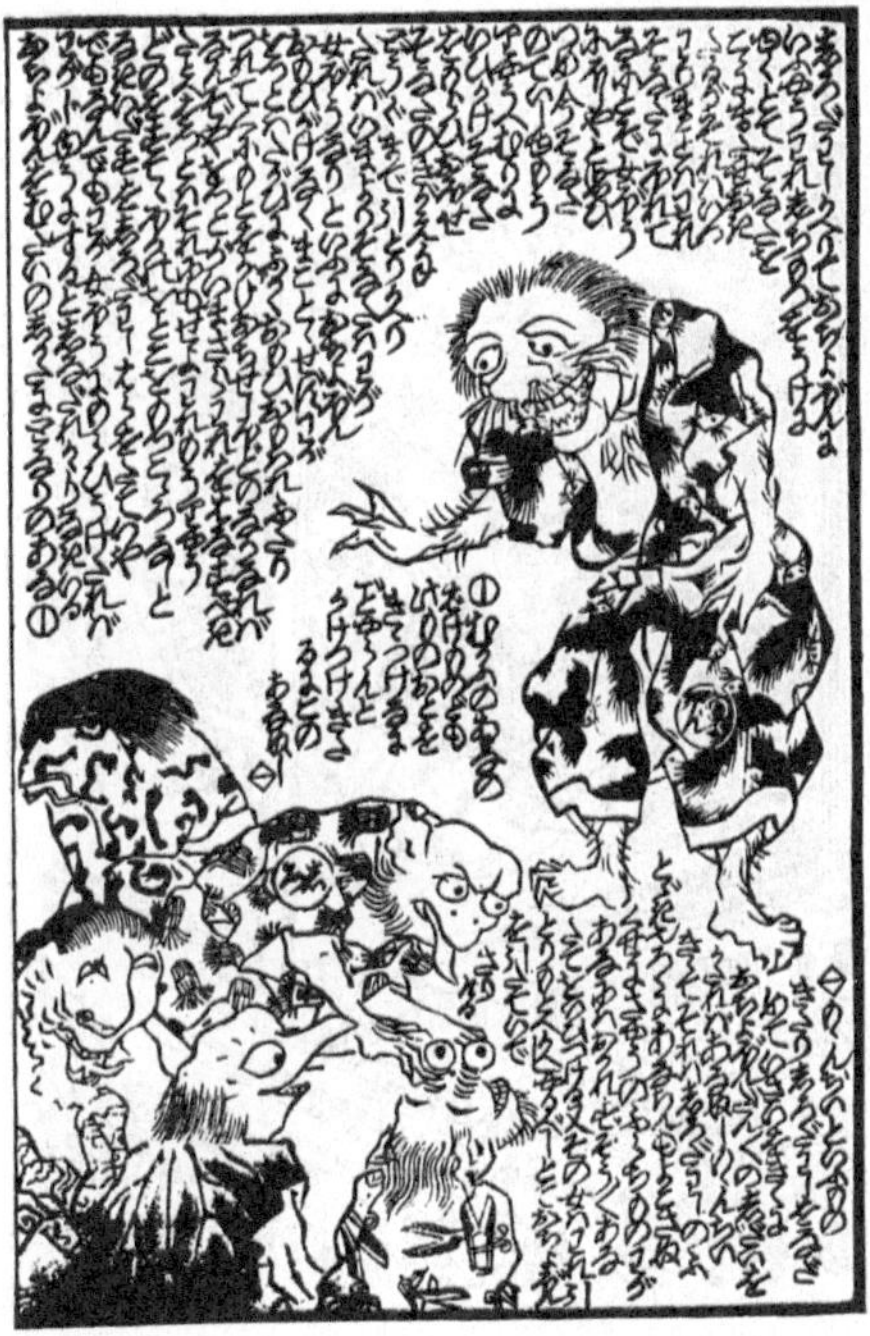

ももんじい（右）は、おちよぼんを助け出して事情を聞き、白だわしを叱《しか》りつける。

ももんじいはももんがともいい、着物は動物のももんが（ムササビに似ている）の模様。

両手をついて謝《あやま》る白だわし。おちよぼん（左）は顔を隠して泣いている。

この騒ぎを見て喜ぶ近所の化物の一匹（右下）の着物ははさみの模様。正体は蟹《かに》か。

よき妻の行方は

【八】翻刻 三〇四頁

ももんじいの家でくつろぐももんじいとおちよぼん。一体これはどういうことか。あの正義の味方ももんじいが、今度はとてもいやらしい目つきで、おちよぼんを抱きしめようとしているのではないか。

まあ、おちよぼんは二目と見られないほど醜い顔だから、化物としては手を出さずにはいられない。おちよぼんも、まんざら悪い気持ちではなさそうだ。

実は、再婚を決めた魍魎にお前には用がないと言わ

れ、死ぬしかないと思いつめたおちよぼん。このよき妻は、結局寛大なももんじいに身をまかせたのであった。やっぱりももんじいは正義の味方だ。

　さて、問題は左側の謎の幽霊。地獄から男への恨《うら》みを晴らしにやって来たが、道に迷ってももんじいの家へ。はたしてこの幽霊は無事に恨みを晴らせるのか。

化物の女房に幽霊とは

【九】翻刻　三〇六頁

豪傑同士の戦いぶり。

白だわしは長い丸太を手にして、ももんじいの家に押し込む。ももんじいは斧《おの》で出迎える。居そうろうの幽霊は必死に逃げ、ご近所の化物たちが駆けつけて止めようとする。てんやわんやの大騒ぎ。

さて、喧嘩《けんか》の原因は何か。白だわしの穴主、ももんじいが、今はおちよぼんの穴主となっている。これが許せない白だわし。つまり、彼女を寝取られてしまった一匹の化物の意地。

申し訳なく思ったももんじいは、穴賃なしという条件で、幽霊を白だわしに世話する。白だわしにしてみれば、綺麗な幽霊を女房にするのは化物仲間の笑いぐさになるが、穴賃なしとは、なかなか魅力的な条件。

隣近所の三匹は個性豊かな化物たち。左側は男根。帚《ほうき》の模様の着物を着ているのは蛸入道《たこにゅうどう》か（右）。その左の墓模様の着物を腰に着けている化物もいる。

極楽にゆく幽霊

【一〇】翻刻　三〇八頁

幽霊（左）は祈りながら、紫雲に乗って、極楽へ向かう。光に包まれた顔の表情が、とても穏《おだ》やかである。

夫の白だわし（右）をふり返るが、その心中やいかに……。白だわしはたくさんの鬼たちを押し退《の》けようとする。鬼の角をつかみ、丸太で一気に三匹の鬼を倒す。白だわしと幽霊に何があったのだろうか。

好きものの白だわしが毎晩のように幽霊を求めたから、それに堪えられない幽霊はついに地獄に戻りたく

なった。しかし、帰り道が分からない。死ぬことすらできない幽霊は、男への恨みを晴らすことをあきらめ、成仏することに決めた。どうせ地獄より極楽の方がいいに決まっている。

この鬼たちは閻魔《えんま》王《おう》の部下。幽霊を地獄につれ戻しに来たのだが、幽霊には逃げられ、白だわしにはさんざんな目にあわされた、というわけ。

不思議な小僧あらわる

【一一】翻刻　三二〇頁

　ここは地獄に通う道。それぞれの武器を手に四匹の鬼が首かせの囚人をつれている。

　つかまえられたのは幽霊の身代りの白だわし。左の酒を持つ小僧は鬼たちが道でばったり会った不思議な化物。

　鬼たちは小僧の酒を奪って、ガブガブ飲むが、いきなり胸が苦しくなって、全員死亡。そのとき小僧は狸《たぬき》の正体を現す。彼の持った毒酒は何と「鬼殺し」という辛くて強い酒だった。狸

は白だわしを助けに来たのだ。

小僧の着物に注目してほしい。さまざまな玩具《がんぐ》（達磨《だるま》、手《て》鞠《まり》、羽《は》子《ご》板《いた》など）の模様。肩には豆腐のような絵があるから、この小僧は狸と縁の深い豆腐小僧を仄めかしている。本作の見返し絵（四三頁参照）は笠と豆腐。

右下の鬼の着物は竜が爪で玉を持った模様。右側の木にも何か書いてある。

狸の悪だくみ

【一二】翻刻　三一二頁

狸の家。白だわしを助けた狸（左上）は彼をもてなし、一つ頼みがあると言う。

この狸は金持ちの狐の娘にプロポーズしたが、釣り合わない縁だと言われ、きっぱりと断わられたから、白だわしの力を借りて娘を奪い取りたい、と言う。これは物騒なことになってきた。

狸の着物はやっぱり狸にちなんで鼓《つづみ》と文福茶釜《ぶんぶくちゃがま》の模様。

魍魎の新婚生活ふたたび

【一三】翻刻 三二三頁

柳の木の下で魍魎が通行人を脅《おど》かす店を出している。仕事熱心な魍魎だから、店はたちまち大繁盛。新婦の狢《むじな》は愛妻弁当とお茶を持って来て、「あなた、今日はご苦労さまでした」というあつあつの感じ。今度の結婚はうまく行くのでしょうか。

狢の着物の模様は、「ムジナ」という字。

やっぱり始まる夫婦喧嘩

【一四】翻刻三一四頁

幸せというものは長く続かない。かっとなった魍魎は諸肌《もろはだ》を脱ぎ、擂粉木《すりこぎ》を持って愛妻の狢を打つ寸前。狢も負けずに杓子《しゃくし》で愛《いと》しい夫をねらう。同じ長屋に住んでいるおせっかいの化物たちが駆けつけて、二人を抑えようとする。あのあつあつの夫婦はどうしてここまで……。

　二人の間に置いてある財布と小判が喧嘩の始まり。正直な魍魎は道で拾ったこの大金を落とし主に返したいと言うが、狢はその馬鹿

正直さが許せない。亭主に愛想をつかした狢は荷物をまとめて家を出て行く。

右下の亀は長屋の大家。着物の背の「萬」と裾《すそ》の亀《きっ》甲《こう》形の模様は亀にふさわしい。骸骨《がいこつ》の着物は卒塔婆の模様。魍魎が罵《ののし》っている「杓子顔《しゃくしがお》」とは、杓子のように丸くてくぼんだ醜い顔を意味する。狢が言い返した「擂粉木野郎」とは、亭主を罵って言う言葉。夫婦喧嘩になると、化物でも人並にひどいことを言うのね。

魍魎にまさかの縁談

【一五】翻刻　三一六頁

ここはお金持ちの狐の家。今は家族の大事な相談。

家長、のまわり狐（左上）と妻（左下）は煙管《きせる》を手に真剣な顔。お使いの狐（右下）はべらべら喋《しゃべ》りながら、指で後ろを差している。娘（右上）も嬉《うれ》しそうに同じ方向に目を向けている。

話は、中央に置いてある例の財布の件。正直な魍魎が大金を落とし主ののまわり狐に返したから、狐は魍魎の誠実さを認めて、自分の娘を差し上げると決意し

た。

魍魎は目が大きくて、耳が長くて、どこへ出しても恥ずかしくない化物だから、狐の娘は当然喜ぶだろう。

が、この娘こそが、先の狸が狙《ねら》っている女。いやな予感。

嫁入行列危うし

【一六】翻刻　三一八頁

魍魎の家に向かう狐の嫁入の長い列。先頭の狐は提《ちょう》灯《ちん》を持ち、その後ろに嫁入道具や花嫁を乗せた駕籠《かご》が続く。

藁塚《わらづか》の後ろに隠れている二匹の悪党狸は、棒を手にして、嫁入行列が通りかかるのを待ち伏せている。

狸の目的はかわいい狐の娘を奪うこと。あの勇敢な白だわしも大将としてこの闘いに参加するので、悪党たちの陰謀は決して軽く見過されるものではなかろう。

さてさて、狸の腹鼓の合

図が大混乱の始まり。はたして狐の花嫁は無事に魍魎の家までたどり着けるのだろうか。

見越入道ふたたび

【一七】翻刻　三三〇頁

　どういうことか、喧嘩に強いはずの白だわし（左）がまた、生け捕りに。

　今、若い狐が楽しそうに彼をしばっているが、実際白だわしを下したのは、にらみつけている見越入道（右）。

　見越入道は旅の途中で、たまたま狸と狐の騒動を目撃した。正義感の強い見越入道は、鉄の棒を振り回しながら、狸たちや白だわしを一気に捕まえて、狐の花嫁を助けた。今は首を伸ばして一人で花嫁の駕籠を魍

麺の家まで担《かつ》いで届ける大サービス中。

　しかし、担ぐのに二人分の仕事を同時にやっているから、祝儀も二人分欲しいと言う。

　見越入道は化物の親玉なのに、ちょっとけちなところもあるのね。

悪狸は助かるか

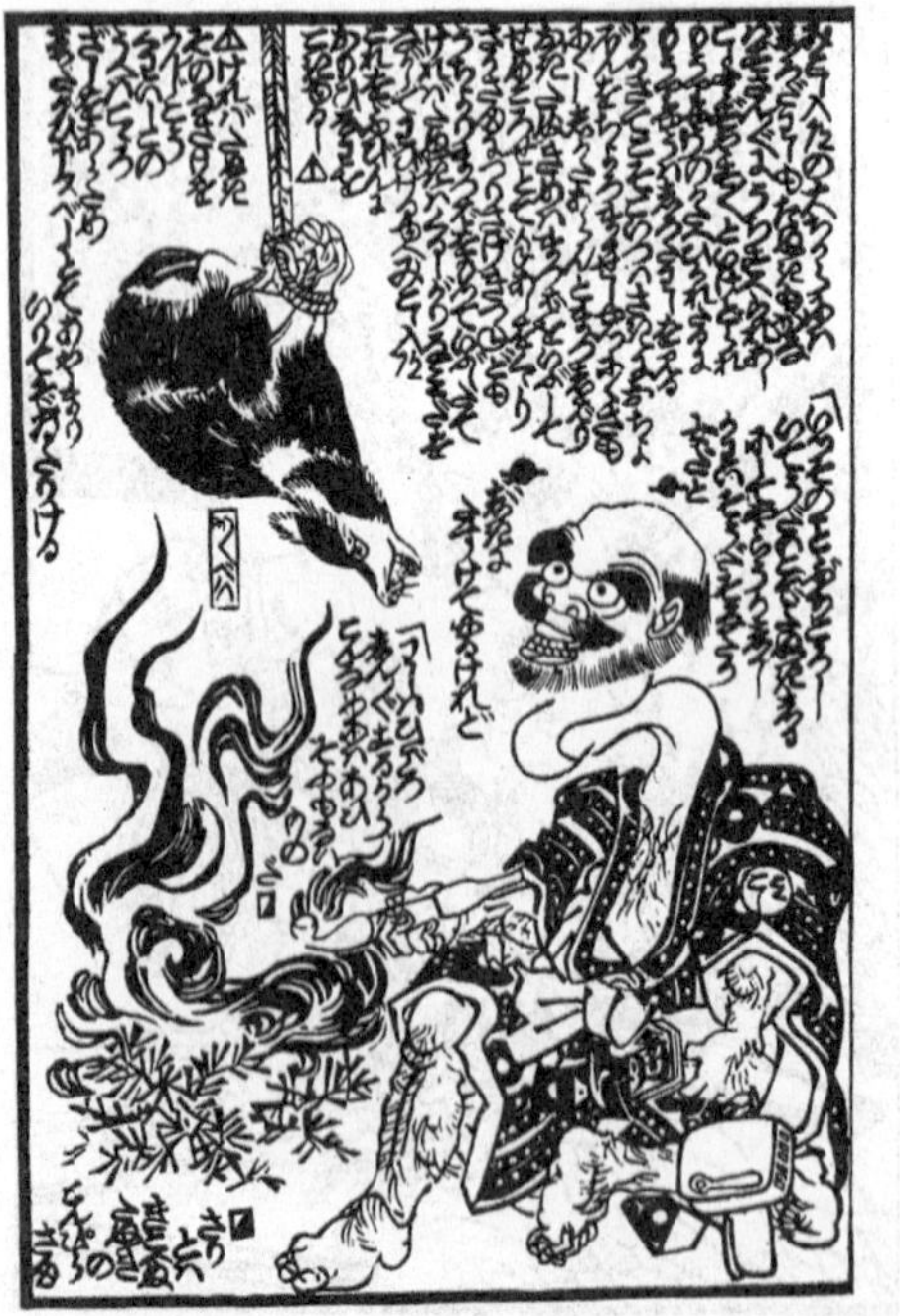

【一八】翻刻　三三一頁

逆さまに吊《つ》り下げられた悪党の狸。見越入道は松葉を燻《いぶ》して狸を責め殺すところ。松葉を燃やす炎と一緒に、見越入道の煙管《きせる》からも炎が怪しく舞い上がる。左手には大きな煙草《たばこ》入れを持っている。

すっかり元の動物の形に戻った狸は涙を流して謝る。さて、見越入道は許す気になるのか（確かに見越入道の目つきは恐ろしいが、心は意外に優しそう）。

化物の豪傑勢揃い

【一九】翻刻　三二二頁

悪党でも、いったん捕まえれば、すぐ味方となる。見越入道は狸と白だわしの闘いぶりを認めて、自分の手下にする。

見越入道が、大塔の宮からいただいた錦《にしき》の幡《はた》を押し立てて、化物の豪傑を集める大望について語っている。興味津々《しんしん》に聞いているなまずの化物（中央下）の着物はひょうたんの模様。諺「ひょうたんなまず」（つかみどころのないこと）そのまま。牛の化物（右下）の着物は牛車の模様。

狐の息子の化け修業

【二〇】翻刻　三二三頁

ここはのまわり狐の座敷。親戚たちを呼んでご馳走しているところ。

きっかけは息子（左）の化け修業の稽古《けいこ》始め。息子の頭に乗せた髑髏《どくろ》と肩に掛けた藻《も》の草はお決まりの化け道具。床の間に飾ってあるのは、先祖代々伝わる聖なる白狐《びゃっこ》の玉。

のまわり狐夫婦（右上）は嬉しそうに自慢の息子を見ている。いつの間にかもう化ける年になった息子。母親は複雑な気持ちだろう。年輩の狐（右下）は化けそ

こなった思い出話ばかり。
今日はとてもめでたい日。しかしこの日に限って、狐たちは酒をたくさん飲み、ぐっすり寝てしまう。何だか心配だ。

狐の家に泥棒が

【三一】翻刻　三二五頁

化け修業の宴会は今になって大パニック。原因は夜中の泥棒。しかも化物の泥棒。酔いつぶれた狐たちは何もできず、逃げてばかりいる。

棒を振るって狐たちを追い出している化物（中央）。松明《たいまつ》をくわえて葛籠《つづら》の荷造りをしている化物（左上）。二つの風呂敷を抱えて逃げている化物（左下）もいる。背負っているのはろくろ首の模様、手に持つのは骸骨《がいこつ》の模様か。

しかし、頭が逆さまの化

物（右下）は物に目もくれず、かわいい狐ちゃんに手を出そうとしている。逆さまになってなおさらいやらしい顔つき。

　さて、金銀や財宝が盗まれた上に、聖なる白狐の玉も行方不明。これは大変だ。

見越入道山彦と対決

【二二】翻刻　三二六頁

山の上。泥棒ボスの山彦《やまびこ》の隠れ家。

ここまでたどり着いた見越入道。大事な白狐の玉を取り返しに。

山彦とにらみ合う見越入道。山彦は大木を根から引き抜いて戦うが、見越入道もしっかりとこの大木をつかんでいる。勝利はいずれの手に。

山彦は大変な力持ちだが、結局、化物ナンバーワンの見越入道にかなわない。

しかし、山彦はのまわり孤の金銀や財宝を盗んだと

認めながら、例の白狐の玉を盗んでいないと主張する。これが本当ならば、いったい誰がこの貴重な玉を握っているのか。

　見越入道の着物は入道に付き物の金棒の模様。

　山彦は黒くて毛深くて熊のような化物。迫力満点。

こりない狸の告白は

【三三】翻刻　三二七頁

狸が住んでいる穴。今、魍魎（右上）の指導で、狐と蛸《たこ》の化物が松葉を燻《いぶ》して、煙を穴にあおぎ入れている。左上では二匹の狸が目をこすりながら、逃げようとしている。いったい何が起こったのか。

あの悪党の狸はまだこりなかった。のまわり狐への恨みを晴らすために、白狐の玉を盗み取ったのだ。

狐の扇の模様は狐と関連する稲荷神社の風景。蛸の化物の扇の模様は里芋。「芋蛸南瓜《いもたこなんきん》」（女性が最も好

きな食べ物）という諺があり、また当時、蛸は里芋を食うと信じられていた。

おちよぼん決死の敵討ち

【二四】翻刻　三二八頁

狸の白状で、玉を持っているのが知れた白だわしの穴の前。

片手に血塗れの包丁、片手に白狐の玉を持つおちよぼん。

おちよぼんは元の旦那、魍魎のため、白だわしに言い寄って玉を取り返した。そして不倫の罪がなかった証拠として、白だわしの首を切り取ったのだ。

悪党の始末をなし遂げた凄いおちよぼん。彼女の純潔さ、大胆さに脱帽。

仕返しの悪だくみ

【二五】翻刻　三二九頁

化物たちの会議。
左上は猿《さる》が年をとって神通力を得た狒狒《ひひ》という化物。彼と相談しているのは先の泥棒ボス、山彦。大勢の仲間たちを集めて、今度こそ狐たちを全滅させるという悪だくみ。あの憎い見越入道も生け捕りにする予定。自信たっぷり。下の化物（左）のちょんまげに注目。

戦いの前に大宴会

【二六】翻刻　三三〇頁

のまわり狐の家に向かう山彦の化物軍。

先頭の化物は錦の幡を立てて、磬《けい》を鳴らしている。酒樽を並べて道を防いでいるのは野狐たち。二匹の狐は両手をついて挨拶《あいさつ》している。

この辺の野狐はむごいのまわり狐の支配下に苦しんでいるから、山彦の化物軍の応援団として歓迎しに来たという。酒やおつまみも用意している。

素直な化物たちは大喜び、たくさん酒を飲む。しかし、

戦の前の宴会とは何となく怪しい。
酒樽の「剣菱《けんびし》」のマークは不気味な顔となっている。暗闇に狐火が飛びかっている。

のまわり軍逆転勝利

【二七】翻刻　三三二頁

まず大きな猪《いのしし》に乗っている山彦（右）に注目。彼は、後ろをふり向きながら、必死に逃げているではないか。

狐の侍（左）は同時に二匹の化物と戦っているが、化物はどうも気が抜けているらしく、大事な武器も足もとに置いたままである。

化物たちの豪傑が、そんな簡単に負けるはずはないのだが……。

実は、のまわり狐の命令で酒に痺《しび》れ薬を入れて、野狐たちは山彦軍を騙《だま》したのだった。そして化物たちは

ほとんど動けない状態となって、逃げるのが関の山。
あどけない化物たちは大事な戦の前に飲み過ぎたことを反省しているらしい。

もめごとの原因は

【三八】翻刻　三三四頁

　戦が終わり、狐の世界に平和が戻った。その時、野狐たちの喧嘩が始まった。

　対立しているのはこんちき（左）と藪潜《やぶくぐ》り（右）。二匹は隣同士の狐であり、争いの原因は地面の境。

　藪潜りの地面のうちにある小さな稲荷の宮の柱に「地主こんちき」と書いてあるらしい。これが本当ならば、地面もこんちきのものになるだろう。

　判決は支配者ののまわり狐に任せられ、次の日、宮の柱を検分して裁断するこ

とに。

狐たちの着物の模様は狐と縁があるもの（宝珠、鳥居、幟など）である。

知恵者猫股の名案

【二九】翻刻　三三六頁

藪潜りの家。

藪潜り（右上）と妻（左上）は雌《めす》の猫股《ねこまた》（左下）に挨拶している。猫股が商売としてこしらえている鼠《ねずみ》の油揚げが中央に置いてある。これは狐の大好物。

実は、この猫股はずる賢い猫。地面をこんちきに譲りたくない藪潜りへ次の名案を。

まず宮の柱に書いてあるこんちきの名前を密《ひそ》かに削る。そして、改めてこんちきの名前を書き入れる。削られた後に書かれた名前が

きっと疑われるだろう、と。

この猫股の頭脳はあどけない化物たちと根本的に違っている。ちょっと理屈っぽいが……。

猫股の尻尾は二股に分かれている。着物はあわびの模様。あわびの殻は猫のえさを入れるお決まりの皿なので、あわびと猫は切っても切れない関係である。

のまわり狐の判決は

【三〇】翻刻　三三八頁

稲荷の宮の柱を検分しているのまわり狐（中央）。裁断を待つこんちき（左）と藪潜り（右）。

削られた柱の上に書いてあるのはこんちきの名前。判決はこんちきが藪潜りの名前を削って、自分の名前を書き替えたものとされてしまった。

藪潜りの勝利はずるい猫股の思うつぼ。

猫には小判かかつおぶしか

【三一】翻刻　三三九頁

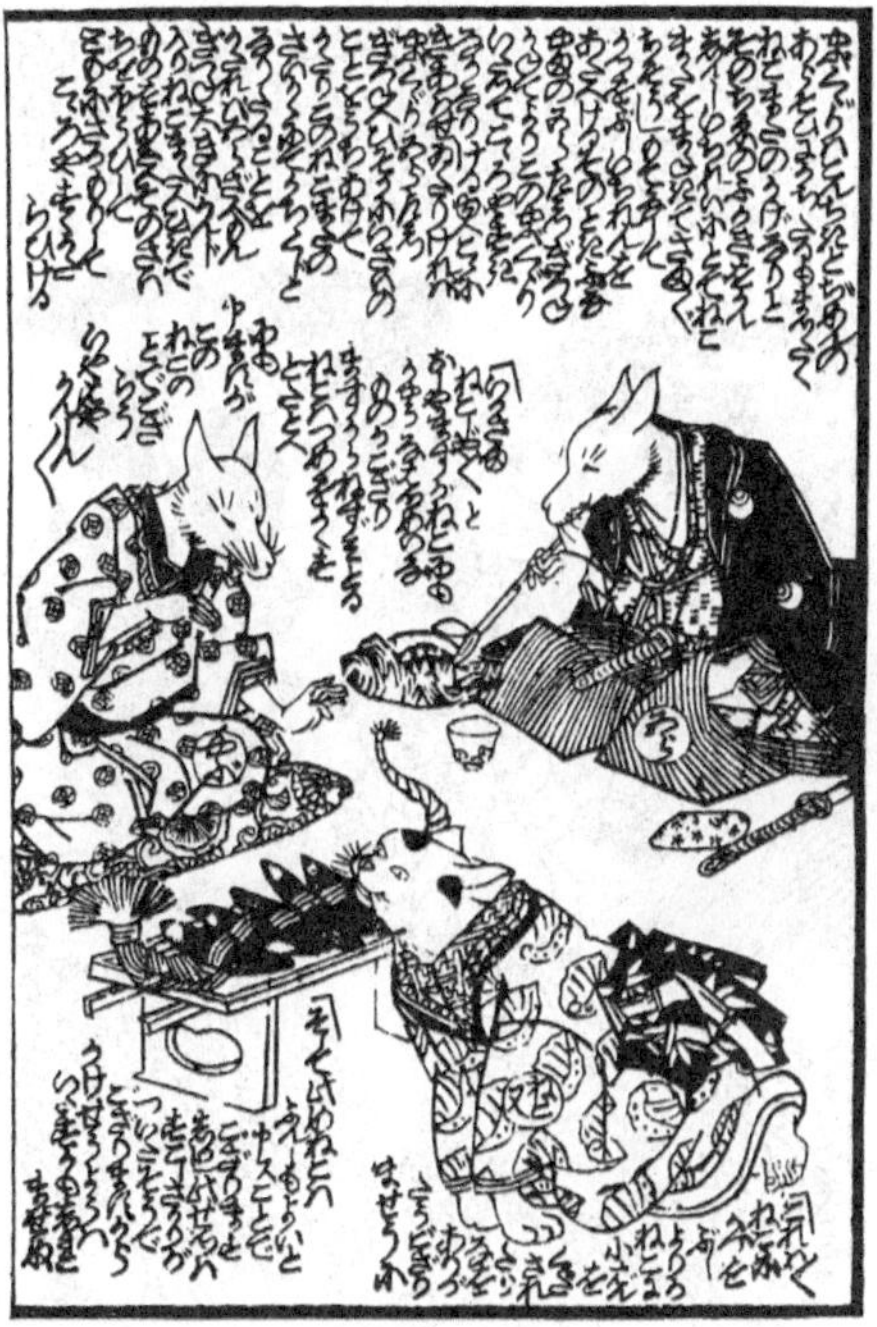

藪潜り（左）は猫股を招き、お礼にかつおぶしをご馳走する。しかし、猫股にとって、かつおぶしより小判の方がありがたい。やっぱり「猫に小判」ということか。

ちなみに、猫股の前足は猫っぽいが、後足は人間そのまま。しかし、次の場面の絵はなぜか逆である。

右側の狐は舟山の五郎左衛門。先の騒動で山彦の化物軍を倒した豪傑。

大胆不敵な猫股危うし

【三二】翻刻　三四一頁

道端に腰をおろしているのは二匹の化物の侍《さむらい》。たまたま通りかかっているのは例の猫股。これがドラマの始まり。木の陰から、五郎左衛門が密《ひそ》かに見ている。柄袋《つかぶくろ》（刀を覆う袋）をつかんでいるので、油断していないようだ。

注目して欲しいのは侍の両掛けの荷物に挟んである大小。

猫股が偶然に足で触ると侍は怒るが、大胆な猫股はびくともしない。「腰に差すべき大小を荷物に差し挟

んだから、あなたが悪い」とずばり言う。

確かに筋が通っているが、猫股の考え方はやっぱり理屈っぽい。それに、相手が侍だから、ちょっと常識はずれの発言。先が危ないぞ。

侍の後ろの青面金剛《しょうめんこんごう》は化物風。

猫股豪傑狐に恋

【三二】翻刻　三四三頁

どういうことか。

今、五郎左衛門は猫股の手を強く握っている。猫股は愛情をこめて彼を見つめている。二匹の化物の侍は、縄で立木にくくりつけられ、もう何もできない状態。これは誰の仕業か。

侍に乱暴されそうな猫股を危うく助けたのは狐の豪傑、五郎左衛門だった。これからお互いに恋が芽生えてもおかしくない。

五郎左衛門は親猫の許しを得て、猫股を愛人にするつもり。

猫股の親父捕まる

【三四】翻刻　三四四頁

あの懐かしい化物の泥棒ボス山彦が戻ってきた。今、化物の手下二匹に命令を下しているところ。中央にいる猫は猫股の父親、宿無し。宿無しは泥棒猫であり、山彦の手下でもある。

　山彦の命令で、二匹の化物たちが宿無しを捕まえようとしている。相手が猫なのに、恐れている化物たち。とりあえず大きな紙袋を猫にかぶせる。猫が前足で袋を取り外そうとしている仕草はとても猫らしい。本書の絵師・歌川国芳は大の猫

好きで、似たような浮世絵も描いた。

では、山彦はなぜ宿無しを恨んでいるのか。答えは簡単。宿無しの娘、猫股は五郎左衛門の愛人となった。騒動の時、五郎左衛門は山彦の化物軍をひどい目にあわせた。娘が敵の愛人なら、親も怪しい。事実を詮議《せんぎ》すべきというわけ。猫の餌《えさ》用のあわびの貝殻が左に置いてある。その隣はかつおぶしを削るために使う盆。生活感あふれる空間。

猫股の厳しい選択

【三五】翻刻　三四六頁

手下の化物に囲まれている山彦。両手をついてお願いをしているのは猫股。「父親を助けるために何でもする」と言うと、「それなら、鼠の油揚げに毒を入れて、五郎左衛門をはじめ、たくさんの狐たちを殺せ」と命令される。

親を助けるのか、それとも愛しい恋人を選ぶのか。猫股は大ピンチ。

山彦の手下の顔ぶれはとてもにぎやか。左から、蟬《せみ》、烏賊《いか》、蛸《たこ》、海老《えび》、椎茸《しいたけ》。海老の着物は浮き、袴《はかま》は網の

模様か。

ひとまずお正月のご挨拶

【三六】翻刻 三四七頁

五郎左衛門がお正月の挨拶をするところで、この長い話は終わる。

肝心な猫股の行動は続編に譲ると言いながら、実際には続編は未刊と思われる。

続編が出ないのはよくある話だが、ちょっと悔しい。

十返舎一九の多面性

延広真治 Nobuhiro Shinji

頃は戦国の世、菊池家の臣、磯貝平太左衛門は、主家滅亡の後、剃髪《ていはつ》して回龍《かいりゅう》と改め諸国行脚《あんぎゃ》。甲斐の国で勧《すす》められるままに、木樵《きこ》りの家に一宿。読経の後、水を飲もうとして、襖《ふすま》を開けると、同居する五人とも首がない。木樵りの胴体を外へ突落して首が戻れないようにし、林に忍んでいると、木樵りの首が、「あの坊主を喰ったら満腹するだろうに。読経中には近付けぬ」などと話すのが耳に入る。遂に木樵りの首は回龍を見付けて、飛びかかるものの、袂《たもと》に喰らいついたまま死ぬ。回龍は首をぶら下げたまま旅を続けたので、人殺しと誤解される。召捕られたものの首に刀の跡がなく、武名高い磯貝平太左衛門と判り、大名にもお目見得、褒美《ほうび》の品を賜った。

右に抄したのは、言うまでもなく、小泉八雲『怪談』の中の「轆轤首《ろくろくび》」（平川祐弘訳、『小泉八雲選集　怪談・奇談』）。NHKの「舞台中継」で鳴らした、高橋博アナウンサーが、本牧亭《ほんもくてい》に出演、この「轆轤首」を話したのを聴いたことがある。五つの首が飛び回りながら回龍について話す件りや、回龍を襲う件りには迫力があって、聴き入った。小泉八雲の『怪談』に描かれたろくろ首は、このように恐怖心を煽《あお》る。

首が長い点では、ろくろ首に類似するのが、見越入道で、『信有奇怪会《たのみありばけもののまじわり》』（本書所収）では、両人は相思相愛の仲との設定。同作の、ろくろ首は坂田金平に負けて、「化物殺し、アレエ〳〵」と悲鳴をあげ、『妖怪一年草《ばけもののひとよぐさ》』（本書所収）に描かれた子供は、自らを凧《たこ》にして遊ぶ。まことに愛すべき化物である。八雲が、怖ろしいろくろ首を登場させ、一九が愛らしく描出するのは、作家の個性によるのであろうか。

実は八雲の「轆轤首」の原拠もまた、一九の作なのである。『怪物輿論《かいぶつよろん》』（享和三年〈一八〇三〉刊）巻四、「轆轤首悕念却報福話《ろくろくびのきねんかえってさいわいをむくうはなし》」がそれで、先述の平川祐弘訳『怪談・奇談』に巻四のみの抄出が収められ（解説、布村弘）、中山尚夫編『十返舎一九集』六（古典文庫四九七）に全話収録されている。

では一九にとって、怖いのと可愛いのと、どちらのろくろ首が真実なのであろうか。右について、一九の胸中を窺《うかが》うのは、不可能であろう。『怪物輿論』は学殖をひけらかさねばならぬジャンルの読本で、巻四（二）「轆轤首悕念却報福話」は、下津《しもつ》寿泉《じゆせん》著の医書『奇疾便覧《きしつびんらん》』などを取り込み、文体も「薙髪《ちはつ》して回龍《くわいりやう》と名乗《なのり》。空門《くうもん》（左側付け仮名。ほとけの）に入て。斗《と》藪行脚《さうあんぎや》（同。しゆつけのぎやう）とこゝろざし」といった調子である。

しかし、本書に収めるように、草双紙であれば、総て化けるものが可愛いかと言うと、必ずしもそうではない。例えば黄表紙『木颫杜野狐之復讐《こがらしのもりきつねのかたきうち》』（享和三年刊）は、『化皮太皷伝』（本書所収）にも登場する、木枯《こがら》しの森（静岡市羽鳥）の狐に因《ちな》む作で、粗筋は次のようである。

駿州の盗賊、西国太郎が血に染んだ木枯しの森の狐を救う。その夜の夢に現れた武士が、「貴殿のために女敵を討つ事叶わず。討たしめ給え」と頼む。太郎は助けた狐を説諭し放したところ、翌日死んでいた。その年の夏、豊臣家の規則厳しく、太郎が召取られようとしていたが、乗捨ての馬に乗って逃げ延びる。この馬は船山稲荷の神馬で、藁科の狐の報恩による。太郎、悪心を翻《ひるがえ》し、遂に花園家に召出されて出世。

右は、前年刊行の自作の読本『深窓奇談』巻四、「重成暗中看狐闘《しげなりあんちゅうにきつねのとうじょうを》諍《みる》」を、黄表紙に仕立て直したもの。(二) 作中の藁科の狐は、盗賊を改悛《かいしゅん》させる程の生真面目《きまじめ》さである。『化皮太鼓伝』には通力自在の五郎左衛門狐も、小ずるい藪潜り狐も登場する。

このようなろくろ首や狐の扱い方を見ても、多作の人、一九の多面性の一端が窺えよう。

(一) 播本真一『怪物輿論』と『奇疾便覧』(『国文学研究』、一九九五年三月号)。

(二) 中村幸彦「十返舎一九論」(『中村幸彦著述集』六、中央公論社、一九八二年)。

翻刻

『夭怪着到牒』

【一】 妖怪の始まりは　図版　四七頁

世にいふ妖怪《ようくわい》は、臆病《おくびやう》より起《お》こる我《わ》が心を向《む》かふへ現《あらわ》して見《み》るといへども、其理《り》ばかりにあらず、夜深《ぶか》にいれば、いろ〳〵恐《おそ》ろしき姿《すがた》を現《あらわ》し、見《み》る人、肝《きも》を消《け》す。(一)

八つの鐘《かね》をぶる〳〵ものにてつく。

(一) 肝を消す　肝をつぶす。突然の出来事に驚く。

【二】 見越入道と豆腐小僧　図版　四八〜四九頁

化物《ばけもの》の親玉《おやだま》、見越《みこし》入道現《あらわ》れ、手下《した》の化《ば》けどもを呼《よ》び出《いだ》す。

入道の孫《まご》、大頭小僧《あたまこぞう》、雨《あめ》のそぼ降《ふ》る夜、(二) 豆腐屋《とうふや》を脅《おど》かし、一丁《てう》しめて来《く》る。(三)

（二）雨のそぼ降る夜　雨がしょぼしょぼ降る（小雨がしとしとと降り続くさま。陰険な雰囲気）と同じ。豆腐小僧は雨がしょぼしょぼ降る夜によく現れる。

（三）しめて来る　取って自分のものにする。

【三】にょっとのぞくは大侍　図版　五〇～五一頁

さる崩《くず》れ屋敷《やしき》の侍《さむらい》、御殿《ごてん》に夜詰《づめ》（四）のところ。

夜も深《ふか》くいりければ、しきりに眠《ねむ》くなり、少し居眠《いねむ》りかけ、うと〳〵としながら、ふと目《め》を開《あ》けば、唐紙《からかみ》（五）をさら〳〵と開《あ》け、座敷一杯《ざしきいっぱい》ある大侍《さむらい》、によつと覗《のぞ》いて、御番《ごばん》の衆《しゅ》ご苦労《くろう》。

侍「うくく。人殺《ごろ》し〳〵」

（四）夜詰　夜番。夜遅くまで働くこと。

（五）唐紙　唐紙障子の略。唐紙（模様のある紙）で張った襖障子。

【四】 **河太郎尻子玉を抜く**　図版　五二〜五三頁

これは河太郎なり。寂《さみ》しき川端《ばた》を通《とを》れば、いろ〳〵の形《かたち》に変《へん》じ、人をたばかり、川中へ引込《こ》み、腸《はらわた》を喰《く》ろふ。

河太郎に捕《と》られたる人、浮《う》かみもやらず、現《あらわ》れ出《いで》、共食《ともぐ》いをする。

【五】 **尼入道と猫股**　図版　五四〜五五頁

三毛猫《みけねこ》の二股《ふたまた》は飼《か》はぬもの。後《のち》には人間《げん》のごとく、心通《つう》じて、人を化《ば》かし、悩《なや》ます。

尼入道《あまにうどう》。口広《ひろ》く、歯《は》は尖《とが》りて恐《おそ》ろしく。この侍《さむらい》、頭《あたま》からがり〳〵。

【六】 **逆女にご用心**　図版　五六頁

逆女《さか》は宵《よい》のうちにても寂《さみ》しき所《ところ》には居《い》るものなり。広庭《ひろには》、長廊下《ろうか》、または常々《つね〴〵》雪隠《せついん》(六)にもいることあれば、女中方《がた》は御用心《ようじん》。

(六) 雪隠　トイレ。

天明七《丁未》歳／寒中日参

【七】　**正真正銘の海坊主**　図版　五七頁

これは正銘《しやうめい》の海坊主《うみぼうず》。海中《かいちう》に浮《う》かみ出、舟人《ふな》を捕《と》る、恐《おそ》ろしき化物《ばけもの》なり。

【八】　**化物たちのどんちゃん騒ぎ**　図版　五八〜五九頁

月のうち、黒日《くろ(七)》には化物寄合《ばけものより》をすることあり。

狐《きつね》は所作事名人《しよさごとめいじん》、得手物《ゑてもの》の信太妻《しのだづま(八)》を踊《おど》る。

馬殿《むまどの》、太鼓《たいこ》を打《う》ちます。

（七）黒日　凶日の一つ。暦に黒丸を付けて示した。受死日。

（八）信田妻　信太の森の葛《くず》の葉狐が恩返しとして阿倍保名《あべのやすな》の妻となり、子供までもうけるが、最後に去って行くという話。

【九】おそろしい女の化物　図版　六〇〜六一頁

姫路《ひめじ》の刑部《おさかべ》。怖《こわ》いものの親玉《おやだま》。一度真《ひとたびまこと》の姿《すがた》を見《み》る人は即座《そくざ》に命《めい》をとらるゝなり。

三面乳母《みつめんうば》。一《ひと》つ眼《まなこ》の乳母《うば》と見へて付《つ》きまとう。

女の人魂《だま》。憎《にく》いと思《おも》ふ男の喉《のど》へ食《く》いつく。

くら虫。草深《くさふか》き所《ところ》にており〳〵と会《あ》いたることあり。

【一〇】悪息、蛸入道、狸の八畳敷　図版　六二〜六三頁

悪息。臭《くさ》き気《き》を吹《ふ》く。さの気《き》に当《あ》たれば、たちまち死《し》す。

蛸《たこ》の入道《にゅうどう》。海辺《かいへん》に出《いで》て、人を捕《と》る。

猿《さる》の功臘《こうろ》を経《へ》たる狒狒《ひゝ》なり。人の思《おも》ふことをよく悟《さと》るゆへ、狩《か》り取《と》ることあたわず。

狸《たぬき》の金玉《きんたま》、八丈広《ひろ》げ、頭《あたま》から被《かぶ》せる。そののちはばかになるとなり。

【一一】化物たちの大集合　図版　六四〜六五頁

車巡《くるまめぐ》り。我《わ》が口よりいづる火炎《くわゑん》して、我《わ》が形《かたち》を車《くるま》とともに巡《めぐ》らす。

なめくじらの化物《ばけもの》。人に吸《す》いつく。

蝙蝠《かうもり》の化《ば》けたのなり。人の目を狙《ねら》う。

風尼《あま》。大風《かぜ》の吹《ふ》く時出《ときいで》て、人に取《と》りつく。

骸骨《がいこつ》。墓所《はかしょ》に出《いで》、夜《よ》な〳〵踊《おど》る。

赤鬼《あかおに》。嬰児《みどりご》を喰《く》らう。

【一二】 朝比奈三郎登場　図版　六六頁

かゝるところへ朝比奈《あさひな》三郎、飛《と》んで出《いで》、もろ〳〵の悪鬼《あくき》を退治《たいぢ》しければ、皆化物《みなばけもの》は根絶《ねだ》やしなり。

今《いま》の世《よ》には少しも怖《こわ》き事はなし、御子様方《さまがた》、御気を丈夫《じやうぶ》に尿《しい》に御出なさるべく候。

政よし画

『妖怪一年草』

【一】 怖いもの見たし　図版　七二頁

古家庄房廃有怨鬼愁魂人者一小天地也豈可莫奇怪哉

是でこそ、(一)河豚《ふぐ》にしなれぬ初松魚《はつがつを》と、蕉翁《せうおう》の口づさみたれ共、兼好法師《けんこうほうし》は、鎌倉《かまくら》の沖《おき》に、毒魚《どくぎよ》ありといはれたり。(二)いづれ毒《どく》ありとしりて喰《くら》ふが故《ゆへ》に、其味《あぢはひ》美なるものは、所謂《いはゆる》こわいもの見たしの諺《ことはざ》によれるなり。されど年〳〵の怪談草史《くはいだんざうし》は、怪《くはい》にして怪《くはい》にあらず。鰒《ふぐ》の毒《どく》ありて毒《どく》あらざるものは、干鰒《ひふぐ》なり。此草紙今現《いまげん》に生《しやう》ある怪にあらざれ

ば、則干鰒の化物《ばけもの》なり。因《よつ》て女中方へも子供衆へも一向《いつかう》あたる気遣《きづか》ひのなきさうしの初もの。

はつ春《はる》の筆《ふで》はじめに　　十返舎一九誌

（一）是でこそ　この句は芭蕉ではなく大島蓼太の句。

（二）兼好法師は、鎌倉の沖に、毒魚ありといはれたり　「鎌倉の海に鰹といふ魚は、かの境《さかひ》にはさうなきものにて、この比《ごろ》もてなすものあり」『徒然草』第二九段。

【二】化けまして春でございます　図版　七四〜七五頁

昔々爺《むかし〳〵ぢい》は山へ、婆《ばゝ》は川へ洗濯《せんだく》と話《はなし》の対句《つい》にお定《さだ》まりの化物話《ばけものばなし》(三)年々《とし〳〵》の板元《はんもと》の頼《たの》みにまかせ、古《ふる》めかしきを焼《や》き直し煮返《にかへ》して、何杯《ばい》も〳〵お子様方《さまがた》へ強《し》ゐ付《つ》けてあげても、根《ね》からお毒《どく》にならぬ昔話《むかしばなし》、今年《ことし》の趣向《しゆかう》は化物世界《ばけものせかい》の年中行事《ねんぢうぎやうじ》、まづ正月の門《かど》には松竹《まつたけ》の代《か》はりに、花屋《はなや》のごとく、柳《やなぎ》の木を立《た》てるも、すべて化物《ばけもの》は得《ゑ》ては柳の陰《かげ》から出る者《もの》ゆへのことなるべし。礼者《れいしや》は「ものもふ」と言《い》ふところを、「もゝんぐはア、(四)化《ば》けましてよい春《はる》でございます」と門々《かど〳〵》を言《い》つて歩《ある》くことなり。礼者《れいしや》の歩《ある》くも、丑三《うしみ》つ頃《ころ》(五)ゆへ、掛《か》け取《と》(六)りとごつたになり、少《すこ》し混雑《こんざつ》のよふなれども、化物《ばけもの》は正直《せうじき》なる者《もの》ゆへ、払方《はらひかた》はすつぱりとするゆへ、礼者《れいしや》が、掛《か》け取《と》りに出合ても、一向平気《いつこうへいき》なものなりける。

見越入道「これは御馳走《ちそう》でござる」

化物「はい〳〵」

(三)お定まりの化物話　化物話は草双紙の定番であり、合巻の時代までほとんど毎年刊行された。

(四)もゝんぐはア　他人の家で案内を乞《こ》う時に言う「ものもう」を人をおどす時に言う「ももんがあ」(化物の一種)にもじったもの。

(五)丑三つ頃　午前二時から二時半頃。

(六)掛け取り　大晦日に掛け売りの代金を受け取る人。掛け取りから必死に逃げる人が多かった。

【三】　のどかな春の遊び　図版　七六～七七頁

春《はる》はだん〳〵暖《あたゝ》かになり、人も気伸《きの》ばしにいづる時分《じぶん》、化物仲間《ばけものなかま》でも、ろくろ首《くび》の子供《ども》は、春《はる》になると、気伸《きの》ばしの代《か》はり、首伸《くびの》ばしに野広《のびろ》き所《ところ》へ出て、己《おのれ》が首《くび》を友達《だち》どもに引ぱらせ「ソレよいか、手を放《はな》せ」と駆《か》ける拍子《ひやうし》に、空《そら》へ伸《の》ばす。人間《にんげん》の子供《ども》が凧《たこ》を揚《あ》げると同《おな》じことにて、伸《の》ばせし首《くび》は空《そら》にて唸《うな》り、互《たが》ひに伸《の》ばしくらして遊《あそ》ぶ也。また、初午《はつ》前《まへ》には狐《きつね》の子供《ども》、自身《じしん》に絵馬《ゑま》を持《も》ちて、「お稲荷様《いなりさま》のお初穂《はつを》(七)十二灯《とう》(八)をおあげ」と銭《ぜに》を貰《もら》ひに歩《ある》くこと、人間界《げんかい》に等《ひと》しきなり。

狐の子「お稲荷《いなり》さんのお初穂《はつを》十二灯《とう》おくれ」
ろくろ首の子「ソリヤよいぞ〳〵」
化物の親「賑《にぎ》やかなことじや」

（七）お初穂　神仏に奉納する金銭。
（八）十二灯　十二文。

【四】花見のかわりの穴見とは　図版　七八〜七九頁

三月は蛇《へび》も穴《あな》を出るといふくらひ、暖《あたゝ》かになると、深山《みやま》の雪《ゆき》も消《き》へ、穴《あな》のうちに住《す》む化《ばけ》物《もの》、初《はじ》めて穴《あな》を出ることなり。親類《しんるい》、近付《ちかづ》きの化物《ばけもの》ども、雪《ゆき》が解《と》けると、皆々《みな〳〵》言《い》ひ合《あ》はせ、弁当《べんとう》、酒肴《さけさかな》を携《たづさ》へ、穴《あな》のうちへ見舞《みま》ひに来《き》たる。これを三月の穴見《あな》といふて、山々《〳〵》の賑《にぎ》はひ、弾《ひ》くやら、歌《うた》ふやら、この世界第一《せかいだいいち》の楽《たの》しみ。生酔《なまゑ》いのできるはこの時《とき》にて、老若男女《らうにやくなんによう》、打《う》ち群《む》れての群集《くんじゆ》、いふばかりなし。

化物「ハ、ア、穴《あな》がよく開《あ》いた。見事《ごと》〳〵」

【五】**雛祭りの人形は**　図版　八〇～八一頁

雛祭《ひなまつ》りの頃《ころ》は家々《〳〵》に雛《ひな》を飾《かざ》ること、人の世界《せかい》のごとし。されど、化物《ばけもの》の世界《せかい》は様々《さま〴〵》のものが皆雛《みなひな》に化《ば》けてうるなり。あるひは薬缶《やくはん》、茶釜《ちやがま》、杓《しやく》を持ちて、内裏雛《だいりびな》と化《ば》け、すり鉢《ばち》の上《うへ》に茶碗《ちやわん》をきけて、(九)十二単《ひとへ》と見するもあり、大文字筆《もじふで》の裸小僧《はだかこぞう》、煙草入《たばこ》・煙管筒《きせるづゝ》の紙雛《かみびな》、皆々《みな〳〵》化物《ばけもの》にて、その外雛様《ひなさま》の諸道具《しよどうぐ》、てんでに目鼻口《めはなくち》がついて、己《おの》がでに商《あきな》ひし、買《か》い取《と》られても風呂敷《ふろしき》に包《つゝ》まれる世話《せは》入らず、すぐに歩《ある》ひてゆくは重宝《てうほう》なり。

店の人「あなたは又今年《ことし》も初《はつ》のお節句《せつく》かへ。それはけしからず(一〇)お精《せい》が出《で》ますの」

化物1「今年《ことし》は思《おも》ひつきな化物《ばけもの》もござりませぬ」

化物2「さよじやわいな」

本面屋

(九) きけて　置くという意味。一九の出身地駿河《するが》の方言。

(一〇) けしからず　はなはなしい。

【六】　お逆さまの誕生日　図版　八二頁

化物《ばけもの》の中では見越《みこし》入道(一二)親玉《おやだま》也。此見越《みこし》は生れる時《とき》、代々《く》足《あし》より先《さき》へ生れる也。それゆへ段々《だん〱》と体《からだ》が出て、首《くび》が大きく引《ひ》つかゝりたるを取《と》り上《あ》げ婆《ばゝ》が引《ひ》き出すゆへ、その時《とき》、自《し》然《ぜん》と首筋《くびすじ》が伸《の》びて長《なが》くなり、見越《みこし》入道となる。この先祖《せんぞ》を祀《まつ》るに四月也。見越《みこし》の誕生《たんじやう》は人間《にんげん》と違《ちが》ひ、足《あし》より生るゝゆへ、人とは逆《さか》さま也。これによつて、見越《みこし》の誕生《たんじやう》をお逆《さか》さまの誕生《たんじやう》とて、化物仲間《ばけものなかま》にてもてはやすこととなり。見越《みこし》の姿《すがた》、逆《さか》さまに生れたるところを作《つく》りて、持《も》ち歩《ある》く。

化物「お逆《さか》さまの誕生《たんじやう》〱」

（一一）見越入道　伝説上の見越入道は背が伸びるが、草双紙の見越入道は首だけが伸びる場合が多い。

【七】五月の雑草葺き　図版　八三頁

五月は人の世界《せかい》にては軒《のき》に菖蒲《あやめ》を葺《ふ》きて、邪気を払《はら》ふといへり。此世界《せかい》は皆《みな》邪気ゆへ、邪気《じやき》を増《ま》すやうにと、軒《のき》ごとにいろ〳〵の草《くさ》をさして、わざとむさくろしく汚《きた》なそうにうざ〳〵となして、陽気《ようき》を避《さ》くるは、すなはち陰気邪気を集《あつ》むる呪《まじな》ひ也。

【八】五月節句の幟の絵には　図版　八四～八五頁

五月の幟《のぼり》には第一鬼《だいいちおに》の威勢《いせい》がよく、鍾馗《しやうき》（一二）をとらへ、さん〴〵にいぢめるところを描《ゑが》き、または金《きん》太郎が熊《くま》に打《う》ちのめされ、渡辺綱《わたなべのつな》（一三）が茨木《いばらき》に片腕《かたうで》を切《き》られ、桃《もゝ》太郎、猿《さる》、犬《いぬ》、雉《きじ》も、皆々宝物《みな〳〵たからもの》を鬼《おに》の方《ほう》へ取《と》られる所を描《ゑが》きたる幟《のぼり》を立《た》つる。これ皆《みな》、化物《ばけもの》のへこまぬ所を祝《しゆく》したるものと見へたり。

いろ〳〵

ばけもんごま揚

化物の子「ばあさんヤ、おいらがとこの幟《のぼり》は金時《きんとき》が（一四）泣《な》いている。あいつめは弱《よわ》いのふ」
化物1「さて〳〵よく描《か》いた。金《きん》太郎へこみ〳〵」
化物2「さて〳〵よい幟《のぼり》じや」

（一二）鍾馗　鬼を退治する神。その姿をよく五月幟に描く。

（一三）渡辺綱　源頼光《らいこう》四天王の一人。伝説によると、酒呑童子《しゆてんどうじ》の手下の鬼、茨木《いばらき》童子の腕を切った。

（一四）金時　坂田金時。化物を退治する名人。

【九】六月は見越の渡り　図版　八六～八七頁

化物《ばけもの》の親《おや》玉見越《みこし》入道の先祖《せんぞ》をこの手合《てやい》の氏神ともてはやすことなれば、六月の祭礼《さいれい》とて、人の世界《せかい》の天王祭《わうまつ》りのごとく、見越《みこし》入道の木像《ぞう》をこしらへ、化物《ばけ》共大勢《ぜい》「よい〳〵わい〳〵」と囃《はや》し立《た》てゝ、担《かつ》ぎ歩《ある》く也。これを「見越《みこし》が渡《わた》る」と言《い》ひて、ところ〴〵に大幟《のぼり》を立《た》て、御神酒《おみき》をあげ、地口行灯《ぢぐちあんどう》（一五）を照《て》らし、若《わか》い者《もの》は残《のこ》らず揃《そろ》ひの裸《はだか》にて大騒《さは》ぎなり。

祭礼　氏子中

化物たち「よい〳〵わい〳〵」

（一五）地口行灯　地口に戯画を添えて描いた行灯。祭礼の際に路傍や軒先に掛けられた。

【一〇】七月の盆祭りには　図版　八八～八九頁

七月の盆祭《ぼんまつ》り。

これも人間《にんげん》の世界《せかい》のごとく、化物《ばけもの》ども、先祖代々《せんぞだい〳〵》の精霊《しやうりやう》を祀《まつ》り迎《むか》へんとて、庭《には》火を焚《た》く。人の世界《せかい》にては、仏《ほとけ》たち皆々《みな〳〵》その家に来《き》たると言《い》ひ伝《つた》へてあれども、本当《ほんとう》のところ、だれも見た者《もの》なし。この世界《せかい》にては祀《まつ》る者《もの》が皆化物《みなばけもの》ゆへ、幽霊《ゆうれい》も本当《ほんとう》に来り、代々《だい〳〵》久《ひさ》しく続《つゞ》きたる家には先祖《せんぞ》から凄《すさ》まじき仏《ほとけ》たち、ひやうどろ〳〵と大勢《ぜい》来り、喰《く》ひつぶして帰《かへ》る。ここらは凄《すさ》まじき物入《ものい》りにて迷惑《めいわく》なことなり。

化物の幽霊1「さて〳〵わしは未《いま》だにこのざまでござる。長死《ながじ》に恥多《はぢおゝ》し（一六）とはこのことじや」

化物の幽霊2「これは〳〵どなたもお変《か》はりはないか」

（一六）長死に恥多し　諺「長生きは恥多し」（長生きをすると、それだけ恥をさらすことも多くなる）を踏まえた。

【一一】七月の盆祭りには（つづき）　図版　九〇〜九一頁

切籠《きりこ》灯籠《どうろう》の化物《ばけもの》、いつでも給仕《きうじ》の役《やく》にて、七月の精霊《しやうりやう》様方《さまがた》大勢《ぜい》に毎日《まいにち》の御馳走《ちそう》。人間《にんげん》の世界《せかい》にても、このごとく幽霊《ゆうれい》が大勢《ぜい》連《づ》れにて、本当《ほんとう》に来《こ》よふものなら、それこそ大騒《さは》ぎ。この世界《せかい》の者《もの》はふだん幽霊《ゆうれい》と心安《やす》く、子供《ども》でも恐《おそ》れず、かへつて先祖《せんぞ》代々《だい〳〵》一時《いちどき》に打《う》ち寄《よ》り、子孫《しそん》のもてなしにあひ、睦《むつ》まじく語《かた》り合て帰《かへ》りける。されども、中には後添《のちぞ》ひに美《うつく》しい女房《ぼう》を持《も》つた者《もの》は先妻《せんさい》の幽霊《ゆうれい》が来《き》て、焼《や》きもち喧嘩《げんくわ》をはじめ、死《し》んでよいと祝《いわ》ひをした姑婆様《しうとばあさま》が来て、小《こ》言言《ごとい》ふのも、多《おほ》かりける。

切籠灯籠「よろしくおあがりなされませ」

化物「しやくの明神様《めうじんさま》おかへなさい」

母親の幽霊「これは〳〵御丁寧《ていねい》な。坊《ぼう》は過《す》ぎる。ちつと食《た》べな」

【一二】　八月の風流な闇見　図版　九二頁

化物《ばけもの》は明《あか》るきことを嫌《きら》ふゆへ、八月の月見などといふことはなく、人と違《ちが》ひて、真《ま》つ暗《くら》なる闇《やみ》の晩《ばん》を嬉《うれ》しがり、月見を捻《ひね》つて、闇《やみ》見といふことをなし、八月晦日《みそか》の晩《ばん》には酒《さけ》肴《さかな》をこしらへ、「さて〳〵今宵《こよひ》はいゝ闇《やみ》でござる」と空《そら》を眺《なが》めて、酒盛《さかも》りをすることあり。

【一三】　十月の下卑須講　図版　九三頁

十月の恵比須講《ゑびすこう》とて、人間界《にんげんかい》の商人《あきんど》、家々《いへ〳〵》には誓文払《せいもんばら》ひ(一七)とて、恵比須《ゑびす》を祀《まつ》り、客《きやく》を設《まう》け、饗応《きやうおう》する。この化物《ばけもの》の世界《せかい》にてはとかくむさくろしきことを好《この》み、陽気《ようき》なことを嫌《きら》ふゆへに、貧乏神《びんぼうがみ》を祀《まつ》り、この日は酒肴《さけさかな》、互《たが》ひに手摑《づか》みにして、遠慮《ゑんりよ》なく喰《く》らふことなり。これ、すなはち下卑蔵《げびぞう》をするといふことを略《りやく》して、「下卑須講《げびすこう》」と言《い》ひ習《なら》はしける。

化物「これよりか笹屋《さゝや》の鴨南蛮《かもなんばん》(一八)き妙《めう》(一九)だ」

化物の酒樽「これさ、もふ樽底《たるぞこ》だ。許《ゆる》せ〳〵」

化物の燭台「おれには見《み》せてばかりおくの。どふぞ、おいらも『食滞《しよくだい》』するほど喰《く》ひたい」

（一七）誓文払ひ　恵比須講の十月二十日に客を騙した罪滅ぼしのため、来る人にご馳走する。

（一八）笹屋の鴨南蛮　鴨南蛮はそばの上に鴨の肉と葱を煮て載せたもの。「鴨なんばんは馬喰町橋づめの笹屋など始めなり」（『嬉遊笑覧』）。

（一九）奇妙　うまい。

【一四】十一月の顔見世に　図版　九四～九五頁

十一月は顔見世《かほみせ》（二〇）のごとく、芝居《しばい》はじまり。いつも狐《きつね》、狸《たぬき》が立役《たちやく》に化《ば》け、女形《がた》に化《ば》け、いろ〳〵に化《ば》けて狂言《けうげん》をするゆへ、別《べつ》に衣裳《ゐしやう》いらず、かつらといふもなく、髑髏《しやれかうべ》と藻《も》の草《くさ》（二〇）あれば、それにて何もいらぬとは重宝《てうほう》なものなり。その外、建具《たてぐ》、小道具《どうぐ》までも皆々《みな〳〵》化《ば》けたるにて、別《べつ》に手のかゝることなく、ひとりでに働《はたら》きける。今年《ことし》は那須野《なすの》の原《はら》より玉藻《も》の助《すけ》といふ新下《しんくだ》りの役者《やくしや》来り、妲妃《だつき》の狂言《きやうげん》、大当《あ》たりといふことなり。

玉藻の助のお供「ゐらい見物《けんぶつ》じや」

（二〇）髑髏と藻の草　狐が化けるために使う道具。

【一五】　十二月の煤掃かず　図版　九六～九七頁

十二月は人の世界《せかい》にては春《はる》に近《ちか》づくゆへに、家内を払《はら》ひ清《きよ》めんとて、煤《すゝ》を取《と》り、祝ひけるに、化物《ばけもの》はもとより綺麗《きれい》にすることを嫌《きら》ひ、家も崩《くづ》れたるは、崩《くづ》れたなり、壁《かべ》も落《お》ちしだい、草《くさ》も生《は》へしだいにしておくほどのことゆへ、煤払《すゝはら》ひといふことはなけれ共、これも習《なら》わしにて、丑三《うしみ》つ頃前《ころまへ》から起《お》きて、皆々《みな〳〵》支度《したく》し、頭《つむり》には紙《かみ》の袋《ふくろ》を被《かぶ》り、または手拭《ぬぐ》ひにて包《つゝ》み、破《やぶ》れたる浴衣《ゆかた》などを引《ひ》つぱり、股引《もゝ》をはき、凜々《りゝ》しく身ごしらへをなして、飯《めし》を喰《く》ひ、「さあ、始《はじ》めやうか」と頭《あたま》を揃《そろ》へ、ぐつと寝《ね》てしまひける。これを極月《ごくげつ》の「煤掃《すゝは》かず」とて、家々《〳〵》にすることなり。

【一六】　鬼は内　金時は外　図版　九八～九九頁

節分《せつぶん》の夜になると、此世界《せかい》にても、豆《まめ》を炒《い》りて囃《はや》すことあり。「福《ふく》は内《うち》、鬼《おに》は外《そと》」と言《い》ふところ、化物《ばけもの》はそふでなし、「鬼《おに》は内《うち》〳〵、金時《きんとき》は外《そと》〳〵」と言《い》ふて、豆《まめ》を蒔《ま》く。これ、すなはち坂田金時《さかたのきんとき》に度々《たび〳〵》ゑらい目《め》にあひたることあるゆへの呪《まじな》ひにて、かくのごとく囃《はや》して、金《きん》時の災難《さいなん》を避《よ》けんとのことなるべし。

女房の化物「わたしはあやにく(二一)日《ひ》が悪《わる》い(二二)から、婆《ばゝ》さん、お灯明《とうめう》(二三)をあげておくれ」

老婆の化物「おれが年《とし》は豆《まめ》を升で量《はか》らねばならぬ。これでも昔《むかし》は花嫁《はなよめ》であつたものを」

(二一)あやにく　あいにく。

(二二)日が悪い　生理中なので、汚《けが》れている。

(二三)お灯明　神仏に供える火。

【一七】作者一九の初夢は　図版一〇〇～一〇一頁

あくれば正月の初夢《はつゆめ》に作者《さくしや》一九が方《かた》へ恵方《ゑほう》より宝船《たからぶね》と思《おも》ひの外、化物《ばけもの》ども大勢《ぜい》来《き》たり、中にも見越《みこし》入道、真《ま》つ先《さき》に進《すゝ》み、言《い》ふやう、「さて／＼近年《きんねん》我々《われ／＼》が草紙《さうし》、とんとねき物《もの》(二四)となりて、作者衆《さくしやしう》に見限《かぎ》られ、嘆《なげ》かはしく思《おも》ひしところ、貴公《きこう》ばかり(二五)年々《とし／＼》私《わたくし》どもの世《せ》界《かい》を一番《ばん》づゝ青《あを》のうちへ搗《つ》き交《ま》ぜて下さるは嬉《うれ》しけれ共、いかにしても、面白《おもしろ》き趣向見《しゆかうみ》へず、かやうに申さば、お気《き》にさはろうなれ共、お心安《やす》いから申ますが、もちつと乙《おつ》り(二六)きに出来《でき》そふなもの、いつも／＼同《おな》じことにて、近頃《ちかごろ》お下手《へた》と存《ぞん》じますから、来年《らいねん》の趣《しゆ》向《かう》は私《わたくし》から差《さ》し上《あ》げませう、どふぞこれをお頼《たの》み申ます」と種本《たねほん》を取《と》り出《いだ》す。

『敵討化物語』全三冊／来春出板

一九、せうことなしにさら〳〵と見た（つづく）

（二四）ねき物　売れないもの。

（二五）貴公ばかり…　本書が刊行された文化五年（一八〇八）は、化物の話がほとんど出版されなくなった。相変わらず書き続けたのは十返舎一九だけであった。

（二六）乙りき　少し変わった趣があること。

【一八】作者一九の初夢は（つづき）　図版　一〇二頁

（つづき）顔《かほ》をして、「これは面白《おもしろ》そうだ、来年《らいねん》の新板《しんぱん》にいたしませう。まづこの所に外《げ》題《だい》ばかり御披露《ひろう》申上おきませう」めでたし〳〵。

十返舎一九著

宝

辛抱千両筥《しんぼうせんりやうばこ》　全三冊
おとし咄《ばなし》の道連《みちづれ》　全一冊
質流人行末《しちのながれとひとのゆくすへ》　全三冊
玄徳武略伝《げんとくぶりやくでん》　全六冊
郭公相宿話《ほと、ぎすあいやどばなし》　全六冊
版元　山口屋藤兵衛

『化物の娵入』

【一】 化物の嫁入とは　図版　一〇九頁

時雨《しぐれ》に照《て》るもみぢ葉は、狐《きつね》の娵入《よめいり》かと思ひ、闇《やみ》にひく餅花《もちばな》(一)は、鼠《ねづみ》の結納《ゆひのう》かと疑《うたが》ふ。されば鼠を娵《よめ》が君《きみ》(二)といひ、狐のよるの殿様《とのさま》(三)といひて、むかしより草さうしに、鼠狐の娵入あれども、化物《ばけもの》の娵入といふなし。胎卵湿化《たいらんしつけ》の四生《しせい》(四)、おの〳〵陰陽和合《いんようわがう》の道《みち》あらざるはな

く、既《すで》に轆轤首《ろくろくび》に端正《たんせい》あり、雪女《ゆきおんな》に艶美《えんび》あり、幽霊《ゆうれい》に腰《こし》より下はなしといへ共、多《おほ》くは膝《ひぎ》より下のなきにして、ある所にはあるものと、予年来《ねんらい》ももんじゐの仲間《なかま》(五)に親《した》しみ、化の皮《かは》の底《そこ》を探《さぐ》り、則此書《すなはちこのさうし》を著《あらは》すことしかり。

丁卯春　　　　十返舎一九戯題

(一) 餅花　丸めた小さな餅に色を付け、木の枝に沢山付けたもの。花に見立て、小正月などに神棚に供える。
(二) 娵が君　鼠の異称。正月三が日、鼠をいう忌み言葉。
(三) よるの殿様　夜の殿様。狐の異称。
(四) 胎卵湿気の四生　仏語。あらゆる生物を四種類に分けたもの。胎生、卵生、湿生、化生の四生をいう。
(五) ももんじゐの仲間　ももんじいは化物のももんがあと同じ。草双紙の世界では、古くさい爺というイメージがある。

【二】評判の化物娘に縁談が　図版 一一〇～一一一頁

「箱根《はこね》よりこつちに野暮《やぼ》と化物《ばけもの》はない」(六)と古《ふる》いせりふに残《のこ》りたれど、愛宕様《あたごさま》に遠眼鏡《とうめがねみ》見ている一つ目《ひとめ》あり、名代の座敷《ざしき》(七)に待《ま》ちぼうけとなるろくろ首《くび》あり。絵《ゑ》の会《くはい》だの歌《うた》の会《くはい》だのと、寄《よ》り合《あ》ふ手合《てあい》にもゝんじいだらけ。今は本《ほん》の化物《ばけもの》より、よく人の化《ば》ける世《よ》の中。草双紙《くさぞうし》にさへ近年《きんねん》は本当《ほんとう》の化物《ばけもの》は払底《ふつてい》の世界《せかい》。定《さだ》めしこれは箱根《はこね》からあつちのことなるべし。

こゝにぐつと昔々《むかしむかし》、お子達《たち》は御存《ぞん》じのもゝんじいに一人の娘《むすめ》あり。年《とし》は早《はや》三十振袖《ふりそで》四十島田《しまだ》(八)にて化《ば》けそふな娘《むすめ》だと、評判《ひやうばん》する化物仲間《ばけものなかま》の嫁入盛《よめいりざか》り。相応《きうおう》な所があらばと、出入の者《もの》へ頼《たの》みける。

父親「どふぞよい所へ頼《たの》み入ます。この代《か》はり、地面《ぢめん》一ケ所付《つ》けます。わしが隠居所《いんきよ》にしよふと思《おも》つて、猫股屋敷《ねこまたやしき》を猫《ねこ》に小判《ばん》、にやん千両といふところじや。どら猫町《ねこてう》にやん丁目《てうめ》、家《いへ》は古《ふる》し、草《くさ》は生《は》へてあり、化物《ばけもの》の住《す》まゐにはまなこと(九)いふうそ寂《さみ》しい所《ところ》さ。猫股《ねこまた》から買《か》い取《と》つた時、『此地面《ぢめん》につき、脇《わき》よりちよつかい出《いだ》し候者《もの》これある時は、化《ば》け猫罷《ねこまか》り出、わつと脅《おど》かして申候』といふ証文《せうもん》が取《と》つてある」

母親「娘《むすめ》は内気者《うちきもの》でござるから、どふぞ姑《しうと》のない所へやりたうござる」

仲人「娘御《むすめご》ももふ化《ば》けそふなお年《とし》じやから、欲《ほ》しがる所はやま〳〵さ」

娘「わしや小《こ》つ恥《ぱ》づかしい」

（六）箱根よりこつちに野暮と化物はない　諺。野暮と化物は江戸には一人もいないという意味。江戸っ子の強がりでもある。この諺は黄表紙の化物話に多大な影響を与えている。

（七）名代の座敷　吉原で客が女郎を待っている間、新造（若い遊女）が代理で出ること。女郎が別の客と一緒にいると、もう一方の客がおとなしく待つのは吉原のマナーでもある。

（八）三十振袖四十島田　年配の女性が相応しくない若作りをする。つまり、三十歳を超えても振袖を着、四十歳を超えても、島田髷を結う。

（九）まなこ　中心地。

【三】　高望みの化物息子に見合い話　図版　一一二〜一一三頁

もゝんじゐの方《かた》へ出入の医者《いしゃ》、商売《せうばい》の道《みち》は疎《うと》く、とかくに地面《ぢめん》の売《う》り買《か》いや婿嫁《むこよめ》の世話《せは》ばかりして、年中《ねんぢう》それを商売《せうばい》のよふに駆《か》け歩《ある》く化物《ばけもの》にて、幸《さいわ》い一《ひと》つ目《め》入道《にうどう》の息子《むすこ》に嫁《よめ》を欲《ほ》しがると聞《き》きて、世話《せわ》する。この世界《せかい》は化物《ばけもの》のことゆへ、満足《まんぞく》な者《もの》を嫌《きら》い、とかく口《くち》でも横《よこ》ちよについているか、鼻《はな》でも曲《ま》がつて、爺《じゝ》むさい者《もの》を喜《よろこ》ぶゆへ、嫁《よめ》の不器量《ぶきりやう》を嬉《うれ》しがる。一《ひと》つ目《め》の息子《むすこ》、もとより不器量望《ぶきれうのぞ》みにて、早速話《さっそくはなし》が分《わ》かり、見合《みやい》をせんと約束《やくそく》する。

仲人「本《ほん》に三十二相《そうひと》一つも揃《そろ》へぬ本《ほん》の化物《ばけもの》といふ娘《むすめ》だから、申分《ぶん》なしさ」
一つ目の女房「姑《しうと》といへば、わしら二人《ふたり》、貴様《きさま》の知《し》つての通《とふ》り、口《くち》こそ耳《みゝ》まで裂《さ》けているが、やかましく言《い》ふことは嫌《きら》いでござる」
一つ目「早《はや》く嫁《よめ》を取《と》つて、息子《むすこ》に跡《あと》を渡《わた》し、足《あし》を洗《あら》つて引《ひ》つ込《こ》みたい」
一つ目の息子「早《はや》うその御娘《おむす》の顔《かほ》が見たい」

【四】 柳の下で化物の見合い　図版　一一四〜一一五頁

一《ひと》つ目《め》の息子《むすこ》、見合《あい》する。
ももんじいの娘「わしや恥《は》づかしうて、いつそ上気《ぜうき》したわいの。ヱ、もふ焦《じ》れつたいのふ」
お付きの人「わたしどもも女子《おなご》冥利《めうり》。あのよふな髭《ひげ》むしや〳〵として、そして歯屎《はくそ》だらけな殿御《とのご》が持《も》ちたい」
仲人「何《なん》と代物《しろもの》。イヤそれから御覧《ろう》じろ。あの長《なが》い舌《した》でべろ〳〵とそこらあたり舐《ねず》りまはされたら、どふも身内《みうち》が溶《と》けるよふになりそふなこつたぜ」

一つ目の息子「イヤもふ一言《いちごん》もない。和尚《おしやう》、真《しん》に頼《たの》みます」
仲人「帰《かへ》りには皿屋《さらや》敷《しき》のお菊《きく》(一〇)が所《ところ》でちよびと洒落《しやれ》る気《き》(一一)はなしか」

(一〇)皿屋敷のお菊　浄瑠璃『播州皿屋敷』のお菊のこと。草双紙では、代表的な美しい幽霊として知られている。

(一一)洒落る気　遊ぶ気。

【五】歩き出す結納品　図版　一一六～一一七頁

婿《むこ》と嫁《よめ》が得心《とくしん》でよいよふにとのことなれば、いさくさなしに相談極《そうだんきは》まり、仲人《なかう》は早礼物《はやれいもつ》をせしめる胸算用《むなざんやう》して、大きに喜《よろこ》び、まづ頼《たの》みの印《しるし》をやるがよいとそれ〴〵に支度《したく》して、化物《ばけもの》のことなれば、不成《ふじやう》日を選《えら》み、送《おく》り遣《つか》はしける。柳樽《やなぎだる》も提灯《てうちん》も、化物《ばけもの》ゆへ担《かつ》いでゆく世話《せは》いらず、さつ〳〵と歩《ある》いてゆく。

釣台《つりだい》もひとりでに歩《ある》いてゆく所、見越《みこし》が株式《かぶしき》の思《おも》ひつきにて、ひとりで担《にな》ひゆく。

見越「棒組《ぼうぐみ》、肩《かた》を替《か》へさつし。俺《おれ》は首《くび》を入《い》れ替《か》へるぞ。わしは御祝儀《しうぎ》を二人前《ふたりまへ》占《し》めよふといふが山だ。この提灯《てうちん》はもふ年《とし》が年《とし》だから、真《ま》つ黒《くろ》になつて、明《あ》かりが暗《くら》い」

提灯1「そふ言《い》つてくれるな。まだおいらで餅《もち》をつく(一二)よふじやアねへ」
番頭「精出《せいだ》せ〳〵。二百づゝの御祝儀《しうぎ》だぞ」
提灯2「頭天《つむりてん》〳〵よ。提灯《てうちん》〳〵あはゝ(一三)」
鯛「何《なん》だか目《め》まぐろしくて、歩《ある》かれぬ。貴様《きさま》たちは先《さき》へ立《た》つてゆかぬか。足下《あしもと》が危《あぶ》ない」
台「『腐《くさ》つても鯛《たい》(一四)』といふが、てめへもおれに負《お》ぶさるよふでは意気地《いくぢ》がないぞ」

(一二)おいらで餅《もち》をつく「提灯で餅をつく」こと。老人が女と寝ても役に立たないということのたとえ。
(一三)提灯〳〵あはゝ「チョーチチョーチアワワ」という赤ん坊をあやす言葉のもじり。
(一四)腐っても鯛 いいものは傷んでもそれだけの価値があるというたとえ。

【六】ももんじい家に結納届く　図版 二一八頁

一《ひと》つ目方《めかた》よりもゝんじゐ方《かた》へ約束固《やくそくかた》めの結納《ゆいのう》を送《おく》る。
一つ目方のお使い1「目録《もくろく》の通《とふ》りよろしく御披露《ひろう》お頼《たの》み申ます」

ももんじい方の化物「これは御丁寧《ていねい》に御進物《しんもつ》の品《しな》がよく化《ば》け揃《そろ》ひました。しかし、酒樽《さかだる》は足《あし》をもいでおきませう。もしまた逃《に》げて戻《もど》つてはつまりませぬ」

一つ目方のお使い1「あなたのお顔《かほ》は口《くち》が上《うへ》にあつて、どふか逆《さか》さまのよふだ。それではお頭《つむり》に髭《ひげ》が生《は》へませう」

一つ目方のお使い2「私《わたくし》どもの開《ひら》きます時《とき》、かならず御祝儀《しうぎ》をお忘《わす》れなされぬよふに頼《たの》み上ます」

【七】酔った提灯川へ　図版　一一九頁

化物《ばけもの》手合《やい》、結納《ゆいのふ》を持《も》つて行《い》つて、大きに馳走《ちそう》にあひ、羽目《はめ》をはづして飲《の》みかけ、大めれんとなり、それ〴〵に祝儀《しうぎ》をせしめて、夜あけぬうちに帰《かへ》らふと出かけた所が、足下《あしもと》はよろ〳〵、肝心《かんじん》の提灯《てうちん》さへ泥濘《ぬかるみ》へ踏込《ふんご》み、または川へ落《お》ちて、大騒《さは》ぎ也。

【八】嫁入の準備始まる　図版　一二〇~一二一頁

頼《たの》みの印《しるし》も済《す》み、婚礼《こんれい》の日も極《きは》まり、もゝんじゐ方《かた》にては嫁入《よめい》りの支度《したく》にて、打着《うちぎ》(一五)の白《しろ》無垢《むく》、よそ行《い》きの白無垢《しろむく》やら、化物屋敷《ばけものやしき》へ買《か》い出《だ》しにやり、櫛匣《くしばこ》の手の付《つ》いたの、鏡立《かゞみたて》に足《あし》の生《は》へたのと、簞笥《たんす》、古葛籠《ふるつゞら》まで化《ば》けているを連《つ》れ来《き》たり、まだこざ〳〵した諸道《しよどう》具《ぐ》は土蜘蛛《つちぐも》の所《ところ》へ言《い》つてやると、何にても手足《あし》を付《つ》けて寄《よ》こすとは重宝《てうほう》な世界《せかい》也。

ももんじい「親《おや》の口《くち》から言《い》ふはおかしいけれど、娘《むすめ》がその時分《じぶん》に月役《つきやく》(一六)にならねばよいが」

娘「おとゝさん、お色《いろ》は柳屋《やなぎや》(一七)がよふございます」

下女1「先様《さきさま》はお家柄《いへがら》で綺羅《きら》がはりませう。白《しろ》は時々《とき〴〵》襟《ゑり》ばかりお取《と》り替《か》へなさりませ」

下女2「さぞお前様《まへさま》はお待《ま》ちかねであろ。わたしどもも、あんな殿御《とのご》のおならでも嗅《か》いで死《し》にたい」

(一五) 打着　普段着。

(一六) 月役　月経。

(一七) お色は柳屋　お色は紅のこと。柳屋は日本橋にあった化粧品の店。幽霊と関係の深い柳の木にかけている。

【九】 **両親と涙の別れ**　図版　二二二～二二三頁

すでに婚礼《こんれい》の日となり、嫁入《よめい》に馴《な》れたる狐《きつね》を頼《たの》みて、何《なに》かのことをまかせける。人の嫁《よめ》入《いり》と同《おな》じことにて、化物《ばけもの》でも帰《かへ》ると言《い》ふことを嫌《きら》ひ、「もはや私《わたくし》どもは消《き》へませう」といふ通言《つうげん》也。

化物1「先《さつき》から生臭《なまぐさ》い風《かぜ》が吹《ふ》くと思《おも》つたに、道理《どうり》こそ、生《なま》ものの嫁御《よめご》がお越《こ》しだ」

化物2「今日《こんにち》は風立《かぜだ》ちまして、もの凄《すご》い空《そら》の気《け》色《しき》。お日《ひ》柄《がら》も悪《わる》うて、ひとしほおめでたい」

狐「むさくろしうてよいお住《す》まいじや」

【二〇】**不思議な嫁入行列**　図版　一二四〜一二五頁

嫁入《よめい》りの行列《ぎやうれつ》、道中駕籠《どうちうかご》の壊《こわ》れかゝつたやつに、先《さき》へはさしづめ長刀といふ所、金棒《かなぼう》を担《かつ》いでゆく。嫁御《よめご》はこゝを晴《は》れと、うそ汚《よご》れた着物《きもの》に乱《みだ》れ髪《がみ》、垢付《あかづ》きて真《ま》つ黒《くろ》に青《あを》ざめた顔《かほ》つき、どふ見ても、やつぱり化物《ばけもの》の嫁入《よめい》り也。

棒組1「今夜《こんや》はしつかり飲《の》めの鼻紙《はながみ》(一八)一枚《まい》づゝの御祝儀《しうぎ》にありつかふといふものだ」

棒組2「おいらもいつか一度《いちど》は嚊《かゝ》し(一九)を呼《よ》ぶだろうが、さぞ婚礼《こんれい》の晩《ばん》は恥《は》づかしかろう」

花嫁「三つ目《め》さんのお屋敷《やしき》はもふこゝかへ。わしや尿《しゝ》がしたい(二〇)」

棒組3「婿殿《むこどの》はさだめてろくろ首《くび》のよふになつてお待《ま》ちかねだろう。畜生《ちくしやう》めが、『ヱ、焦《じ》れつてへぞよヲ』とけつかる(二一)」
なまずの化物「どふだ、お先《さき》が怠《なま》けてきた。もつと歩《ある》かねへか」

(一八) 飲めの鼻紙　延べの鼻紙（ぜいたくな鼻紙）のもじり。
(一九) 嚊衆　女房。
(二〇) 三つ目さんのお屋敷はもふこゝかへ。わしや尿がしたい　浄瑠璃『仮名手本忠臣蔵』「アノ力彌様のお屋敷はもふ爰かへ。わしや恥しい」を用いる。
(二一) けつかる　言いやがる。

【一一】化物風の結婚式は　図版一二六～一二七頁

「化物《ばけもの》の交《まじ》はり、狸《たぬき》ある中《なか》の佳宴《くはゑん》かな(二二)」と謡《うた》ひ出しては金玉《きんたま》の八畳敷《じやうじき》(二三)一杯《ぱい》に祝言《しうげん》の座敷《ざしき》、差《さ》いつ抑《おさ》へつ、さん〳〵くどい(二四)は無粋《ぶすい》のいたり。仲人《なかうど》は宵《よい》のうち(二五)、あとは婿殿《むこどの》へ明《あ》け渡《わた》し、「めでたい〳〵しやん〳〵」とまづ盃《さかづき》は収《おさ》まりける。
客「お二人《ふたり》ながら、つぼみの花《はな》。こう並《なら》べて見た所はやつぱり化物《ばけもの》に違《ちが》いはない」

花嫁「わしや早《はや》うかはゆらしい稚様《やゝさま》が放《ひ》り出《だ》してみたい」
婿「早《はや》うあの綿《わた》が取《と》らせて『ばあ』と言《い》つてみたい。酒《さけ》もよい加減《かげん》にすればよいに、みな気《き》のきかぬ手合《てやい》だ」

（二二）化物の交はり、狸ある中の佳宴かな　謡曲『羅生門』「つはものの交はり、頼みある中の酒宴かな」を用いる。
（二三）金玉の八畳敷　俗信。化物の狸は金玉を八畳ほど広げることができる。
（二四）さん〳〵くどい　「三三九度」を「さんざんくどい」にかけている。
（二五）仲人は宵のうち　諺。「仲人の仕事は三三九度の杯で終わる。長居せずに宵の口に引き上げる方がよい」という意味。

【一二】調理場が騒々しい　図版　二二八頁

化物「たつた今こゝに吸物椀《すいものわん》や膳《ぜん》を出《だ》しておいたに、もふどこへか遊《あそ》びに行《い》つたそふな。そしていつち上《うへ》の棚《たな》に膳箱殿《ぜんばこどの》そつと飛《と》び降《お》りて下さい、早《はや》く〳〵。身所《みどころ》は捨《す》てさつし。お客《きやく》へは骨《ほね》ばかりでよい」
調理師「頭《あたま》は塩《しを》をつけて、お肴《さかな》に出そふか」

酒樽「座敷《ざしき》よりは勝手《かつて》で酒《さけ》がたんといるぜ」
切匙《せつかい》「猫《ねこ》に鰹節《かつほぶし》。かゝせてくんな。早《はや》く〳〵」

【一三】仲むつまじい新郎新婦 図版 一二九頁

色直《いろなを》しの盃《さかづき》は嫁《よめ》と婿《むこ》がちん〳〵かもの(二六)入《い》れ首《くび》。(二七)もふこれからは寝《ね》る一段《いちだん》と心《こころ》は急《せ》いても、夜《よ》の更《ふ》けるは祝言《しうげん》の習《なら》ひ、「いっそ焦《じ》れったらありますよヲ」

花嫁「わたしやどふやらおひもじい」

婿「そなたは乗《の》り物《もの》で来《き》たか。とてものことに歩《ある》いてくればよかつた。そふすると、よく練《ね》れたものを。そしてどふやら気《き》がつまつて、酒《さけ》もろくに飲《の》めぬ。いつそ胸《むね》がわく〳〵するよふだ」

(二六)ちん〳〵かも　男女の仲がきわめて睦まじいこと。性行為。

(二七)かもの入れ首　鴨の入れ首は男女の交合をいう。「ちんちんかも」にかけている。

【一四】 にぎやかな部屋見舞い　図版　一三〇〜一三一頁

部屋《へや》見舞《まい》ひとて、一家《いっけ》親類《しんるい》よりさま〴〵の贈《おく》り物《もの》、出入《でい》りの者《もの》は嫁御様《よめごさま》へお近付《ちかづ》きになりたいと、丑三《うしみ》つ頃《ごろ》にはヒヨウドロ〳〵と客《きゃく》の入来ること絶《た》へ間《ま》なく、毎夜《まいよ》〳〵の酒浸《さけびた》し、誠《まこと》に双方《さうほう》の大物入《ものいり》。化物《ばけもの》でも気《き》の張《は》つたものなり。

蛙「お肴《さかな》は何《なに》にいたしませう。蛇《じゃ》のすしも到来《とうらい》がござります」

火鉢「サア〳〵火《ひ》が起《お》こつた。コリヤ〳〵。薬缶《やくはん》は何をしている。早《はや》く来《こ》い。ナニ薬《や》缶《かん》ましい。(二八)こいつ悪《わる》く洒落《しゃれ》る。土瓶先《どびんさき》をぶつ欠《か》くぞ」

花嫁「何《なん》ぞおいしいものがたんと食《た》べたい」

雪女「おろく殿《どの》は先《さっき》にから御新様《ごしんさま》がお召《め》しなさるに、首《くび》ばかり来《き》て、体《からだ》は大方空《かたあ》き部《べ》屋《や》の暗《くら》がりじやないかや。雪女《ゆきおんな》のわたしでさへこの節《せつ》は消《き》へる間《ま》がない」

おろく「わたしはたゞ今手水《てうづ》(二九)に参《まい》つておりましたが、あんまりお呼《よ》びなさるから、まづ首《くび》ばかり先《さき》へ参《まい》りました」

(二八) 薬缶ましい　「薬缶」を「やかましい」にかけている。

(二九) 手水　トイレ。

【一五】 赤ちゃん誕生　図版 一三二～一三三頁

化物《ばけもの》でもこのことばかりは如才《じよさい》なく、いつのまにやら嫁御《よめご》のお腹《なか》がぽんぽことなり、当《あ》たる十月《とつき》に玉《たま》のよふなではなく、化物《ばけもの》のよふな子を産《う》んで喜《よろこ》ぶ。

産婆1「どふでもわつと人を脅《おど》かしなさつたことがあると見《み》へて、臍《へそ》の緒《お》が二《ふた》つ絡《から》んでいた」

産婆2「産女殿《うぶめどの》(三〇)にお乳《ち》をつけてもらひませう。とんだよいお子じや」

(三〇) 産女殿 「産女」(出産で死んだ幽霊)が乳母の役をする。

【一六】 みんなそろって宮参り　図版 一三四～一三五頁

生れ子の日数《かづ》も立《た》ちて、今日《けふ》宮参《みやまい》りと産土《うぶすな》へ参詣《さんけい》し、金時除《よ》けの守《まも》りをいたゞく。

化物1「これから茶店《ちやみせ》でも冷《ひ》やかしませう」

化物2「払《はら》ひたもふな。清《きよ》めたもふな。もろ〳〵の無精《ぶしやう》、めつたやたらに汚《きたな》きことためてなければ、化物《ばけもの》のすみかはあらじとのたもふ」
化物3「あ（の）乳母《うば》めはなか〳〵粋《いき》な年増《としま》だ」
幣の化物「払《はら》つて〳〵、乳母殿《うばどの》も払《はら》つて〳〵」

【一七】遊び放題大騒ぎ　図版　一三六～一三七頁

か丶るめでたき折《おり》から、化物手合《ばけものでやい》も太平《たいへい》の御代《みよ》に、四天王《てんわう》の金時《きんとき》、綱《つな》の恐《おそ》れもなく、見《み》越入道《こしにうどう》、火《ひ》の見櫓《みやぐら》に枕《まくら》を高《たか》くし、傘《からかさ》の一本足《あし》も挙股《あげまたう》打つて、閉《と》ざ丶ぬ御代《みよ》を楽《たの》しみ、産《うぶ》女《め》百《ひやく》まで踊《おど》り忘《わす》れず、猫股《ねこまた》が三味線《さみせん》に浮《う》かれて、鍋《なべ》も茶釜《ちやがま》も踊《おど》り出《だ》せば、いろ〳〵の化《ばけ》物《もの》、手を打《う》ち叩《たゝ》き、「やとさのせ」(三二)を踊《おど》り納《おさ》めて、「万々歳《ばん〳〵ぜい》」とぞ祝《しゆく》しける。

馬「ヒヤアてん〳〵」
猫股「猫《ねこ》じや〳〵とおしやますが。(三三)甚句《じんく》にしよふ。じやぐじやん〳〵」
化物1「やつとさア。よい〳〵」
化物2「踊《おど》りはあれ〳〵、おてちん〳〵」
化物3「よい〳〵。よいとなア」
蠟燭「さつさとやらしやれ〳〵」

樽「酔《よふ》た、酔《よ》た〳〵。五酌《しやく》の酒《さけ》に」

（三一）やとさのせ　越後節の終わりにいう囃子の詞。

（三二）猫《ねこ》じゃ〳〵とおしゃます　寛政期から流行した唄。「猫じゃ猫じゃとおしゃますが、猫が下駄穿いて杖ついて、絞りの浴衣で来るものか」は元唄の歌詞（『江戸語大辞典』）。

【一八】めでたしめでたし　図版　一三八頁

お道具の弓も袋におさまれる御代にはいらぬものとこそなれ　［金］

［卯春絵双紙新版品］

欲皮千枚張《よくのかはせんまいばり》	全三冊
敵討仲間《かたきうちのなかま》入《いり》	全三冊
商人金《あきんどきんの》　采配《さいはい》	全三冊
玄徳武略伝《げんとくぶりやくでん》	全三冊

化物《ばけもの》の娵入《よめいり》　全三冊
十返舎一九著　山口屋藤兵衛版

『信有奇怪会』

【一】化物たちの奇怪会　図版一四五頁

化物《ばけもの》の交《まじは》り、頼《たのみ》ある中《なか》の酒宴《しゆゑん》の席《せき》(一)。人を見越《みこ》しは座頭株《ざがしらかぶ》。猫股《ねこまた》が三弦《さみせん》かじれば、面白《おもしろ》狸《たぬき》の腹皷《はらつゞみ》(二)、産女《うぶめ》百《ひやく》まで踊忘《おどりわす》れず(三)。更行《ふけゆく》まゝにろくろ首《くび》の長咄《ながばなし》も、幽霊《ゆうれい》らうそく(四)の建《たち》消《ぎへ》となり、欠《あくび》の口は耳《みゝ》まで裂《さけ》、油嘗《あぶらなめ》の禿《かぶろ》(五)が舌打《したうち》して、行灯《あんどう》を吹消《ふきけせ》ば、まつくら闇《やみ》から曳出《ひきだ》した丑満比《うしみつごろ》の淋《さみ》しきにソリヤ出《で》たヤレ出た(六)、何《なに》が出た大禁物《だいきんもつ》の金平《きんぴら》か。くはばら〱ゆるせ〱

十偏舎一九叙

(一) 化物の交り、頼ある中の酒宴の席　謡曲『羅生門』「つはものの交はり、頼ある中の酒宴かな」を用いる。

（二）面白狸の腹皷　「面白い」の洒落。「面白」を「尾《お》も白《しろ》」にもじり、狸に加え、腹鼓へ言い進めたもの。

（三）産女百まで踊忘れず　諺「雀百まで踊忘れぬ」（幼い時に身につけた癖が年をとってもなおらない）のもじり。

（四）幽霊らうそく　玩具の一種。紙の化物に蠟燭の火が燃え移ると、幽霊の影が障子に映る。この文章は百物語（数人が集まり怪談を語り合いながら蠟燭を一本ずつ消す遊び）のパロディで、最後の蠟燭が消えると、化物にとって怖い坂田金平が現れる。

（五）油嘗の禿　長い舌で油を嘗める子供の化物。草双紙によく登場する。

（六）ソリヤ出たヤレ出た　流行語。

【二】ろくろ首が行方不明に　図版　一四六〜一四七頁

化物仲間《ばけものなかま》も、近年《きんねん》はあまり落《おち》をとつたこともなく、金時手合《きんときでやい》にへこみ通《どう》しにて、その上《うへ》、この頃《ごろ》は化物仲間《ばけものなかま》の小息子《こむすこ》や小娘《こむすめ》が迷子《まよいご》になつて、行方知《ゆきがたし》れざる者数《ものかず》を知《し》らず。化物手合《ばけものでやい》の事なれば、よもや狐狸《きつねたぬき》に化《ば》かされたでもあるまい。神誘《かみさそ》（七）いならば、天狗《てんぐ》たちの方《かた》にいるはづ、そうでもなし、何《なん》でも不思議《ふしぎ》な事だと評議《ひやうぎ》まち／＼にて、捨《す》てゝもおかれずと言《い》い合《や》わせて、尋《たづ》ねに出《で》る。
人の迷子《まよいご》は野山《のやま》を尋《たづ》ね、化物手合《ばけものでやい》の迷子《まよいご》はとかく町中《まちなか》を探《さが》し歩《ある》く。鉦《かね》、太鼓《たいこ》より笛《ふへ》と太鼓《たいこ》でヒヤウドロ〳〵(八)、迷子《まいご》の〳〵ろくろ首ヤイ、ヒヤウドロ〳〵。

化物1「両国《りやうごく》(九)あたりを尋《たづ》ねたら、知《し》れそふなことだ」

化物2「迷子《まいご》の〳〵ろくろ首《くび》ヤアイ、チヨン〳〵チキ〳〵チヨンチキチ(一〇)」

化物3「壬生踊《みぶおど》りどころじやアねへ。しやれやんな。ろくろ首殿《くびどの》は、めんかはまぶし(一一)。大方尻《かたしり》くらい観《くはん》九郎(一二)にでもあやなされねばいゝが」

(七) 神誘い　神隠し。天狗の仕業とされる場合が多い。

(八) 鉦、太鼓より笛と太鼓でヒヤウドロ〳〵　本来迷子を探す場合には鉦と太鼓を使うが、化物だから、鉦のかわりに笛を使って、芝居で幽霊が出没するときに鳴らす「ヒヤウドロドロ」を演出する。

(九) 両国　両国広小路には見世物小屋が多かった。ろくろ首が香具師《やし》に捕らわれ、両国で見世物にされたかもしれないとの意味。

(一〇) チヨン〳〵チキ〳〵…　当時流行《はや》っていた壬生《みぶ》狂言の気取り。壬生狂言はせりふを使わず身振り手振りのみで表現する。

(一一) めんかはまぶし　顔が美しい。

(一二) 尻くらい観九郎　浄瑠璃『碁《ご》太平記《たいへいき》白石噺《しらいしばなし》』に登場する悪人。尻くらい観音のもじり。

【三】 ろくろ首は金平の手に　図版 一四八〜一四九頁

三つ目《め》入道《にゅうどう》の一人娘《ひとりむすめ》、ろくろ首《くび》はかねて見越入道《みこしにゅうどう》と契《ちぎ》りていたりしが、見越《みこし》の方《かた》へ通《かよ》いける道《みち》にて金平《きんぴら》に出会《いでや》いければ、常《つね》の人と心得《こゝろへ》、思入脅《おど》かしけるを金平《きんぴら》はかねて化物好《ばけものず》きにてわざと毎夜《まいよ》／＼丑三《うしみ》つ頃《ごろ》より出《で》かけ、ものすごき野山《のやま》をそゝり歩《ある》きけるおりから、ろくろ首《くび》に出会《いでや》い、まづこいつも占子《しめこ》の兎《うさぎ》(一三)と、長《なが》い首《くび》を引《ひ》きずつて連《つ》れ帰《かへ》りける。

源頼光《みなもとのらいかう》の家臣《かしん》、坂田金平《さかたのきんぴら》(一四)。このあいだより化物《ばけもの》を集《あつ》める。

ろくろ首「金平《きんぴら》さん、お許《ゆる》しあそばせ。ぬしとは思《おも》いもよらぬ事さ。首《くび》がちぎれます。アレエ／＼。化物殺《ばけものごろ》し。アレエ／＼／＼」(一五)

金平の奴「おらが旦那《だんな》も化物《ばけもの》を張《は》りかけるとは、とんだ悪《わる》い思《おも》いつきだ」

(一三) 占子の兎　我が物にする。

（一四）源頼光の家臣、坂田金平　正確にいえば、頼光の家臣は金平の父親に当たる金時であるが、草双紙の中では、金平と金時の存在がダブっている場合が多い。

（一五）張りかける　異性に恋慕して付け狙う。

【四】見越入道怒る　図版　一五〇～一五一頁

三つ目《め》入道《にうどう》が秘蔵娘《ひぞうむすめ》ろくろ首《くび》、坂田金平《さかたのきんぴら》が方《かた》へ生《い》け捕《ど》られいる由《よし》聞《き》こへければ、三つ目《め》入道《にうどう》、手下《てした》の化物共《ばけものども》を呼《よ》び集《あつ》め、何とぞして、ろくろ首《くび》を奪《うば》い返《かへ》さん、この役目《やくめ》は誰《たれ》いけこれいけと互《たが》いに譲《ゆづ》り合《や》いて果《は》てしなければ、見越入道《みこしにうどう》、進《す》ゝみ出《いで》て、「さて／＼卑怯《ひきやう》なるかた／＼かな、金平《きんぴら》とて、常《つね》の人間也。何ぞ恐《おそ》るゝ事あらんや、我一人《われいちにん》にてこの役《やく》目受《めう》け取《と》り申さん、ろくろ首《くび》つゝがなく召《め》し連《つ》れて立《た》ち帰《かへ》り申べし」と、坊主頭《ぼうずあたま》を打《う》ち振《ふ》つて、太平楽《たいへいらく》をぞ申ける。

見越入道《みこしにうどう》はかねてよりろくろ首《くび》と言《い》い交《か》わせし仲《なか》なれば、もしや金平《きんぴら》がわがまゝ八百《ぴやく》を言《い》つて、圧状娕《おうぜうづくめ》にして、ろくろ首《くび》を慰《なぐさ》み者《もの》にする事もしれず。さすれば、我《わ》が一《いち》分立《ぶんた》たずと心《こゝろ》のうちにはとんだ気《き》を揉《も》んでいるやつさ。

三つ目入道の女房「譬《たと》へにも金平《きんぴら》さまへ入《はい》つた泥棒《どろぼう》のよふだ（一六）といふから、誰《だれ》もちつと気《き》

は中橋《なかばし》だ」(一七)

三つ目入道「金平《きんぴら》ごぼうならいゝが、生《い》きた金平《きんぴら》わ気《き》がナイ」

(一六) 譬へにも金平さまへ入つた泥棒のよふ 諺「金毘羅様に入った泥棒のよう」(まごまごするさまのたとえ) のもじり。

(一七) 中橋 流行語。「ない」という意味。

【五】 **変装には首が邪魔** 図版 一五二頁

見越入道《みこしにうどう》も太平楽《たいへいらく》は言《い》つてみたが、どうでも一通《とふ》りではいけぬと思《おも》い、茨木童子《いばらきどうじ》が渡辺《わたなべ》の叔母《おば》と化《ば》けて、綱《つな》を騙《だま》して、腕《うで》を取《と》り返《かへ》したることを思《おも》い出《だ》し、さらば金平《きんぴら》が叔母《おば》と偽《いつわ》り、ろくろ首《くび》を取《と》り返《かへ》さんと、長《なが》い首《くび》を二《ふた》つに曲《ま》げて、面《めん》を被《かぶ》り、人間《げん》の形《かたち》にこしらへける。

見越入道「何でもこじつけてみせませう」

山姥「その曲《ま》げた首《くび》は懐《ふところ》へ入《い》れるか、褌《ふんどし》へでも挟《はさ》んでおくがいゝよ」

【六】 謎の老婆金平屋敷へ　図版 一五三頁

それより見越入道《みこしにうどう》は婆《ばゝ》の面《めん》を被《かぶ》りて、頭巾《づきん》にて頭《あたま》を包《つゝ》み、坂田金平《さかたのきんぴら》が屋敷《やしき》へ訪《たづ》ねきたり、何とぞろくろ首《くび》といふ者《もの》、見たき由《よし》を言《い》い入ける。金平《きんぴら》は渡辺《わたなべ》と違《ちが》つて、叔母《おば》をもつた覚《おぼ》へなければ、不思議《ふしぎ》に思《おも》いながら、わざと呼《よ》び入《い》れて、もてなしける。こんなことでこじつけよふとは化物《ばけもの》は人間《げん》よりあどけなく正直《せうじき》な者《もの》也。

見越入道「私《わたくし》はこのあたりの白拍子《しらびやうし》の婆《ばゝ》になつたのでござるわいの(一八)。金平《きんぴら》さんのお屋敷《やしき》はもふこゝかへ。わしや恥《は》づかしい(一九)。ホウヤレホウ」

金平の奴「かぼちやの蔓《つる》(二〇)でも踊《おど》るなら、旦那《だんな》へ申上げてやるべい」

(一八) 私はこのあたりの白拍子の婆になつたのでござるわいの　謡曲『道成寺』「これはこの国の傍に住む白拍子にて候」を用いる。白拍子は歌い舞う遊女。

(一九) 金平さんのお屋敷はもふこゝかへ。わしや恥づかしい　浄瑠璃『仮名手本忠臣蔵』「アノ力彌様のお屋敷はもふ爰かへ。わしや恥しい」を用いる。

(二〇) かぼちやの蔓　「かぼちゃの節」に合わせて踊る滑稽な踊り。宝暦二年（一七五二）頃から流行った。

【七】恋人たちついに再会　図版　一五四頁

見越入道《みこしにうどう》は金平《きんぴら》が方《かた》へ入《い》り込《こ》み、様子《ようす》を伺《うかゞ》いけるに、ろくろ首《くび》は庭《にわ》の立木《たち》、おのれが首《くび》にてぐる／＼巻《まき》にされて、くゝりつけられいけるゆへ、入道《にうどう》、密《ひそ》かに会《あ》いて、互《たが》いに恋《こい》しゆかしの物語《ものがたり》、今宵《こよい》人の寝静《ねしず》まりたる頃《ころ》、密《ひそ》かに連《つ》れ、立《た》ち退《の》かんと約束《やくそく》する。

見越入道「ヤレ／＼懐《なつ》かしかつた。これから連《つ》れだつて、道行《みちゆき》と出《で》かけよふ」

ろくろ首「わつちが首《くび》を『名代《なだい》／＼飴《あめ》は太白入《たいはくい》り、香《こう》ばしくて歯《は》につかず(二二)』などとしやれながら、うそ汚《きたな》い唾《つばき》をつけて引《ひ》きのばし、すぐに体《からだ》をぐる／＼巻《ま》き、これが本《ほん》の首《くび》かせといふものでござんすわいのふ」

(二二)名代／＼…　飴《あめ》の曲吹《きょくぶき》という飴細工の宣伝文句か。ろくろ首のように飴を長く伸ばすのが飴細工の一つの特徴であった。

【八】 金平の作戦会議　図版 一五五頁

坂田金平《さかたのきんぴら》、わざと見越入道《みこしにゅうどう》を引《ひ》き入《い》れ、ためしてみんと、奴土手平《やっこどて》といふ者《もの》、向《む》かふ見《み》づの紛《まぐ》れものを呼《よ》び出《いだ》し、「ろくろ首《くび》の番《ばん》をして、取《と》り逃《に》がさぬやふにしろ」と言《い》い渡《わた》しける。

「太印《ふと》(一二)な奴《やつ》らだ、おもいれ天井見《てんぜうみ》せてやろふ」と、この手合《てやい》のせりふはいつでもこんなもの也。

奴土手平「乙《おつ》りきな婆《ばゝア》だと存《ぞん》じましたれば、道理《どうり》こそ、やっぱり化《ば》け衆手合《しゅうでやい》とあい見《み》へます。ろくろ首《くび》めが色男《いろおとこ》かして、とんだいちやついておりやした」

(一二) 太印　図々しい。

【九】 首《くび》はないものつらいもの　図版 一五六～一五七頁

ろくろ首、見越入道《みこしにゅうどう》とうち連《つ》れ、立《た》ち退《の》くつもりなれども、縛《しば》られているゆへ、自由《じゆう》にならず、そのうへ、奴《やっこ》の土手平《どてべい》が張《は》り番《ばん》している事なれば、身動《みうご》きさへもならず、いろ〳〵気《き》を揉《も》みいるおりから、塀《へい》の外《そと》には見越《みこし》が待退屈《まちたいくつ》して、合図《あいづ》の小石《こいし》を投《な》げつけたり、咳払《せきばら》いしたり、待《ま》てども〳〵沙汰《さた》もなし、あまり待《ま》ちくたびれ、首《くび》を長《なが》く伸《の》ばしけるゆへ、ついに見咎《みとが》められて、さん〳〵の目にあいける。ろくろ首《くび》もいろ〳〵に心《こゝろ》を焦《あせ》り、我《われ》を忘《わす》れて、縄《なわ》を食《く》ひ切《き》る心持《こゝろも》ちにて、うぬが首《くび》を食《く》い切《き》り、やれうれしやと駆《か》け出《だ》したところが、肝心《かんじん》の首《くび》がないやつさ。
「首《くび》ばかりの嫁御寮《よめごりやう》に対面《たいめん》せうとは知《し》らなんだ」(二三)と、妹背《いもせ》山の大判事《はんじ》もどきで愁嘆《しうたん》する。

見越入道「ろくろ首長《くびなが》しと言《い》へども、これを絶《た》たば、憂《うれ》へなんといふ事が、(二四)今《いま》の身《み》の上《うへ》に思《おも》い知《し》つた」
ろくろ首「おいらが身《み》は青江《あをい》下坂《さか》二《ふた》つ胴《どう》に敷腕《しきうで》と(二五)言《い》いそうなところだ」
ろくろ首の体「首《くび》はないもの、つらいもの」

(二三) 首ばかりの嫁御寮に…　浄瑠璃『妹背山婦女庭訓《いもせやまおんなていきん》』「首ばかりの嫁御寮に対面せうとは知らなんだ」を用いる。
(二四) ろくろ首長しと言へども…　浄瑠璃『壇浦兜軍記《だんのうらかぶとぐんき》』「鶴の脛《はぎ》長しと雖も之を断たば悲しみなん」のもじり。原典は『荘子』(外篇)。
(二五) 青江下坂二つ胴に敷腕　浄瑠璃『敵討襤褸錦《かたきうちつづれのにしき》』が出典。

【一〇】 可愛い娘の敵討に　図版 一五八頁

見越《みこし》はすご〳〵と逃《に》げ帰《かへ》り、三つ目入道《めにうどう》へい丶わけさへも面目《めんぼく》なく、大きにへこみいたりけるに、三つ目入道《めにうどう》はろくろ首《くび》の事を聞《き》きて、口惜《くちお》しがり、見越《みこし》を近寄《ちかよ》せ、「化物《ばけもの》の仲間《なかま》でも親玉株《おやだまかぶ》ともてはやさる丶見越入道《みこしにうどう》、金平《きんぴら》くらいにいじめられて逃《に》げ帰《かへ》りしは卑《ひ》怯《きやう》未練《みれん》の振《ふ》る舞《ま》い、仲間《なかま》の手前《てまへ》も恥《は》づかしきにあらずや、このうへはそれがし金平《きんぴら》が館《やかた》へふん込み、いち〳〵に野郎頭《やろうあたま》を引《ひ》っこ抜《ぬ》き、串刺《くしざし》にして立《た》ち帰《かへ》らん」と、太平《たいへい》を言《い》ふ。

三つ目入道「金平《きんぴら》でも天《てん》ぷらでも(二六)、頭《あたま》からしてやるは、おいらが当《あ》たり前《まへ》だ」
見越入道「イヤモウこの作者《さくしや》ではないが、一句《いつく》もござりませぬ(二七)」

(二六) 金平でも天ぷらでも　坂田金平を金平ごぼうにかける。頭から食べるという意味。
(二七) 一句もござりませぬ　本作の作者の「一九」を「一句」にかける。

【一二】強い金平逃げる三つ目　図版　一五九頁

さて三《み》つ目《め》入道《にうどう》は太平楽《たいへいらく》を言《い》い散《ち》らして、たいそうに支度《したく》して、金平《きんぴら》が方《かた》へしけこみけるに、何かはもつてたまるべき、材木《ざいもく》ほどの金棒《かなぼう》を振《ふ》り回《まは》され、こいつはならぬと、三《み》つ目《め》入道《にうどう》、口《くち》にも似合《にあ》わず、一目散《いちもくさん》に後《あと》をも見ずして逃《に》げ帰《かへ》りける。

金平「コレ〳〵逃《に》げることはねへ。金棒《ぼう》でさすつてやるのだ。これさ〳〵」

化物「アノおつしやることわいナ。さすつておいて、わらをでの(二八)。あかすかべイー」

三つ目入道「どうであなたには金棒《かなぼう》〳〵。みつめな事(二九)にあわぬうち、逃《に》げの意休《いきう》(三〇)とやらかしませう」

(二八) さすつておいて、わらをでの　浄瑠璃『仮名手本忠臣蔵』「嬉しうござんすといはしておいてわらをでの」を用いる。

(二九) みつめな事　「三つ目」(入道)を「惨め」にかける。

(三〇) 逃げの意休　「髭《ひげ》の意休」(笑われ者)のもじり。

【一二】 **金平の首ここにあり**　図版　一六〇～一六一頁

三《み》つ目《め》入道《にうどう》は何の手《て》もなく逃《に》げたりしかば、帰《かへ》りても仲間《なかま》の手前《てまへ》、い丶わけなきゆへ、工夫《くふう》して俄《にわか》に思《おも》いつき、蜜柑籠《みかんかご》を張《は》つて、目鼻《めはな》を書《か》きて、金平《きんぴら》が首《くび》也と、たいそうに車《くるま》にて引《ひ》かせ、入道《にうどう》は左扇《ひだりあふぎ》(三一)にてとんだすました顔《かほ》にて立《た》ち帰《かへ》り、仲間《なかま》の手合《てあい》を集《あつ》めて、太《たい》平楽《へいらく》を言《い》い散《ち》らし、「もはや金平《きんぴら》を討《う》ち取《と》つたれば、もはやいづれも心《こゝろ》おきなく昼日中《ひるひなか》出《で》歩《ある》いても、気遣《きづか》いの金《きん》の字《じ》もなし(三二)、これ、みなわれらが働《はたら》きなり」と、味噌《みそ》は上《あ》げ次《しだ》第《い》(三三)太平《たいへい》は言《い》い次第《しだい》にて、それよりかの蜜柑籠《みかんかご》の首《くび》をたいそうらしく獄門《ごくもん》に掛《か》けて、もろ／＼の化物《ばけもの》に見《み》する。「さても／＼三《み》つ目《め》入道《にうどう》が形《なり》に似合《にや》わぬ、大手柄《てがら》なり」とみな／＼感心《かんしん》する。

化物1「浅草紙《あさくさがみ》(三四)の張《は》り抜《ぬ》きといふ匂《にほ》いだ」

車を引く化物「ア、ウン／＼、そこだ／＼とは言《い》ふものの、見《み》かけより重《おも》たくねへ首《くび》だ。そろ／＼とやらかせ／＼」

三つ目入道「化物仲間《ばけものなかま》の氏神《うぢがみ》とはおれがことだ。いままで金平《きんぴら》めに打《う》ち殺《ころ》された手合《てやい》の敵《かたき》を討《う》つたといふものだ。ヱヘン／＼」

化物2「見さつせへ、金平《きんぴら》が首《くび》だげな。腐《くさ》つてはならぬとつて、頭《あたま》の骨《ほね》や腸《わた》は抜《ぬ》いて、塩漬《しほづ》けにしてきたといふ事だ。道理《どうり》で風《かぜ》が吹《ふ》くと、ふわ〳〵するやふだ」
化物3「さて〳〵大頭《あたま》だ。首《くび》ばかりでも気味《きみ》が悪《わる》い」
化物4「思《おも》いなしか、やつぱり目《め》の玉《たま》が動《うご》くやふだ」
化物5「見越殿《みこしどの》さへ逃《に》げて帰《かへ》つたといふ事だが、三つ目殿《みつめどの》は大手柄《おほてがら》だ」

（三一）左扇にて　得意そうな顔で。
（三二）気遣いの金の字もなし　「気遣いのきの字」を「金平」にかける。つまり、もう金平に脅かされる心配がないという意味。
（三三）味噌は上げ次第　自慢ばかりする。
（三四）浅草紙　質の悪い紙。

【一三】金平の首の正体は　図版　一六二～一六三頁
獄門《ごくもん》に掛《か》けたる金平《きんぴら》が首《くび》、雨《あめ》に打《う》たれて、上《うへ》の紙《かみ》がめくれかゝりければ、下《した》より籠《かご》があらわれけるゆへ、「さて〳〵人の頭《あたま》の骨《ほね》は籠《かご》のやふなものだ」と、初《はじ》めのほどは誰《たれ》も心《こゝろ》づかざりしが、次第《しだい》にまくれあがりて、籠《かご》の正体《せうたい》、あり〳〵となりければ、みな〳〵肝《きも》を潰《つぶ》し、「さて〳〵三つ目《みつめ》が一杯食《いつぱいく》わせたり、いざや引《ひ》き下《お》ろし、入道《にうどう》へ見せん」と、仲間《なかま》の手合《てやい》、三つ目方《めかた》へ持《も》ちきたりければ、入道《にうどう》、大へこみにてつらを真《ま》つ赤《か》くして、塵《ちり》をひねつていたりける。「さるにても、見越《みこし》、三つ目《め》さへかなわぬ金平《きんぴら》、とてもほかの手合《てやい》が手に乗《の》らぬ代物《しろもの》、このうへまたどんな事に遭《あ》をふもしれず、足下《あしもと》の明《あか》るいうち」と、それよりみな〳〵言《い》い合《や》わして、箱根《はこね》の先《さき》へと引《ひ》つ越《こ》して行ける。

化物1「三つ目殿《めどの》が巻舌《まきじた》で空味噌《からみそ》を上《あ》げられたが、なるほど違《ちが》つたものだ。仲間《なかま》の氏神《うぢがみ》も凄《すさ》まじい、蛆虫《うづむし》があきれらア」

化物2「どふでこんなことだろふと思《おも》つた。ハヽヽヽヽヽ」

三つ目入道「いゝ加減《かげん》にして、引《ひ》つ込《こ》ましたらよかつた。おれが知恵《ちゑ》も籠抜《かごぬ》け（三五）となつたか。ハレ益体《やくたい》もない」

（三五）籠抜け　軽業の見世物の一つ。ここでは「間抜け」にかけている。

【一四】化物は箱根の先へ　図版　一六四頁

坂田金平《さかたのきんぴら》が勇力《ゆうりき》に恐《おそ》れ、化物《ばけもの》共残《のこ》らず箱根《はこね》の先《さき》へ引《ひ》き越《こ》しければ、頼光《らいかう》、金平《きんぴら》を召《め》して、御褒美《ほうび》あまた下《くだ》され、御加増《かぞう》のうへにいろ〳〵の引《ひ》き出物《でもの》、金銀米銭山《きん〳〵べいせんやま》をなし、酒《さけ》の泉《いづみ》をたゝへつゝ、めでたき春《はる》を迎《むか》へけるぞ、めでたし〳〵。

一九画作

金

金平「化物《ばけもの》どもは追《お》い払《はら》つたが、まだ鬼《おに》めらがまごついているだろふ。こいつらも、西《にし》の海《うみ》へ(三六)一絡《ひとからげ》にしてさらり〳〵」

(三六) 西の海へ 「西の海へさらり」は厄払いの文句。

『化皮太鼓伝』

【一】世の中すべて化物か　図版 一七三頁

化皮太鼓伝《ばけのかはたいこでん》 初編序

世界《せかい》凡《すべ》て妖《ばけもの》ならざるはなし。人若《わか》き時、恋聟《こひむこ》の美《び》なりしも、忽《たちまち》歯《は》落《おち》髪《かみ》白《しろ》くなりて、ばく〳〵(一)祖父《おやぢ》と化《け》し、花娵《はなよめ》の艶《ゑん》なるも皺《しは》より色黒《いろくろ》くなりて、歯抜祖母《はぬけばゝ》と変《かは》る。川柳点《せんりうてん》の柳樽《やなぎだる》に、母《はゝ》の名《な》は親父《おやぢ》の腕《うで》にしなびて居《ゐ》とあるは、是《これ》人の老《おい》に化《ばけ》たる上のことなり。五雑組《ござつそ》(二)にも人寿百歳《にんじゆひやくさい》に過《すぎ》たるものを、失帰《しつき》の妖《ばけもの》(三)といへり。其他《そのよ》、天地《てんち》陰陽《いんやう》時勢《じせい》の春となり秋と変《かは》る、四季折々《しきをり〳〵》の化物《ばけもの》、とんだ茶釜薬鑵《ちやがまやくわん》と化《ばけ》(四)、道理《どうり》で南瓜唐茄子《かぼちやとうなす》となり(五)、薯蕷《やまのいも》鰻《うなぎ》と化《け》(六)すの類《たぐひ》、勝《あげ》て算《かぞへ》がたし。昔《むかし》は今《いま》に化《ばけ》て、かの赤本《あかほん》の見越入道《みこしにうだう》をはじめ、轆轤《ろくろ》（つづく）

（一）ばく〳〵　歯の抜けた老人の口の動くさま。

（二）五雑組　中国、明代の随筆。江戸時代によく読まれた。

（三）失帰の妖　「『五雑組』（人部一）に次のようにいう。人の寿命は百歳を超えることはなく、百が数の終りである。だから百二十歳を過ぎても死なないのは失帰の妖《ばけもの》という」『和漢三才図会』（東洋文庫〈四五一〉からの引用）

（四）とんだ茶釜薬鑵と化　明和頃からの流行語。谷中笠森の水茶屋で働いた美しいお仙が突然店をやめて、はげ頭の親父が代わりに勤めることになった。つまり、茶釜（お仙）がはげた薬缶（親父）に化けた。「とんだ茶釜」は「とんだよいもの」との意味。

（五）道理で南瓜唐茄子となり　「道理で」を強めていう俗謡。宝暦・明和頃から流行った。南瓜も唐茄子も同品異種にすぎないので、ここでは南瓜が唐茄子に化けるのは当たり前のことをいっている。

（六） 薯蕷鰻と化す　諺。あるものが突然全く違うものに変化することのたとえ。また、卑しい者が急に出世をするもののたとえ。

【三】 一九の化物最新作　図版 一七四～一七五頁

（つづき）首《くび》三つ眼《め》ひとつ目小僧《こぞう》、狸《たぬき》の金玉《きんたま》八畳敷《じやうじき》の住居《すまゐ》も、今は箱根《はこね》のさきへ引越《ひきこし》、野《や》暮《ぼ》と対句《ついく》になり、暁《あかつき》ごろに足《あし》を洗《あら》ひ引込《ひきこみ》ても、気《き》の利《きゝ》たる数《かず》には入《い》らず、流行《りうかう》におくれたりしを、予もおなじ年寄仲間《としよりなかま》なれば、今年《ことし》これを久振《ひさしぶり》にて草紙《そうし》となし、異国《ゐこく》の水滸《すいこ》伝《でん》をぢぐり、太鼓《たいこ》伝《でん》と号《なづけ》しは、その所謂《いはれ》なきにしもあらず。往昔《むかし》康安《かうあん》元年秋《あき》七月、大地《おほぢ》震《しん》にて、阿波《あは》の鳴門《なると》俄《にはか》に潮乾《うしほひ》て陸《おか》となり、岩上《がんじやう》に周《まはり》二十尋許《ひろばかり》の太鼓《たいこ》見《あらは》る（七）。水牛《すいぎう》の皮巴《かはともへ》の紋《もん》を画《ゑが》き、銀《ぎん》の泡頭釘《びやうくぎ》を打たり。是をうつに大なる鐘木《しゆもく》をもつて、釣鐘《つりがね》を撞如《つくごと》くにす。その声天《こへてん》に響《ひゞき》、山崩《やまくづ》れ潮涌《うしほわき》て、太鼓《たいこ》おのづから飛揚《とびあがり》、行方《ゆきがた》をしらずと謂《いへ》り。是妖怪《ようくわい》の権輿《けんよ》なり。凡《およそ》化物《ばけもの》の出端《では》に、どろ〳〵の太鼓《たいこ》を用《もちふ》ること、此縁《ゑん》によるとかや。故《ゆへ》に斯標《かくひやう》題《だい》して、予が頬《つら》の皮《かは》の厚《あつき》を張替《はりかえ》、此草紙《さうし》の太鼓《たいこ》を叩《たゝき》て版元《はんもと》に進《すゝ》む。素《もと》よりこれも、欲《よく》の皮《かは》のあつかましくも、その鳴音《なるおと》のどんと儲《まうけ》る積《つもり》にて、一つしめ太鼓《だいこ》うつておけ、しやんときまりし新板売出《しんぱんうりだ》し、打出しの大切《おほきり》まで緩々《ゆる〳〵》御覧《ごらん》の程《ほど》、願《ねが》ひ上奉るとしかいふ。

天保四癸巳年正月吉日　十返舎一九題

章魚入道魚説法《たこのにうだううをせつぽう》　全六冊
十返舎一九著　近刻
竜宮《りうぐう》の世界《せかい》を面白《おもしろ》をかしく趣向《しゆかう》をつけてこぢつけたる、お子様方《さまがた》への御伽草紙《おとぎざうし》なり

（七）康安元年秋七月、大地震にて……　康安元年（一三六一年）六月二十四日、南海道に大地震が発生した。『太平記』巻第三十六によると、七月の出来事として「また周防《すはう》の鳴戸《なると》、俄に潮去りて陸《くが》となる。高く峙《そばだ》ちたる岩の上に、筒《どう》のまはり二十丈ばかりなる大鼓《たいこう》」が現れる。

【三】見越入道登場　図版　一七六～一七七頁

世の中《なか》、次第《しだい》に洒落《しやれ》が流行《はや》り、昔《むかし》より野暮《やぼ》と化物《ばけもの》は箱根《はこね》から先《さき》のものとなりければ、化《ばけ》

物《もの》の親玉《おやだま》、見越《みこし》入道も箱根《はこね》の先《さき》へ引越《こ》しけるが、ふと思《おも》ひつき、此折《をり》を幸《さいは》ひ、諸国《しよこく》を回《まは》りみんとて、たゞ一人旅支度《ひとりたびじたく》し、笈《おひ》を背負《せお》ひ、上方《かみがた》をさして出立《いでた》ち、すでに大和《やまと》の国《くに》にいたり、名《な》にし負《お》ふ吉野山《よしのやま》に登《のぼ》り、だん〳〵と山深《ふか》く入《い》りたるに、日暮《くれ》ければ、化物《ばけもの》のことゆへ、野宿《のじゆく》することを何《なん》とも思《おも》はず、木立茂《こだちしげ》りてうそ暗《ぐら》きところに打《う》ち伏《ふ》しけるに、夜更《よふ》けて、にはかに風凄《かぜすさ》まじく梢《こずゑ》を鳴《な》らし、黒雲舞《くろくもま》ひ下《さ》がりたるが、雲《くも》の上《うへ》に冠装束《かむりしやうぞく》したる人、目《め》のうち光《ひか》り、眉逆立《まゆさかだ》ち、髪《かみ》、髭《ひげ》おどろを乱《みだ》し、黄金作《こがねづく》りの太刀《たち》を佩《は》きたる高官《かうくわん》の御方《かた》と見ゆる。そばに十二単《ひとへ》の官《くわん》女を従《したが》へ、見越《みこし》入道を招《まね》き給ふにぞ。さすがの見越《みこし》、恐《おそ》れ入《い》りて蹲《うづくま》れば、その時《とき》、かの御方《かた》の給ひけるは、「我《われ》は昔元弘《むかしげんこう》の乱《らん》に滅《ほろ》び失《う》せたる大塔《とう》の宮護良《みやもりよし》(八)なり。我鬱憤《われうつぷんや》止みがたく、煩悩《ぼんのう》の炎《ほむら》しきりに宇宙《うちう》に迷《まよ》ひ、つひに天狗《てんぐ》となりて、魔道《まどう》へ入《い》りたり。これなる女は金毛九尾《きんもうきうび》の狐《きつね》、殺生石《せつしやうせき》となり、那須野《なすの》の原《はら》にあとは止《とゞ》め(九)たれども、今以《いまもつ》てその精存《せいそん》してこゝに来《き》たり。我《われ》に仕《つか》えて共《とも》に大義《たいぎ》を起《お》こさんとす。我《われ》、此世界《せかい》を魔界《まかい》となし、魔王《まわう》とならんと思《おも》ふなれば、汝《なんぢ》、国々《くに〲》を回《まは》りて、名《な》ある化物《ばけもの》どもを語《かた》らひ、味方《みかた》となし、我《わ》が大望《たいもう》を助《たす》けよ」との給《たま》ひければ、見越入道《みこしにうだう》大きに喜《よろこ》び、「それこそ望《のぞ》むところなり。仰《おふ》せの趣《おもむき》かしこまり奉《たてまつ》る」と、それより何《なに》かと示《しめ》し合《あ》はせて、入道はこゝを退《しりぞ》き、回国《くわいこく》しける。

大塔の宮「これから我《わ》が片腕《かたうで》とも頼《たの》むそなた、こゝでちよびと一杯《いつぱいふ》振る舞《ま》ひたいが、山中酒《さんちうさけ》がないから、そなた麓《ふもと》へ行《い》つて小半買《こなからか》つ(一〇)て来《き》てくれまいか。俺《おれ》も飲《の》みたい」

見越入道「たれあらう大塔《とう》の宮様《みやさま》ともあらうお方《かた》が、たつた小半《こなから》とはお情《なさ》けない。わしはそのくらゐの酒《さけ》は皆《みな》この首筋《くびすじ》へ染《し》み込《こ》んでしまつて、腹《はら》までは届《とゞ》きませぬ」

（八）元弘の乱に滅び失せたる大塔の宮護良　後醍醐天皇第一皇子。元弘の乱（一三三一）ではなく、中先代の乱（一三三五）に殺された。

（九）金毛九尾の狐、殺生石となり、那須野の原にあとは止めた　伝説上の妖狐。天竺と中国を経て日本では玉藻前という美女に化けた。那須野が原で殺されたのち、その霊が人や畜生を殺す殺生石《せつしょうせき》となるが、源翁心昭《げんのうしんしょう》の法力によって破砕される。

（一〇）小半　一升《しょう》の四分の一。二合半。

【四】**魍魎とおちよぼんの駆け落ち**　図版　一七八～一七九頁

その頃羽州《ころうしう》の山中《さんちう》に年久《としひさ》しく住《す》む魍魎《もうりやう》といふ化物《ばけもの》あり。眷属多《けんぞくおほ》く人にも知《し》られし化物《ばけもの》なりしが、その子の魍魎《もうりやう》は未《いま》だ年若《としわか》く、近所《きんじよ》のおちよぼんといふ化物《ばけもの》の娘《むすめ》と深《ふか》く言《い》ひ交《か》はしけるが、親々《おや〳〵》いたつてやかましきゆゑ、互《たが》ひに若気《わかげ》の後先知《あとさきし》らず、つひに二人駆《ふたりか》け落《お》ちして、箱根《はこね》の先《さき》へ来《き》たり、何《なに》とぞ相応《そうおう》のすみかを求《もと》めんと捜《さが》し歩《ある》くに、幸《さいは》ひ人里《ざと》離《はな》れし山中《さんちゅう》に住《す》み荒《あ》らせしあばら屋《や》、家《いへ》も歪《ゆが》み、壁《かべ》も落《お》ち、床《ゆか》の上《うへ》に草生《くさお》ひ茂《しげ》り、さもものすごく荒《あ》れ果《は》てたるひとつ屋《や》なれば、化物《ばけもの》の住《す》まひには丁度《てうど》よいとて、そこに住《す》みし化物《ばけもの》より相対《あいたい》にて、居抜《いぬ》き(一一)にその家《いへ》を買《か》ひ受《う》け、此所《ところ》へ引越《こ》しける。此時《とき》、その辺《あた》りに住《す》む白《しろ》だはしといふ化物《ばけもの》を頼《たの》み、引越《こ》しの手伝《つだ》ひしてもらひ、やう〳〵こゝに落《お》ち着《つ》きける。化物《ばけもの》の世界《せかい》は格別《かくべつ》にて、とかく普請《ふしん》新《あたら》しく綺麗《きれい》な家《いへ》は好《この》まず、いかにも荒《あ》れ果《は》てて、むさくろしき家《いへ》を欲《ほ》しがるゆへ、古家《ふるいへ》ほど売買《うりかひ》高《たか》く、倒《たふ》れかゝりし家《いへ》などはいつかど値《ね》売《う》り(一二)することと見《み》へたり。

白だわし「これは〳〵よいお住《す》まひかな。家《いへ》は倒《たを》れかゝつてゐる。壁《かべ》は皆落《みなお》ちて、根太《ねだ》(一三)は腐《くさ》つて草《くさ》が生《は》へてゐるは面白《おもしろ》い。化物《ばけもの》の住《す》まひには持《も》つて来《こ》いだ。この売《う》り据《す》ゑ(一四)は安《やす》くは売《う》りますまい。こんなに住《す》み荒《あ》らした家《いへ》はめつたにはござりませぬ」

魍魎「こゝへ引越《こ》しては来《き》たが、此家《うち》はまだ勝手《かつて》を打《う》ち壊《こは》さねばならぬ。化物《ばけもの》の家《うち》に綺麗《きれい》な所《ところ》があつては悪《わる》いから、大工を頼《たの》んで、これから造作《ざうさく》を壊《こは》さねばならぬ所《ところ》があるから困《こま》つたものだ」

白だわし「わしは洞穴《ほらあな》に住《す》んでゐますが、穴借《あなが》り(一五)はいかぬもの。どうぞこんなあばら屋《や》に住《す》んでみたいものさ」
化物の子「おぢさん、おいらの太鼓《たいこ》を持《も》つてきたか、ひやうどろ〳〵とこの穴《あな》から出てみたい」

(一一) 居抜き　家具が付いたままで家を買うこと。
(一二) 値売り　高価に売ること。
(一三) 根太　床板を支える横木。またはその上に張る板。
(一四) 売り据ゑ　家を家具が付いたままで売ること。
(一五) 穴借り　「店借《たなが》り」(家を借りて住むこと)をもじったもの。

【五】白だわしの陰謀　図版 一八〇～一八一頁

かの引越《こ》しの手伝《てつだ》いに雇《やと》はれし白《しろ》だわしといふ化物《ばけもの》は飲《の》んだくれの悪《あく》たれ者《もの》にて、己《おのれ》の強《つよ》きに任《まか》せ、わがまゝ邪険《じやけん》の者《もの》なるゆへ、魍魎夫婦《もうりやうふうふ》の年若《としわか》きをつけ込《こ》み、それより毎日《まいにち》入《い》り込《こ》み、食《く》ひ倒《たを》し、無心《むしん》など言《い》ひかけて、借《か》り倒《たを》し、その上《うへ》おちよぼんに惚《ほ》れて、折々《おり〳〵》いやらしきことを言《い》ひかけけるが、ある時魍魎《ときもうりやう》のどてら布子《ぬのこ》を借《か》りて、それなりに返《かへ》さぬゆへ、おちよぼん、白《しろ》だわしの住《す》む穴《あな》へ行《ゆ》き、催促《さいそく》しければ、白《しろ》だわし言《い》ふ、

「その布子《ぬのこ》は質《しち》に入れおきたれば、今取《いまと》り返《かへ》し来《き》たりて渡《わた》すべし。しばらくこゝに待《ま》ち給へ」と、おちよぼんを待《ま》たせおきて出行《いでゆ》き、山刀《やまがたな》を腰《こし》に差《さ》して魍魎《もうりやう》の方《かた》へ来《き》たり、魍《もう》魎《りやう》に向《む》かひ言《い》ふやう、「御《おん》身の女房《ぼう》おちよぼんと我《われ》、かねてより密通《みつつう》しゐたるが、今おちよぼん、我《わ》が方《かた》へ来《き》たり、何《なに》とぞ御《おん》身の手前《まへ》を貰《もら》ひくれよと言《い》ふ。我《われ》、男《おとこ》と生《う》まれて、引《ひ》くに引《ひ》かれず、ぜひなく今《いま》おちよぼんを貰《もら》ひに来《き》たりしなり。御身《おんみ》快《こゝろよ》く得心《とくしん》なればよし。もしも不得心《ふとくしん》なれば、我《われ》も言《い》ひかゝり。とても命《いのち》はなきものと覚悟《かくご》極《きは》めたれば、此場《ば》にて御身《おんみ》を殺《ころ》し、我《われ》も即座《そくざ》に死《し》ぬるつもり。返答次第《へんとうしだい》、生死《せうし》の境《さかひ》。すぐに挨拶《あいさつ》聞《き》きたし」と大胆《たんふ》不敵《てき》の言《い》ひ分《ぶん》なり。

おちよぼん「アレサそんないやらしいことを。わたしはいや〳〵。ひつこく言《い》ひなさると、頭《あたま》から齧《かぶ》りつきますぞ」

白だわし「イヤ貴様《きさま》に齧《かぶ》りつかれたら、それこそ本望《ほんもう》だ。魍魎《もうりやう》めはまだ二才野郎《にさいやろう》だから、巧者《こうしや》があるまい。わしは年《とし》を取《と》つてゐるだけ床《とこ》が上手《じやうず》だから、それは〳〵貴様《きさま》の心《こゝろ》持《も》ちを土竜《むぐらもち》にしてやる(二六)ことだが、どふだ〳〵」

ももんじい「白《しろ》だわしめがあの婦人《ふじん》をちよろまかさうとするが、何《なん》として〳〵。何《なん》なら白《しろ》だはし、脇《わき》へ退《の》かつしやい。後《あと》へ俺《おれ》が当《あ》たつてみよう。俺《おれ》なら、さだめて承知《せうち》しそふなものだ」

（一六）貴様の心持ちを土竜《むぐらもち》にしてやる　土竜はもぐらの異名。人を罵って言う語でもある。ここでは「心持ち」を「土竜」にかけている。

【十八】 情けない夫の魍魎　図版 一八二頁

魍魎《もうりやう》は未《いま》だ年若《としわか》く、顔《かほ》に似合《にあ》はずいたつて気《き》の弱《よは》き者《もの》にて、白《しろ》だわしの勢《いきほ》ひに恐《おそ》れ、心《こゝろ》には悔《くや》しく思《おも》へども、せんかたなく、震《ふる》ひ声《ごゑ》して、「いかにもおちよぼんはそなたへ進《しん》ぜませう」と言《い》ふにぞ。白《しろ》だわし言《い》ふやう、「しからば、われらへ貰《もら》ひ受《う》けたる上《うへ》は、おちよぼんの着替《きが》え、手道具《だうぐ》、そなたの方《かた》にあつて益《ゑき》なし。とても男《をとこ》づくで貰《もら》ひ引《び》き(一七)する上《うへ》は、こなたも男《をとこ》らしくすつぱりとおちよぼんの雑物残《ざうもつのこ》らずすぐに貰《もら》ひ帰《かへ》りたし」と言《い》ふ。魍魎《もうりやう》は意気地《いくぢ》もなく、白《しろ》だわしの勢《いきほ》ひ恐《おそ》ろしく思ひ、「いかにも残《のこ》らずやりませう」と、着替《きが》えの縕袍《わんぼう》(一八)櫛道具《くしどうぐ》取《と》り揃《そろ》へ、破《やぶ》れ蒲団《ぶとん》まで取《と》りいだし渡《わた》しければ、白《しろ》だわし、あくまでも強欲者《ごうよくもの》にて、おちよぼんの雑物《ざうもつ》を受《う》け取《と》り、我《わ》が方《かた》へ持《も》ち帰《かへ》りけるに、おちよぼんはかくとも知《し》らず、白《しろ》だわしの穴《あな》のうちに、白《しろ》だわしが質物《しちもつ》を受《う》けに行《ゆ》きしを待《ま》ちゐたりける所へ、白《しろ》だわし帰《かへ》りて、此ことを語《かた》るに、おち(よ)ぼんは大きに驚《おどろ》き、途方《とほう》に暮《く》れて、わつとばかりに泣《な》きゐたりける。

白だわし「わしはおちよぼんを貰《もら》ひに来《き》たのだ。いやだと言《い》ふと、此抜《ぬ》き身《み》が貴様《きさま》の胴腹《どうばら》へお見舞《ま》ひ申す。うんと言《い》へば、おちよぼんの胴腹《どうばら》へお見舞《ま》ひ申す。抜《ぬ》き身はわしがほかに持《も》つてゐる」(一九)

魍魎「さて〳〵迷惑《めいわく》なことの」

(一七)男づくで貰ひ引き　男らしく強引に譲って貰う。
(一八)縕袍　木綿着物の綿入れ。転じて粗末な着物をいう。他人の着物を卑しめて言う語。
(一九)抜き身はわしがほかに持ってゐる　抜き身は鞘から抜き出した刀身という意味とともに、あらわに出す男根という意味もある。

【七】**泣いてばかりのおちよぼん**　図版一八三頁

白《しろ》だわし帰《かへ》りて、おちよぼんに言《い》ふやう、「我《われ》、質物《しちもつ》を受《う》けに行《ゆ》くとて、そなたをこゝに待《ま》たせおきたるが、それは偽《いつわ》り。実《まこと》は我《われ》、そなたに惚《ほ》れて、何《なに》とぞ女房《ぼう》に欲《ほ》しやと思ひつめ、今そなたの亭主魍魎《ていしゆもうりやう》へ無理《むり》に言《い》ひかけ、そなたを貰《もら》ひおほせ、そなたの着替《きが》え、手道具《どうぐ》まで引取《と》り帰《かへ》りたれば、今《いま》よりそなたは我《わ》が女房《ぼう》なり」と言《い》ふに、おちよぼん思《おも》ひがけなく、実《まこと》とせず、「我《わ》が夫《をつと》は互《たが》ひに深《ふか》く思《おも》ひ思《おも》はれ、二人連《ふたりつ》れて国元《くにもと》を駆《か》け落《お》ちせしほどの仲《なか》なれば、何《なん》ぞや夫《をつと》がいまさら我《われ》を離《はな》すべき。たとへ夫《をつと》はそれにもせよ、我《われ》、魍魎殿《もうりやうどの》を捨《す》てて、ほかの男《をとこ》をもつ心《こゝろ》なし」と泣《な》き出《いだ》すを、白《しろ》だわし腹《はら》を立《た》て、「いやでも何《なん》でも我《わ》が女房《ぼう》に貰《もら》ひ受《う》けたれば、我《わ》が自由《じゆう》にする」としなだれかゝり、泣《な》き入《い》るおちよぼんを無体《むたい》の仕方《しかた》に、隣《となり》の穴《あな》、向《む》かふの穴《あな》の化物《ばけもの》ども、此物音《ものおと》を聞《き》きつけ、何《なに》ごとやらんと駆《か》けつけ来《き》たるに、この穴主《あなぬし》もゝんぢいといふ者来《ものき》たり、白《しろ》だわしを宥《なだ》めて、委細《いさい》を聞《き》くに、おちよぼんだん〳〵の次第《しだい》を語《かた》れば、穴主《あなぬし》もゝんぢい聞《き》きて、「それは白《しろ》だわしの不届《ふとゞ》き也。ろくに穴賃《あなちん》も寄《よ》こさぬくせに、さやうの不埒者《ふらちもの》、我《わ》が穴《あな》には置《お》かれず。早々《そう〳〵》穴立《あなだ》て(二〇)を言《い》ひつける。又その女は我《われ》引取《と》り、もとへ帰《かへ》しやるべし」とて、おちよぼんを引立《た》て、出去《いでさ》りける。

（二〇）穴立て　「店立《たなだ》て」（家主が貸家人を追い立てること）をもじったもの。

【八】 よき妻の行方は　図版 一八四〜一八五頁

穴主《あなぬし》のもゝんぢいは眷属《けんぞく》も大勢《ぜい》使《つか》ひて相応《さうおう》の暮《く》らし。わけよき者《もの》なりければ、白《しろ》だわしを叱《しか》り、おちよぼんの言《い》ふを聞《き》きて、もとよりわけなきことなれば、もとの亭主《ていしゆ》の方《かた》へ帰《かへ》しやらんと思《おも》ひ、おちよぼんを我《わ》が方《かた》へ連《つ》れ来《き》たり、いたはりおきて、さつそく魍《もう》魎《りやう》の方《かた》へ行《ゆ》き、渡《わた》りをつけて帰《かへ》さんとしけるに、魍魎《もうりやう》の挨拶《あいさつ》に、「密通《みつつう》のこと、たとへなきことなればとて、いつたん世間《せけん》の取《と》り沙汰《ざた》にもなりしこと、我《わ》が耳《みゝ》へ入りしこともあれば、今さら帰《かへ》すも外聞悪《ぐわいぶんわる》し。我《われ》ははや他《ほか》に又女房《ぼう》を入れるつもりにて、約束《やくそく》せし方《かた》もあれば、もはやおちよぼんは帰《かへ》しませぬ」と言《い》ふ。これは魍魎《もうりやう》の方《かた》へ焚《た》き付《つ》けし者《もの》ありて、なきこともありしことのやうに言《い》ひなして、おちよぼんの邪魔《じやま》をせし者《もの》ありしゆゑ也。もゝんぢい、此挨拶《あいさつ》に当惑《とうわく》したるが、せんかたなく立《た》ち帰《かへ》りて、此ことをおちよぼんに語《かた》れば、おちよぼん、声《こへ》をあげて泣《な》き悲《かな》しみ、魍魎《もうりやう》を恨《うら》み、悔《くや》しがり、しよせん死《し》ぬよりほかはなしと覚悟《かくご》を極《きは》めていたりければ、もゝんぢい、不憫《ふびん》に思《おも》ひ言《い》ふやう、「これは誠《まこと》にそなたの災難《さいなん》、我《われ》も又災難《さいなん》也。せつかくそなたをもとへ帰《かへ》しやらんと思ひて、引受《う》けたる所、かくなりては今さらそなたを突《つ》き出《だ》されもせず、此上《うへ》はそなたの身の上《うへ》、われらいかにも力《ちから》を添《そ》へて世話《せわ》すべし。そなたも突《つ》き詰《つ》めた心で不了簡《ふりやうけん》なことでもしてくれては、いよ〳〵われら一人《ひとり》の難儀《なんぎ》なれば、何《なに》ごとも諦《あきら》めて、此上《うへ》、我《われ》に難儀《なんぎ》をかけぬやう頼《たの》みます」と様々《さま〴〵》宥《なだ》めすかしさしおきけるが、この化物《ばけもの》の世界《せかい》にては女も綺麗《きれい》に美《うつく》しきを嫌《きら》ひ、とかく目《め》は皿《さら》のごとく、口《くち》も耳《みゝ》まで裂《さ》けて、恐《おそ》ろしくうそ気味悪《きみわる》く異風《ゐふう》なる顔《かほ》つきをよい女と好《この》もしがる習《なら》ひにて、このおちよぼん、眼《まなこ》、鏡《かゞみ》のごとく、口《くち》は耳《みゝ》の際《きは》まで裂《さ》けて、二目《ふため》とも見られぬ顔《かほ》つき。もゝんぢい、つねに見れば見るほど、さても好《す》いた顔《かほ》と思ふより心迷《こゝろまよ》ひ、口説《くど》きかけてみるに、女も世話《せわ》になるもゝんぢいのことゆゑ、つひになびきて（二一）、深《ふか》き仲《なか》とぞなりける。

ももんじい「わしは白《しろ》だわしの穴主《あなぬし》だから、これから又貴様《きさま》の穴主《あなぬし》になりものさ（二二）」

おちよぼん「わたしのやうな者《もの》でもかへ」

こゝにまた地獄《ぢごく》より娑婆《しやば》へいづる幽霊《ゆうれい》、道《みち》に踏《ふ》み迷《まよ》ひて、だん〳〵と山道《みち》にかゝりて、方角《ほうがく》を失《うしな》ひ、火の光《ひかり》を目当《めあ》てにもゝんぢいへ辿《たど》り着《つ》き、道《みち》に踏《ふ》み迷《まよ》ひたる由《よし》を語《かた》り、「何《なに》とぞしばらく休《やす》みたし。お茶一《ちやひと》つ御無心《むしん》」と訪《おとづ》れける。

（二一）なびきて　女が男に言い寄られて承知する。

（二二）これから又貴様の穴主になりものさ　ももんじいは化物たちが住む穴の「穴主」なので、

おちよぼんを妾にすることによって、彼女の「穴主」にもなるという卑猥な意味。

【九】 化物の女房に幽霊とは　図版 一八六〜一八七頁

もゝんぢい、幽霊《ゆうれい》を家《うち》へ入《い》れて、様々《さま〲》いたわりければ、幽霊言《ゆうれいい》ふやう、「わたしは娑婆《しやば》に恨《うら》めしき人があるゆへ、そこへ出かけて参《まい》りしところ、その人はこの山の麓《ふもと》へ引越《こ》したるとの事ゆゑ、それへ参《まい》る道《みち》にて、踏《ふ》み迷《まよ》ひました」と言《い》ふ。もゝんぢいはいたつて世話焼《せわや》き好《ず》きなれば、幽霊《ゆうれい》に茶漬《ちやづ》けなど振《ふ》る舞《ま》ひて言《い》ふやう、「さてはそのもとの恨《うら》みあるはこの麓《ふもと》なりとあれば、これよりは近《ちか》し。地獄《ぢごく》から毎晩出《まいばんで》かけ来《く》るも面倒《めんどう》なり。いつそのこと、こちに逗留《とうりう》してゐて、毎晩《まいばん》そこへ出かけるがよい」と言《い》へば、幽霊《ゆうれい》、大きに喜《よろこ》び、「さやうならば、もう一《ひと》つお願《ねが》ひがござります。どふもわたしのやうなひがい(一三)すな幽霊《ゆうれい》では先《さき》の人がよつぽど強《つよ》い人だから、恐《こは》がりませぬ。どふぞお仲間《なかま》の内《うち》でたれぞ頼《たの》んで連《つ》れてまいりたふござります」と言《い》ふ。「それも心安《こゝろやす》いこと。逗留《とうりう》してたれぞ頼《たの》ましやれ」と、それより幽霊《ゆうれい》を留《と》め置《お》きける所に、かの白《しろ》だわしはおちよぼんを穴主《あなぬし》へ引上《あ》げられ、その上穴立《うへあなだ》てを言《い》ひ付《つ》けられ、我《わ》が身の不埒《ふらち》は思はず、穴主《あなぬし》もゝんぢいを恨《うら》みゐたるが、もゝんぢいはおちよぼんと深《ふか》き仲《なか》となりたりと聞《き》くより、大きに憤《いきどふ》り、白《しろ》だわしやつきとなりて、「憎《にく》き穴主《あなぬし》、我《われ》、穴賃《あなちん》の借《か》りあるゆへ、何《なに》ごとも了簡《りやうけん》せしが、もはや堪忍《かんにん》なりがたし」とて、樫《かし》の木の大丸太《まるた》を引《ひ》つ提《さ》げ、穴主方《あなぬしかた》へ暴《あば》れ込《こ》みけるを、もゝんぢいも大鉞《まさかり》を打《う》ち振《ふ》り出て、叩《たゝ》き合《あ》ひたるに、もゝんぢいの方《かた》、抜群強《ばつぐんつよ》く、白《しろ》だわし、さん〴〵打《う》ち据《す》ゑられたる所へ、同《おな》じ穴《あな》の化物《ばけもの》ども、駆《か》けつけ来《き》たり、双方《そうほう》を引分《わ》け、だん〴〵挨拶《あいさつ》し、仲直《なかなほ》りさせけるに、さすがにもゝんぢいの方《かた》、今《いま》おちよぼんと食《く》ひ付《つ》きたることとなれば、白《しろ》だわしの手前言《まへい》ひ訳《わけ》なきことゆへ、幸《さいは》ひ此節居《せつゐ》候《そうろう》の幽霊《ゆうれい》を世話《せわ》して、白《しろ》だわしの女房《ぼう》に遣《つか》はし、持参金《ぢさんきん》の代《か》わりに、これまで滞《とゞこふ》りの穴賃《あなちん》の帳《てう》を消《け》し、その上《うへ》、この後《のち》は穴賃《あなちん》を取《と》らずにおいてやらうといふ約束《やくそく》にて、双方《そうほう》、和談《わだん》のつもり。白《しろ》だわしは、この幽霊《ゆうれい》の目《め》鼻立《はなだ》ちよく、こんな満足《まんぞく》な女《をんな》を女房《ぼう》に持《も》つこと、化物仲間《ばけものなかま》へ外聞悪《ぐわいぶんわる》し、とは思《おも》ひながら、持参金《ぢさんきん》の代《か》はり、穴賃《あなちん》なしにおいてやらうといふことゆへ、それにて納得《なつとく》し、このいさくさはあひ済《す》みける。

ももんじい「己《おのれ》、穴子《あなこ》の分《ぶん》として大家《おほや》へ向《む》かつて、不届《ふとゞ》き千万《せんばん》な。打《ぶ》ち殺《ころ》してやる。覚《かく》悟《ご》しおれ」

白だわし「貴様《きさま》、穴主《あなぬし》だと言《い》つて力《りき》みおるが、俺《おれ》が借《か》りてゐる洞穴主《ほらあなぬし》であらうけれども、俺《おれ》が連《つ》れてきた女《おんな》の穴主《あなぬし》ではあるまいに、なぜあの穴《あな》をちよろまかしおつた。聞《き》かぬぞ〳〵」

同じ穴の化物「これさ〳〵白《しろ》だわし、貴様《きさま》、大家様《おほやさま》へろくに穴賃《あなちん》もやらぬくせに、騒《さわ》ぐまいぞ。これさ〳〵」

白だわし「俺《おれ》が穴賃《あなちん》よりあのおちよぼんの穴賃《あなちん》をこつちへ寄《よ》こせ〳〵」

（二三）ひがいす　弱々しい。

【一〇】極楽にゆく幽霊　図版　一八八〜一八九頁

白《しろ》だわしは幽霊《ゆうれい》を女房《ぼう》にしたれども、いかにも美《うつく》しきが気《き》に入《い》らず、されども、「猫《ねこ》に鰹節《かつをぶし》」にて、そばにゐる者《もの》たゞはおかず、「ひもじき時《とき》のまづいものなし」と、毎晩《まいばん》の楽《たの》しみ。幽霊《ゆうれい》も又もとは人間《にんげん》のことなれば、化物を亭主に持つはいやなれども、恨《うら》みある娑婆《しやば》の男《おとこ》を早《はよ》う取《と》り殺《ころ》したく、亭主《ていしゆ》の化物《ばけもの》を頼《たの》み、取《と》り殺《ころ》してもらはんと思《おも》ふばかりに、此化物《ばけもの》の方《かた》へ来《き》たりしが、いかにしてもむさくろしき化物《ばけもの》に毎夜《まいよ》苛《さいな》まれること、いやになり、いつそのこと地獄《ぢごく》へ逃《に》げ帰《かへ》りたく思へども、今さらこゝより地獄《ぢごく》へ帰《かへ》る道《みち》が知《し》れず、いつそ死《し》んだがましと思《おも》へど、もはやいつたん死《し》んだ身なれば、又死《し》ぬこともできず、此つらい目《め》をしやうより、いつそのこと娑婆《しやば》の男《をとこ》を取《と》り殺《ころ》す妄念《もうねん》をやめて、これから念仏《ねんぶつ》を唱《とな》へ一心《いつしん》に信心《しん〴〵》して、極楽《ごくらく》へ成仏《じやうぶつ》し、此苦《くる》しみを助《たす》からんと思ひつき、それより昼夜《ちうや》怠《おこた》らず一心《いつしん》に信心《しんぐ》をおこしける。しかるに地獄《ぢごく》にては、此幽霊《ゆうれい》、娑婆《しやば》へ行《ゆ》きて、再《ふた》び地獄《ぢごく》へ帰《かへ》らぬゆへ、閻魔《ゑんま》王、大きに怒《いか》り、急《いそ》ぎ召《め》し連《つ》れ帰《かへ》るべしとありけるゆへ、獄卒《ごくそつ》ども、娑婆《しやば》へ来《き》たり、此幽霊《ゆうれい》のありかへ訪《たづ》ね来《き》たり、引《ひ》つ立《た》てゝ連《つ》れゆかんとするを、白《しろ》だわし、気《き》の強《つよ》きやつにて、鬼《おに》共を取《と》つて投《な》げのけ、張《は》り飛《と》ばし、さん〲に争《あらそ》ふうち、幽霊《ゆうれい》が信心《しんぐ》の徳《とく》により、にはかに紫《むらさき》の雲《くも》下《さ》がり、その中《なか》に阿弥陀仏《あみだぶつ》現《あらは》れ給ひ、「地獄《ぢごく》よりは極楽《ごくらく》へ、さア〱早《はや》く黄粉餅《きなこもち》(二四)」と洒落《しやれ》給ひながら、幽霊《ゆうれい》をちよいと雲《くも》の上へ引上《あ》げ給ひ、西《にし》をさして飛《と》び去《さ》り給ふ。

白だわし「俺《おれ》は化物仲間《ばけものなかま》でも豪傑《ごうけつ》と言《い》はれる男《おとこ》。掛《か》け取《と》りの鬼《おに》(二五)よりほかに地獄《ぢごく》の鬼《おに》が怖《こは》いものか。魚《さかな》も喰《く》らはぬ鬼《おに》(二六)だものを何《なん》として〱」

鬼「こいつは鬼《おに》の目《め》に涙《なみだ》じや。許《ゆる》せ〱」

(二四)黄粉餅　「来な」の洒落《しやれ》。「来い」という意味。

(二五)掛け取りの鬼　庶民にとって、掛け取り（大晦日に掛け売りの代金を受け取る人）がとても嫌な存在で、必死に逃げ回るので、掛け取りはよく鬼にたとえられた。

(二六)魚も喰らはぬ鬼　諺「魚も食われて成仏す」（「魚を食うのは殺生戒に反するが、しかし魚の方からいえば、それで成仏するわけだから、気に病むことはない」『故事俗信ことわざ大辞典』）を踏まえたものか。

【二一】不思議な小僧あらわる　図版　一九〇〜一九二頁

鬼《おに》どもは肝心《かんじん》の幽霊《ゆうれい》を引上《あ》げられ、「此まま帰《かへ》りては閻魔《ゑんま》王《わう》へ言《い》ひ訳《わけ》なし。せめてその言《い》ひ訳《わけ》の種《たね》にこいつを連《つ》れゆかん」とて、白《しろ》だわしを引《ひ》っ立《た》てんとするに、なか〳〵鬼《おに》ども手《て》に乗《の》らず、踏《ふ》みのめされ、投《な》げ飛《と》ばされ、打《う》ち叩《たゝ》かれながら、鬼《おに》は多勢《たぜい》、白《しろ》だわしは一人《ひとり》なるゆへ、つひに鬼《おに》ども、白《しろ》だわしを生《い》け捕《ど》り、縄《なわ》をもつて厳《きび》しく縛《しば》り、「こんなやつは油断《ゆだん》ならず、取《と》り逃《に》がすな」と、首枷《くびかせ》を入《い》れて連《つ》れゆくに、白《しろ》だわし、口惜《くちを》しくは思へども、せんかたなく引《ひ》っ立《た》てられゆく道《みち》にて、向《む》かふより目《め》の玉の光《ひか》る小僧《こぞう》が酒《さけ》の樽《たる》を提《さ》げて来《き》たるに行《ゆ》き合《あ》ひ、鬼《おに》ども、此酒《さけ》の匂《にほ》ひを嗅《か》ぎて、鼻《はな》をひこつかせ、「これは堪《こた》へられぬ。此山道《みち》に退屈《たいくつ》して、物欲《ものほ》しき最中《さいちう》。何《なん》と小僧《こぞう》、その酒《さけ》を一杯《いつぱい》づゝ飲《の》ましてくれぬか。いやだと言《い》ふと、我《われ》から先《さき》へ噛《か》み殺《ころ》すがどふだ」と大口《ぐち》開《あ》きて、飛《と》びかゝりそうにすると、その小僧《こぞう》は肝《きも》をつぶし、わつと泣《な》きだし、樽《たる》も徳利《とくり》も投《な》げ出《いだ》して逃《に》げてゆく。「こいつはなか〳〵気《き》の利《き》いた小僧《こぞう》めだ」と、鬼《おに》ども皆々《みな〳〵》喜《よろこ》び、我先《われさき》にと、樽《たる》の口《くち》からすぐに飲《の》み回《まは》しにして、何《なん》の苦《く》もなく樽《たる》も徳利《とくり》も逆《さか》さまにして飲《の》みしまひたるが、「これはをかしな心持《こゝろも》ちになつた」と、一人《ひとり》が胸先《むなさき》をさするや否《いな》、不思議《ふしぎ》や、鬼《おに》どもも皆々《みな〳〵》、「これは苦《くる》しや」とのたうち回《まは》り、手足《あし》をはりて(二七)唸《うな》りだし、残《のこ》らず倒《たふ》れ死《し》したりければ、白《しろ》だはしは呆《あき》れ果《は》て、「これはいかに」と見るところに、最前《さいぜん》の小《こ》僧出来《ぞういでき》たり、たちまち狸《たぬき》の正体《せうたい》を現《あらは》し、白《しろ》だわしの首枷《くびかせ》を取《と》りて申けるは、「我《われ》は此山に住《す》む狸《たぬき》なり。御《おん》身の豪傑《ごうけつ》なること、かねて聞《き》きおよびしゆへ、頼《たの》み入《い》りたきことあれども、伝《つて》もなければ、虚《むな》しく打《う》ち過《す》ぎしところ、(二八)今日《けふ》御《おん》身、地獄《ぢごく》の鬼《おに》どもに引《ひ》かれゆき給《たま》ふ由《よし》を聞《き》き、御身《おんみ》を助《たす》けんと、我《われ》、小僧《こぞう》に化《ば》けて、鬼《おに》どもを謀《たばか》り、毒酒《どくしゅ》をもつて殺《ころ》したる。あの酒《さけ》は『鬼殺《おにごろ》し』なり」と言《い》ふにぞ。白《しろ》だわし聞《き》きて大に喜《よろこ》び、「計《はか》らざる貴《き》殿《でん》の助《たす》けにより、此難《なん》を逃《のが》れたり。御恩報《おんほう》じに、貴殿《きでん》の御頼《おんたの》み、いかやうの事にても、命《いのち》にかけて背《そむ》き申すまじ」とて、それよりこの狸《たぬき》と親《した》しみ深《ぶか》く交《まじ》はりける。

鬼たち「小僧《こぞう》や〳〵、そなたはよいものを提《さ》げてゐる。匂《にほ》ひを嗅《か》いだら、堪《こた》へられない。一口飲《ひとくちの》ましてくれ。ヲ、よい子《こ》だぞ」

小僧「そんなに飲《の》みたくば、酒屋《さかや》にいくらもあるに。これはおいらがとつさんの飲《の》む酒《さけ》だから、飲《の》ませることはいや〳〵」

（二七）手足をはりて　手足をぐっと伸ばしたり広げたりする。

（二八）虚しく打ち過ぎしところ　虚しく暮らしいるところ。

【一二】狸の悪だくみ　図版　一九二頁

それより狸《たぬき》は白《しろ》だわしを我《わ》がすみかへ連《つ》れ来たり、酒肴《さけさかな》にてもてなし、密《ひそ》かに申けるは、

「我《われ》、御《おん》身に頼《たの》みたき事は、此山の麓《ふもと》の森《もり》に住《す》む、のまわりといふ狐《きつね》あり。彼《かれ》が娘《むすめ》の狐《きつね》に、われら執心《しうしん》かけ、何《なに》とぞ貰《もら》ひ受《う》け、妻《つま》になさんと、たび〳〵言《い》ひ込《こ》みやれども、そののまはりといふは眷属《けんぞく》あまたありて、神通《じんづう》を得《え》たりなどと、その身を高《たか》ぶり、われらを卑《いや》しめ、いつこうに取《と》り合《あ》はず。われらもいつたん言《い》ひだせしこと、このまゝに打《う》ち置《お》かんも口惜《くちを》しく、手を変《か》へ品《しな》を変《か》へ言《い》ひ込《こ》めども、承印《しやういん》せず。あまつさへ釣《つ》り合《あ》はぬ縁《えん》などとわれらを見くびる由《よし》、無念《むねん》の至《いた》り。此上《うへ》はその娘狐《むすめぎつね》を奪《うば》ひ取《と》り、鼻《はな》あかせんと思《おも》へども、われらの非力《ひりき》には叶《かな》ひがたし。御身《おん》は魍魎《もうりやう》の女房《ぼう》を貰《もら》ひし豪傑《ごうけつ》なること聞《き》きおよびたれば、何《なに》とぞ御身《おんみ》を頼《たの》み申すなり。我《わ》が望《のぞ》みを叶《かな》へ給《たま》はらば、大恩《おん》ならん」

と、ひたすらこれを頼《たの》み入りける。

狸「どふぞわしの望《のぞ》みの叶《かな》ふやう、ひとへにおたぬき申ます」（二九）

白だわし「お頼《たの》みのこと、委細焼酎《いさいしやうちう》。味醂《みりん》も引《ひ》きはいたさぬ〳〵」(三〇)
狸「頼《たの》もしいお方《かた》じや」

(二九) おたぬき申ます「お頼み申します」を「狸」にかけた。
(三〇) 委細焼酎、味醂も引きはいたさぬ「委細承知、みじんも引きはいたさぬ」を「焼酎」と「味醂」にかけた。

【一三】魍魎の新婚生活ふたたび　図版一九三頁

さてまた魍魎《もうりやう》は女房《ばう》を去《さ》りて、一人寂《ひとりさみ》しく暮《く》らしゐたるが、蓄《たくは》へはあれども、商売《しやうばい》なくてはいかゞなりと、ある寺《てら》の門前《もんぜん》に、年《とし》ふりし柳《やなぎ》の生《お》ひ被《かぶ》さり、もの凄《すご》きところを見立《た》て、一ト月に二百文づゝの地代《ちだい》に取《と》り極《きは》め、毎晩《まいばん》こゝに出店《みせ》を出し、往来《わうらい》を脅《おど》し、落《お》とせしものを拾《ひろ》いて渡世《とせい》としけるに、魍魎《もうりやう》がすみかの後《うし》ろの穴《あな》に住《す》む狢《むじな》あり。一匹《いつぴき》の娘《むすめ》を持《も》ちたるが、魍魎《もうりやう》の女房《ばう》おちよぼん、いさくさの時《とき》、狢《むじな》、魍魎《もうりやう》の方《かた》へ来《き》たり言《い》ふやう、「道理《どうり》こそ、おちよぼん殿《どの》と白《しろ》だわし、いやらしかつたことを、われらちらと見かけたことがあつた」と焚《た》きつけて、おちよぼんを去《さ》らすつもりは、此狢《むじな》、魍魎《もうりやう》の実《じつ》体《てい》にして蓄《たくは》へもある体《てい》を見て取《と》り、何《なに》とぞ我《わ》が娘《むすめ》を此魍魎《もうりやう》へ売《う》りつけんとの心《こゝろ》なれば、おちよぼんの後《あと》へいろ〳〵勧《すゝ》めて、魍魎《もうりやう》を得心《とくしん》させ、つひに娘《むすめ》を女房《ぼう》に遣《つか》はしければ、魍魎《もうりやう》喜《よろこ》び、毎夜《まいよ》出店《みせ》へ通《かよ》ふに、女房《ぼう》、弁当《べんとう》など持《も》ち運《はこ》び、夫婦《ふうふ》仲良《なかよ》く暮《く》らしける。

狢「弁当《べんとう》を持《も》つてきたが、もうしまひなさるか」

魍魎「嚊衆《かゝしゆ》、もふ足《あし》を洗《あら》つて引《ひ》つ込《こ》む時分《じぶん》だ。湯《ゆ》を沸《わ》かしておいて下さい」

【一四】 **やっぱり始まる夫婦喧嘩**　図版一九四～一九五頁

ある夜《よ》、魍魎《もうりやう》、帰《かへ》り道《みち》にて財布《さいふ》に入《い》りたる金《かね》を拾《ひろ》ひ、化物《ばけもの》でも金《かね》は欲《ほ》しがるものと見へ、心嬉《こゝろうれ》しく思《おも》ひたりしが、さりながら落《お》としたる者《もの》はさぞ難儀《なんぎ》なるべしと思《おも》ひながら、我《わ》が宿《やど》へ帰《かへ》り、女房《ぼう》にこのことを語《かた》り、金《かね》を改《あらた》め見れば、小判《こばん》にて三百両あり。魍魎《もうりやう》びつくりして、「これは大金《たいきん》なり。落《お》としたる主《ぬし》はさぞや難儀《なんぎ》なるべし。命尽《いのちつ》くにも及《およ》ぶは金銀《きんぐ》也。この金《かね》、此まゝ大家様《おほやさま》へなりとも預《あづ》けおき、落《お》とし主《ぬし》を詮索《せんさく》し戻《もど》しやらん」と言《い》へば、女房《ぼう》の狢呆《むじなあき》れ果《は》て、「ばかなことを言《い》ひなさる。それは天道様《てんとうさま》からお前《まへ》にお授《さづ》けなされた金《かね》。何《なに》、もとへ返《かへ》すことがあるものか。此こと世間《せけん》へは沙汰《さた》なしに、こちのものにするがよい」と言《い》へど、魍魎《もうりやう》聞《き》かず、「いや〳〵、そんな横着《おうちやく》なことはならぬ。もつたいない此大金《たいきん》、ただ取《と》られるものか。捨《す》て主《ぬし》がかわいそうだ」と言《い》へば、女房《ぼう》の貉《むじな》腹《はら》を立《た》て、「さてもこなたは大べらぼうの意気地《いくぢ》なし。道理《どふり》こそ、初手《しよて》のかみさまに捨《す》てられた。こなたのやうな戯《たわ》けを亭主《ていしゆ》にしてゐては一生頭《いつしやうあたま》の上《あ》がることはない。愛《あい》想《そ》が尽《つ》きた。その金《かね》を返《かへ》すなら、わしには暇《ひま》を下され」と、だん〳〵声高《こはだか》になり、互《たが》ひに言《い》ひ募《つの》り、果《は》ては打《う》ち合《あ》ふ物音《ものおと》に、大家《おほや》はじめ、長屋《ながや》の化物《ばけもの》ども皆々《みな〳〵》駆けつけ、取《と》り支《さ》へ、この様子《よふす》を一部始終《いちぶしゞう》聞《き》きて、大家《おほや》の化物感心《ばけものかんしん》し、「さても〳〵魍魎殿《もうりやうどの》は化物仲間《ばけものなかま》には珍《めづら》しき正直者《せうじきもの》。驚《おどろ》きいりし心《こゝろ》がけ。この上《うへ》は落《お》とし主《ぬし》をわしが詮索《せんさく》しやるほどに、それへ返《かへ》してやれば、先《さき》の助《たす》かること。そこでは先《さき》もその礼《れい》にその金皆《かねみな》は持《も》つて帰《かへ》るまい。少《すこ》しでも世間晴《せけんは》れて(三一)もらへば、寝覚《ねざめ》がよいから、そうさしやるがよい」と言《い》ふを、女房《ぼう》聞《き》きて、いよ〳〵脹《ふく》れ面《づら》をし、「こんな家《うち》にゐること胸糞《むねくそ》が悪《わる》い。わしの方《ほう》から亭《てい》主《しゆ》へ暇《ひま》をやります」と、そこらにある己《おのれ》の雑物《ぞうもつ》を一緒《いつしよ》にまとめて引《ひ》つ抱《かゝ》へ、悪口《あくこう》たら〴〵出行《いでゆ》きける。

貉「わしが杓子《しやくし》を持《も》つてゐるから杓子顔《しやくしがほ》なら、こなたは擂粉木野郎《すりこぎやらう》だよ」

魍魎「己《おのれ》を呼《よ》ぶ時《とき》、ろくに見合《あひ》もせず、穴《あな》の貉《むじな》で相談《そうだん》したのであつたから、ろくではない筈《はづ》だ。とつとと出《で》て行《い》け。己《おのれ》をさらけ出《だ》して、又新《あたら》しく女房《ぼう》を持《も》つのが楽《たの》しみだ」

貉「わしも又こなたよりよい亭主《ていしゆ》を持《も》つてみせる。たとへにも『貉《むじな》くて玉《たま》の輿《こし》』(三二)と言《い》ふから」
大家「これは大立《だ》て(三三)がはじまつた。がた〳〵、がたり〳〵」

（三一）世間晴れて　公然と。
（三二）狢くて玉の輿　「氏無くて玉の輿」のもじり。
（三三）大立て　大喧嘩。

【一五】魍魎にまさかの縁談　図版　一九六～一九七頁

竜爪《りうそう》山といふ山《やま》の麓《ふもと》に木枯《こが》らしの森《もり》といふあり。(三四)此森《もり》に久《ひさ》しく住《す》むのまはりといふ狐《きつね》は千年《せんねん》の功《こう》を経《へ》て神通自在《じんづうじざい》に稲荷《いなり》の使《つか》はしめとなり、眷属《けんぞく》あまた持《も》ちて、ことのほか裕福《ゆうふく》の暮《く》らし、何一《なにひと》つ不足《ふそく》なく、金持《かねも》ちなれば、此節《せつ》、仲間《なかま》の狐《きつね》、元金《ぐわんきん》の無心《むしん》に来《き》たるを承《せう》知《ち》し、「その方《かた》へ持《も》たせやる」とて、金子《きんす》三百両《りやう》遣《つか》はしけるに、使《つか》ひの狐《きつね》、道《みち》にて此金《かね》を取《と》り落《お》とし、大騒《さわ》ぎの内、魍魎《もうりやう》といふ化物《ばけもの》、これを拾《ひろ》ひたるが、魍魎《もうりやう》は此落《お》とし主《ぬし》を尋《たづ》ねて返《かへ》さんと言《い》ふ、女房《ぼう》の狢《むじな》は黙《だんま》りにして我《わ》がものにせんと言《い》ふより、喧嘩《けんくわ》となりて、女房《ぼう》はついに出てゆきしといふことをのまはり狐《ぎつね》聞きて、魍魎《もうりやう》の志《こころざし》を感心《かんしん》し、「三百両のうち、その半金《はんきん》は魍魎《もうりやう》へ遣《つか》はさん」とて、使《つか》ひを以《もつ》てそのことを魍魎方《もうりやうかた》へ言《い》ひ遣《つか》はしけるに、魍魎《もうりやう》、その金《かね》の入《い》りし財布《さいふ》の模様《もよう》よく聞《き》きたゞし、金《かね》を取《と》り出《いだ》し渡《わた》しけるに、使《つか》ひの狐《きつね》、その半金《はんきん》を分《わ》けて、魍魎《もうりやう》へ礼物《れいもつ》とせんと言《い》ふに、魍魎《もうりやう》いつこうに受《う》けず、使《つか》ひの狐様々《きつねさま〲》言《い》ふに、受《う》けざるゆへ、帰《かへ》りてそのわけをのまわりに語《かた》りければ、のまわり、横《よこ》手を打《う》ちて言《い》ふやう、「さてこそ魍魎《もうりやう》の素性現《すじやうあらは》れたり。此魍魎《もうりやう》といふ化物《ばけもの》は唐土《もろこし》の書《ふみ》にも出《いで》て、魍魎《ぼうりやう》ともいひ、罔象《みづは》(三五)共いひ、『左伝《さでん》』の注《ちう》には川沢《せんたく》の神《しん》といひ、(三六)『日本紀《にほんぎ》』には水神《すいじん》也とす。しかれば、由緒正《ゆいしよたゞ》しき化物《ばけもの》なれば、その志《こゝろざし》もかくのごとし。此上《うへ》は、我《われ》に一匹《いつぴき》の娘《むすめ》あり。その魍魎《もうりやう》、女房《ぼう》に捨《す》てられしとあれば、娘《むすめ》を遣《つか》はし、その魍魎《もうりやう》と夫婦《ふうふ》になし、取《と》り立《た》てゝ大家《たいけ》の首領《しゆりやう》となし遣《つか》はすべし。我《われ》は富貴《ふうき》を構《かま》はず、その由緒正《ゆいしよたゞ》しき者《もの》を婿《むこ》となさんと日頃《ひごろ》の望《のぞ》みなれば、幸《さいは》ひのことなり」とて、手下《した》の狐《きつね》を仲人《なかうど》として、そのことを魍魎《もうりやう》の方《かた》へ言《い》ひ込《こ》ませけるに、魍魎《もうりやう》大きに喜《よろこ》び、さつそく相談整《そうだんとゝの》ひ、すでに婚礼《こんれい》の日限《にちげん》までも極《きは》まりける。

のまはり狐の娘「その魍魎様《もうりやうさま》といふはどのやうな殿御《とのご》じやへ。わたしは男《おとこ》ぶりの善《よ》し悪《あ》しには構《かま》ひませぬ。何《なん》でも達者《たつしや》そふな男《おとこ》がようござります」

仲人の狐「イヤその魍魎様《もうりやうさま》、三角《かく》な目《め》が大きくて、耳《みゝ》が長《なが》くて、口《くち》が鰐口《わにぐち》のやうで、その顔《かほ》つきの恐《おそ》ろしさ、どこへ出《だ》しても恥《は》づかしくない化物様《ばけものさま》でござります」

(三四) 竜爪山といふ山の麓に木枯らしの森といふあり　「竜爪山」は現静岡市の山で、「木枯らしの森」は現静岡市羽鳥、藁科川の中州にある丘。化け狐の伝説がある地名。

(三五) 罔象　水神または水中の化物。『酉陽雑俎《ゆうようざつそ》』によると、「罔象」は「魍魎」と同様の妖怪である。

(三六)『左伝』の注には川沢の神といひ　『左伝』は『春秋左氏伝』ともいい、中国の十三経の一つ。『左伝』には「民は川沢《せんたく》山林に入りて、不若《ふじやく》に逢はず。魑魅罔両、能く之に逢ふこと莫《な》し」（宣公三年）と書いてあるが、その注の説明によると、魑魅は山林のみの神であり、罔両（魍魎）は川沢（水）の神である。

【一六】 嫁入行列危うし　図版 一九八〜一九九頁

同《おな》じ山に住《す》む角兵衛《かくべい》(三七)といふ狸《たぬき》、かねてより木枯《こが》らしの森《もり》の、のまはり狐《ぎつね》の娘《むすめ》に惚《ほ》れて、たび〳〵言《い》ひ込《こ》めども、らちあかず、いかゞはせんと思ふところに、かの魍魎《もうりやう》の女房《ぼう》になりし狢《むじな》、夫婦《ふうふ》喧嘩《げんくわ》をして去《さ》られ、親元《おやもと》へ帰《かへ》り、親《おや》に委細《いさい》を語《かた》れば、親狢《おやむじな》大きに怒《いか》り、離縁《りゑん》に及《およ》びけるが、今度《こんど》のまわり狐《ぎつね》の娘《むすめ》をもらふことを聞《き》きて、幸《さいは》ひ狸《たぬき》がかねてより此娘《むすめ》を執心《しうしん》のこと知《し》りたるゆへ、さつそく狸《たぬき》の方《かた》へ来《き》たりて、のまわりの娘《むすめ》が魍魎《もうりやう》の方《かた》へ嫁入《よめい》りすることを語《かた》りければ、角兵衛狸《かくべいたぬき》やつきとなり、「この上《うへ》はやぶれかぶれ。嫁《よめ》入《い》りの道《みち》に待《ま》ち受《う》け、娘《むすめ》を奪《うば》ひ取《と》らん」とて、この狢《むじな》をも語《かた》らひ、かねてより頼《たの》みおきし白《しろ》だわしを大将《たいしやう》とし、そのほか化物《ばけもの》の悪《あく》たれ者《もの》ども大勢《ぜい》を催《もよほ》し、やがて嫁入《よめい》りの夜《よ》にいたり、その道筋《みちすじ》に待《ま》ち伏《ぶ》せし、狸《たぬき》が腹鼓《はらつゞみ》打《う》つを合図《あいづ》に大勢《ぜい》どつと駆《か》け出《いで》、狐《きつね》ども大勢《ぜい》を四方《はう》へ打《う》ち散《ち》らし、娘《むすめ》の乗《の》りたる乗物《のりもの》を奪《うば》ひ取《と》らんとするに、狐《きつね》ども命《いのち》を捨《す》てゝ渡《わた》さじと争《あらそ》ふを、白《しろ》だわし大手を広《ひろ》げて、片端《かたはし》より投《な》げ退《の》け、張《は》り退《の》け、踏《ふ》み飛《と》ばし、難《なん》なく乗物《のりもの》を奪《うば》ひ取《と》りけるところに、思《おも》ひがけなく何処《いづく》よりか、雲《くも》を衝《つ》くごとき大坊主《ぼうず》出《いで》来《き》たり、鉄《てつ》の棒《ぼう》を振《ふ》り回《まわ》し、白《しろ》だわしも狸《たぬき》をも足腰《あしこし》の立《た》たぬほどに叩《たゝ》き伏《ふ》せ、逃《に》げ残《のこ》りし狐《きつね》どもに指図《さしづ》して、この者《もの》どもを縛《しば》らせける。

狸「しめた〳〵。何《なん》でも俺《おれ》がぽん〳〵と腹鼓《はらつゞみ》を打《う》つを合図《あひづ》に一時《いちどき》にかゝれ〳〵。そのうち、俺《おれ》は乗物《のりもの》の内《うち》の娘《むすめ》を引《ひ》き出して、頭《あたま》から俺《おれ》がこの金《きん》玉を押《お》つ被《かぶ》せ、そつと包《つゝ》んで持《も》つて帰《かへ》り、婿《むこ》の魍魎《もうりやう》めに大きな鼻《はな》をあかせてやらう。うまい〳〵」

狐1「今夜《こんや》の御祝儀《しうぎ》二百文《もん》で俺《おれ》は褌《ふんどし》を買《か》わねばならぬ。久《ひさ》しく振《ふ》りでゐるから、どふやら落《お》としそふで心遣《こゝろづか》ひだ」

狐2「イヤ貴様《きさま》のは振《ふ》り落《お》としても、じきに知《し》れる。落《お》としたら、どつさりといふ音《おと》がして地響《ぢひゞ》きがするであらう」

（三七）角兵衛　浄瑠璃『仮名手本忠臣蔵』に登場する人物。

【一七】**見越入道ふたたび**　図版　二〇〇～二〇一頁

化物《ばけもの》の親玉《おやだま》、見越《みこし》入道は吉野《よしの》山にて大塔《とう》の宮《みや》の仰《おほ》せを受《う》け、諸国《しよこく》を巡《めぐ》り、味方《みかた》を集《あつ》めんとて、この国《くに》へ来《き》たり、此ところにて狐《きつね》の嫁入《よめい》りが狼藉者《らうぜきもの》に遭《あ》ひて難儀《なんぎ》するを見るに忍《しの》びず、その奴《やつ》ばらをたちまちに打散《ち》らし、頭分《かしらぶん》と見ゆる者《もの》を叩《たゝ》き倒《たを》して生《い》け捕《ど》らせ、「此嫁《よめ》は何方《いづかた》へ行《ゆ》くぞ」と訊《き》けば、「此西山《にし》、魍魎《もうりやう》といふ化物《ばけもの》の方《かた》へ行《ゆ》く嫁入《よめい》りなり」と言《い》ふ。見越《みこし》入道聞《き》きて、「それは幸《さいは》ひなり。子細《しさい》ありて我《われ》はその魍魎《もうりやう》に会《あ》ひたきことあり。さらば、我《われ》も送《おく》りゆかん」と言《い》ふに、陸尺《ろくしやく》（三八）共は逃《に》げ失《う》せ、乗物《のりもの》を担《かつ》ぐ者《もの》なければ、見越《みこし》入道そのまゝ首《くび》を伸《の》ばし、乗物先肩《のりものさきかた》とし、後《あと》の棒《ぼう》を肩《かた》に乗《の》せ、軽々《かるがる》と鉄《てつ》の棒《ぼう》を息杖《いきづゑ》とし、「さあ〳〵その縄付《なわつ》きを先《さき》に立《た》てて、ござれ〳〵」と打《う》ち連《つ》れだち、魍魎方《もうりやうかた》へと急《いそ》ぎける。

白だわし「あの嫁《よめ》を奪《うば》ひ取《と》つてくれろと俺《おれ》は狸《たぬき》に頼《たの》まれたのだが、しくじつて丁度《てうど》よい。これがまんまと首尾《しゆび》よく奪《うば》ひ取《と》つたら、あの娘《むすめ》の蒸《む》したての饅頭《まんぢう》を狸《たぬき》め一人《ひとり》にしてやられて、俺《おれ》は何《なん》にもならぬ所であつたから、丁度《てうど》しそこなつてよかつた〳〵」

狐「こいつはおつかない化物《ばけもの》だと思《おも》つたが、から縛《しば》つてみたら、怖《こわ》くも何《なん》ともない。なるほど、真《ま》の聞《き》かぬ面《つら》つきだわへ(三九)」

見越入道「なんと俺《おれ》は首《くび》の骨《ほね》が強《つよ》かろう。これ〳〵後棒《あとぼう》、向《む》かふに犬《いぬ》の糞《くそ》があるから、踏《ふ》みつけまいぞ。お駕籠《かご》の旦那《だんな》へ、一人《ひとり》で駕籠《かご》は担《かつ》いでも、御祝儀《しうぎ》なら、二人前下《ふたりまへくだ》さりませ」

(三八) 陸尺　駕籠かき。ここでは嫁の駕籠を担いだ狐たち。

(三九) 真の聞かぬ面つき　「聞《き》かぬ顔《がお》」と同じ。負けず嫌いのさま。

【一八】　悪狸は助かるか　図版　二〇二頁

見越《みこし》入道の大力《ちから》には白《しろ》だわしも狸《たぬき》も叶《かな》はず、さん〴〵に打《う》ち据《す》へられ、足腰《あしこし》立たず、やす〳〵と生《い》け捕《ど》られ、魍魎《もうりやう》の方《かた》へ引《ひ》かれたるに、魍魎《もうりやう》は白《しろ》だわしを見るより、「さてこそ、こいつは先《さき》におちよぼんをちよろまかせし奴《やつ》。憎《にく》さも憎《にく》し、仕方《しかた》あらん」と、まづ縛《しば》りおき、「狸《たぬき》めは松葉《まつば》を燻《いぶ》して責《せ》め殺《ころ》せ」とて、手足《あし》をくゝり、逆《さか》さまに吊《つ》り下《さ》げ、狐《きつね》ども打《う》ち寄《よ》り松葉《まつば》をもつて燻《いぶ》したてければ、狸《たぬき》は苦《くる》しがり、涙《なみだ》を流《なが》して詫《わ》びけるゆへ、見越《みこし》入道これを不憫《ふびん》に思《おも》ひ、縄《なわ》を解《と》き許《ゆる》しければ、狸《たぬき》その情《なさ》けを感《かん》じ後悔《こうくわい》し、「この上《うへ》は志《こゝろざし》を改《あらた》め従《したが》ひ申すべし」とて、謝《あやま》り入《い》りてゐたりける。

見越入道「いつそのこと打《ぶ》ち殺《ころ》し、銀杏大根《いてうだいこ》(四〇)で狸汁《たぬきじる》にしてやらうか。しかし、かわいそうだ。そなたが女だと、じきに助《たす》けてやるけれど」

狸「わしは日《ひ》ごろ信心《しん〴〵》するから、こんな目《め》にはあひそふもないものだ。さりとは聞《き》こへぬ狸《たぬき》の金比羅様《こんぴらさま》(四一)」

(四〇) 銀杏大根　大根を薄く輪切りにし、それを四分の一に切ること。

(四一) 狸の金比羅様　「讃岐《さぬき》の金比羅」のもじり。

【一九】 化物の豪傑勢揃い　図版　二〇三頁

見越入道《みこしにうだう》は心《こゝろ》に大望《もう》あれば、白《しろ》だわしの豪傑《ごうけつ》なるを見て、この者役《ものやく》に立《た》つべき者《もの》と思《おも》ひ、狸《たぬき》もまたその仲間《なかま》多《おほ》く、何《なん》ぞの時《とき》の助《たす》けにもならんとて、魍魎《もうりやう》に乞《こ》ひて、この者《もの》どもの命《いのち》を助《たす》け、見越《みこし》入道、魍魎《もうりやう》はじめ、そのほかの化物《ばけもの》どもを集《あつ》めて、大塔《とう》の宮《みや》より給はりし錦《にしき》の旗《はた》を押《お》し立《た》て、宮《みや》の思《おぼ》し召《め》したちの大望《たいもう》のことを語《かた》り、「我密《われひそ》かに此仰《おほ》せを受《う》けて、国々《くに〴〵》を回《まは》り、味方《みかた》を集《あつ》むるなり」とて、連判帳《れんぱんてう》(四二)を出《いだ》し勧《すゝ》むるにぞ。皆々喜《みな〳〵よろこ》び、望《のぞ》む所と一味《いちみ》なしけるゆへ、入道勇《いさ》みたち、「此上《うへ》は、当国安倍山《とうごくあべ》(四三)の奥《おく》にこだまといひ、又山彦《やまびこ》ともいふ化物《ばけもの》、手下《した》の化物《ばけもの》大勢《ぜい》を従《したが》へ、山賊強盗《さんぞくごうとう》をなし、いたつての豪傑《ごうけつ》と聞《き》き及《およ》びたり。何《なに》とぞ此者《もの》を味方《みかた》となさんと思《おも》ふなり」とて、その手段《しゆだん》をいかゞはせんと相《そう》談《だん》する。

白だわし「我々《われ〳〵》御味方《みかた》申す上《うへ》は、世界《せかい》に強《つよ》い奴《やつ》を除《の》けてはほかに恐《おそ》れることはない」

見越入道「我《われ》、大塔《とう》の宮《みや》の御味方《おんみかた》申せし上《うへ》は、大望成就《たいもうじやうじゆ》せば、その方《ほう》たちへも化物屋《ばけものや》敷《しき》の一箇所《いつかしよ》づゝもやるつもり。何《なん》と嬉《うれ》しいか〳〵」

(四二) 連判帳　同志の人々が名をつらね判を押した契約書。

(四三) 安倍山　現静岡市の旧名の地域。「安部山」ともいう。

【二〇】 狐の息子の化け修業　図版 二〇四〜二〇五頁

さても、のまわり狐《ぎつね》の方《かた》にては魍魎《もうりやう》の方《かた》へ娘《むすめ》を嫁入《よめい》りさせたる時《とき》、道《みち》にて狼藉《らうぜき》せし者《もの》ありしが、見越《みこし》入道の陰《かげ》にて、難《なん》なく魍魎《もうりやう》の方《かた》へ嫁入《よめい》りも済《す》みたれば、のまわり大きに喜《よろこ》び、姉娘《あねむすめ》は片《かた》づけ、その弟狐《おとゝぎつね》未《いま》だ年《とし》ゆかざれども、これを家督《かとく》とするつもりなれば、まづ化《ば》けやうを稽古《けいこ》させんと、その稽古始《けいこはじ》めを祝《いは》ひける。此のまわり狐《ぎつね》の家《いへ》に先祖《せんぞ》より代々《だい〳〵》伝《つた》はる白狐《びやつこ》の玉《たま》といふあり。此玉を祈《いの》る時《とき》は化《ば》けやうの自由自在《じゆうじざい》を得ること、不思《ふし》議《ぎ》の玉《たま》なれば、稽古始《けいこはじ》めにこの玉《たま》を出《いだ》し、床《とこ》へ飾《かざ》り、神酒供《みきそな》へをあげて、これを祀《まつ》り、その日は一家親類《いっけしんるい》をも招《まね》き、酒肴《さけさかな》の馳走《ちそう》してもてなし、家来《けらい》、眷属《けんぞく》も皆々《みな〳〵》生酔《なまえ》ひとなり、踊《おど》るやら、歌《うた》ふやら、羽目《はめ》をはづしての大騒《さわ》ぎ。互《たが》ひにめでたい尽《づ》くしを言《い》ひて、笑《わら》ひ楽《たの》しみ、果《は》ては皆意気地《みないくぢ》もなく酔《え》ひ倒《たふ》れ、客《きやく》も亭主《ていしゆ》もごつたまぜに倒《たふ》れ伏《ふ》して、たわいなければ、家内《かない》の者も行《ゆ》き成《な》りに酔《え》ひ伏《ふ》して、高鼾《たかいびき》の声《こゑ》のみしたりける。

母の狐「ほんにめでたい。あの子《こ》がもふ化《ば》けるやうになつたは早《はや》いもの。これを思《おも》へば、わたしどもは未《いま》だに尻尾《しつぽ》が九つにもならぬが不思議《ふしぎ》サ」

狐1「私《わたくし》なども若《わか》い時《とき》にはいろ〳〵に化《ば》けてみましたが、とかく化《ば》けぞこなつては尻《しつ》尾《ぽ》を出したことが度々《たび〳〵》ござりましたけれど、今《いま》では巧者《こうしや》になつて、物前《ものまへ》にさへめつ（た）に尻尾《しつぽ》は出しませぬ」

狐2「今夜《こんや》こそは油揚《あぶらあ》げではあるまい。鯆《このしろ》の魚田《ぎよでん》か鼠《ねずみ》の油揚《あぶらあ》げで早《はや》く一杯飲《いつぱいの》みたいものだ」

狐3「さあ〱若旦那《わかだんな》様《さま》、ちよつと何《なん》にでも化《ば》けてご覧《らう》じませ。あなたは御器用《きよう》だから、直《じき》にできる。私共《わたくしども》が笛太鼓《ふへたいこ》でそれ〲囃《はや》します。ひやう〱どろ〱〱、そこで化《ば》けてご覧《らう》じませ。これはしたり、(四四)何《なに》もお恥《は》づかしいことはござりませぬ」

(四四) これはしたり　なんてことだ。

【二一】狐の家に泥棒が　図版　二〇六～二〇七頁

こゝに安倍《あべ》山の奥《おく》に住《す》む山彦《びこ》といふ化物《ばけもの》は数千年《すせんねん》をふりたる楠《くすのき》の精《せい》にて、その身は黒《くろ》く熊《くま》のごとく、力《ちから》あくまでも強《つよ》く、手下《した》の化物《ばけもの》大勢《ぜい》従《したが》へ、住《す》み荒《あ》らせし古寺《ふるでら》の、人も住《す》まざる大寺《てら》をすみかとし、盗賊《とうぞく》をなし、富貴《ふうき》なる家《いへ》を見かけ、押《お》し入り、財宝《ざいほう》を奪《うば》ひ取《と》りける。木枯《こが》らしの森《もり》の狐《きつね》、のまわりは富貴《ふうき》の暮《く》らしなることを知《し》りて、その家《いへ》、稽古《けいこ》始《はじ》めと聞《き》くより、「さだめしその夜《よ》は家内《かない》の者《もの》ども、皆々《みな〱》飲み倒《たを》れ、たわいなく打ち臥《ふ》して、役《やく》に立《た》つ者《もの》あるまじ」と察《さつ》し、山彦《やまびこ》、大勢《ぜい》の化物《ばけもの》どもを引連《つ》れ、丑三《うしみ》つ頃《ごろ》、のまわり方《かた》へ押《お》し込《こ》みけるに、案《あん》のごとく家内《かない》の者《もの》ども未《いま》だ酒《さけ》の酔《え》ひさめず、足腰《あしこし》ひよろつき、慌《あは》て狼狽《うろた》へ、これを防《ふせ》ぐ者《もの》はなく、皆々《みな〱》逃げ失《う》せ、盗賊《とうぞく》のために金銀《きん〲》財宝《ざいほう》、思《おも》ひのまゝに奪《うば》ひ取《と》られ、あまつさへ床《とこ》の間《ま》に飾《かざ》りおきたる白狐《びやつこ》の玉《たま》も失《う》せたりける。

狐1「こんな時《ときに》逃げねば、逃《に》げる時《とき》はない。逃《に》げろ〳〵。やっちゃい〳〵」

狐2「泥棒《どろぼう》〳〵。しかも化物《ばけもの》の泥棒《どろぼう》〳〵」

化物の泥棒「わしは泥棒《どろぼう》には入《はい》ったけれど、ほかのものは取《と》らぬ。どうぞ貴様《きさま》を取《と》りたい。ちよいと取《と》らしておくれでないか。これさ〳〵」

狐3「あれサよしなさい。こゝを放《はな》しておくれ。わたしはいつそ手水《てうづ》に行《ゆ》きたい」

【二二】 見越入道山彦と対決　図版二〇八～二〇九頁

のまわり狐《ぎつね》は山彦《やまびこ》の狼藉《らうぜき》にあひ、先祖《せんぞ》より伝《つた》はる白狐《びやくこ》の玉《たま》を失《うしな》ひしことを嘆《なげ》きける由《よし》、見越入道《みこしにうだう》、魍魎方《もうりやうかた》にありて、これを聞《き》くより、「その山彦《びこ》といふ者《もの》、我聞《われき》き及《およ》びたり。試《こゝろ》みに、我《われ》その安倍《あべ》山に行《ゆ》きて、山彦《びこ》を打《う》ち従《したが》へ、その玉《たま》を取《と》り返《かへ》しえさすべし」とて、入道たゞ一人安倍《ひとりあべ》山にいたり、山彦《びこ》の隠《かく》れ家《が》へいたるに、手下《した》の化物《ばけもの》ども、入道を怪《あや》しみ、討《う》ち取《と》らんと取《と》り巻《ま》くを入道こととも せず、鉄《てつ》の棒《ぼう》を以《もつ》て片端《かたはし》より打《う》ち倒《たふ》しければ、かの山彦《びこ》大きに怒《いか》り、躍《おど》り出《いで》て、手頃《ごろ》の大木《ぼく》を根《ね》より引《ひ》き抜《ぬ》き、打《う》ち振《ふ》りて、渡《わた》り合《あ》ふ。入道得《え》たりと鉄《てつ》の棒《ぼう》にて打《う》ち合《あ》ひ〳〵、互《たが》ひに負《ま》けず劣《おと》らず、火水《みづ》となりて、争《あらそ》ひけるが、さすがの山彦《びこ》、入道に敵対叶《てきたいかな》はず、打《う》ち据《す》へられける時《とき》、入道言《い》ふやう、「今汝《なんぢ》を打《う》ち殺《ころ》すは安《やす》けれども、汝《なんぢ》の働《はたら》き抜群《ばつぐん》にて、かゝる豪傑殺《ごうけつころ》すに忍《しの》びず。今より我《われ》に降参《こうさん》せば、命は助《たす》けん」と言《い》ふにぞ。山彦《びこ》ひれ伏《ふ》して、「およそ此近国《きんごく》の化物《ばけもの》ども、我《われ》に勝《か》つ者《もの》なきに、聞《き》き及《およ》びし見越《みこし》入道殿《どの》、恐《おそ》れ入たり。此上は御身《おん》の手下《した》に従《したが》ふべし」と言ふ。入道言《い》ふやう、「しからば、その方《ほう》、先《さき》にのまわり狐《ぎつね》の方《かた》へ押《お》し込《こ》み、奪《うば》ひ取《と》りたる白狐《びやくこ》の玉をこの方《ほう》へ返《かへ》すべし」と言《い》へば、山彦言《びこい》ふやう、「我《われ》は金銀財宝《きん〳〵ざいはう》は奪《うば》ひ取《と》りたれ共、その白狐《びやくこ》の玉とやらはいつこうに取《と》りたることなし。その時《とき》、床《とこ》の間《ま》に飾《かざ》りし玉は見受《う》けたれ共、その玉《たま》はその騒動《そうどう》の紛《まぎ》れに、狐《きつね》か狸《たぬき》かその玉を取《と》りて持《も》ち行《ゆ》きたるを、我傍《われかたわら》にありてよく見たれば、玉のことはほかを詮議《せんぎ》したまへ」とぞ申ける。

【二三】こりない狸の告白は　図版　二一〇～二一一頁

さても、狸《たぬき》は見越《みこし》の情《なさ》けに助《たす》けられて、帰《かへ》りたれども、とかくのまわり狐《ぎつね》を恨《うら》み、遺恨《いこん》止《や》みがたく、いつぞはこの恨《うら》みを晴《は》らさんと思《おも》ひゐたるが、狐《きつね》の方《かた》にて、化《ば》け始《はじ》めの祝《しう》儀《ぎ》あるゆへ、かの家《いへ》に伝《つた》はる玉《たま》を取《と》り出し、床《とこ》に飾《かざ》り祝《いは》ふ先例《せんれい》なること、狸《たぬき》かねて聞《き》き知《し》りゐたることゆへ、「さらばこの時《とき》を幸《さいは》ひに狐《きつね》の方《かた》へ忍《しの》び入り、その玉《たま》を盗《ぬす》み取《と》り、鼻《はな》あかさせてやるべし」とて、その夜《よ》、狐《きつね》の方《かた》へ忍《しの》び入り、家内《かない》の寝静《ねしづ》まるを待ちうかゞひゐたるところ、思《おも》ひもよらず盗賊《とうぞく》大勢《ぜい》押《お》し入りて、家内《かない》を乱暴《らんぼう》するに、狸得《たぬきえ》たりとこの騒《さわ》ぎに白狐《びやくこ》の玉《たま》を奪《うば》ひ取《と》りて、逃《に》げ帰《かへ》りけるに、このこと、山彦《やまびこ》が見越《みこし》入道へ語《かた》りしより、心《こゝろ》づきて、狐《きつね》の方《かた》よりいろ〳〵手立《だ》てを以《もつ》て、白狐《びやくこ》の玉《たま》は狸《たぬき》が盗《ぬす》み取《と》りしこと明白《めいはく》に知《し》れければ、狐《きつね》ども大勢《ぜい》、魍魎《もうりやう》もあまたの化物《ばけもの》どもを召《め》し連《つ》れ、狸《たぬき》の住《す》む穴《あな》へ押《お》しかけ、「狸《たぬき》を松葉《まつば》にて燻《いぶ》し殺《ころ》し、玉《たま》を取《と》り返《かへ》すべし」とて、穴《あな》の口《くち》にて松葉《まつば》を燻《いぶ》し立《た》て、その煙《けむり》を扇《あふ》ぎ立《た》て、穴《あな》のうちへ入れけるゆへ、狸《たぬき》どもたまりかね、目《め》をふき〳〵、命《いのち》から〳〵抜《ぬ》け穴《あな》の方《かた》へ逃《に》げ出《いで》けるが、こゝにも大勢《ぜい》待《ま》ち伏《ぶ》せし、つひに狸《たぬき》を生《い》け捕《ど》りける。

狸「こりや情《なさ》けない目《め》にあはせをる。悲《かな》しや〳〵」

【二四】　おちよぼん決死の敵討ち　図版　二二二頁

狸《たぬき》を捕《と》らへ、責《せ》め問《と》ひければ、狸《たぬき》言《ゆ》ふやう、「いかにも白狐《びやくこ》の玉《たま》は我奪《われうば》ひ取《と》りたれども、今我《いまわ》が手にはなし。白《しろ》だわしといふ化物《ばけもの》へ預《あづ》けおきたり」と申けるゆへ、「さあらば、その白《しろ》だわし方《かた》へ案内《あんない》すべし」と、狸《たぬき》を先《さき》に立《た》て、魍魎《もうりやう》は狐《きつね》どもを従《したが》へ、白《しろ》だわしの穴《あな》にいたり、込《こ》み入りて、「白《しろ》だわしを引《ひ》つ捕《と》らへ、玉《たま》を奪《うば》ひ返《かへ》せ」と言《い》ふところに、穴《あな》のうちに女《おんな》の声《こへ》して、「その玉、これにあり。返《かへ》し申さん」と言《い》ひつゝ、片手《かた》に包丁《ほうてう》の血《ち》に染《そ》みたるを引《ひ》つ提《さ》げ、片手《かた》に玉《たま》を捧《さゝ》げて出来《いでき》たる者《もの》を見れば、先《さき》に魍魎《もうりやう》の女房《ばう》なりしおちよぼんなり。魍魎《もうりやう》驚《おどろ》き、「これはいかに」と言《い》ふに、おちよぼんの言《い》ふやう、「我《わ》が身、先《さき》に白《しろ》だわしのために覚《おぼ》へなき悪名《あくめう》を受《う》け、密通《みつつう》の罪《つみ》に落《お》ちて、御身《おん》に去《さ》られし口惜《くちを》しさ、これ皆白《みなしろ》だわしの巧《たく》みたることにて、罪《つみ》なき我《わ》が身、御身《おんみ》に捨《す》てられ、せんかたなく今はもゝんぢいにこの身をまかせて、何《なに》とぞ以前《いぜん》の悪名《あくめう》をすゝぎたく、このほどより今御身《おんみ》の狐《きつね》と縁《えん》を組《く》み給ふことをも聞《き》き、また白だわしが狸《たぬき》よりこの玉《たま》を預《あづ》かりし一部《いちぶ》始《し》終《ぞう》の話《はなし》を聞《き》くより、我《わ》が身《み》、色《いろ》に言寄《ことよ》せ、白《しろ》だわしをたばかり、この玉《たま》を取《と》り返《かへ》し、白《しろ》だわしと我《われ》、密通《みつつう》せざる証拠《せうこ》に白《しろ》だわしを殺《ころ》したり」とて、その首《くび》を切《き》りてぞ投《な》げ出《だ》しける。

【二五】仕返しの悪だくみ　図版　二一三頁

こゝに安倍《あべ》山の奥《おく》に狒狒《ひゝ》といふ化物《ばけもの》あり。これは猿《さる》の功経《こうへ》たるにて、総身《そうみ》に白《しろ》き毛《け》長《なが》く垂《た》れ、能《よ》くゐながらにして世界《せかい》のことを知《し》り、神通《じんづう》を得《え》たる化物《ばけもの》なりけるが、今度《こんど》山彦《びこ》が見越《みこし》入道に打《う》ち負《ま》け、降参《こうさん》せしと聞《き》きて、山彦《やまびこ》の方《かた》へ来《き》たり、申けるは、「汝《なんぢ》、この山に年久《としひさ》しく住《す》みて、山の神《かみ》となり、つねに汝《なんぢ》の口《くち》から『山《やま》の主《ぬし》は俺一人《おれひとり》』と高慢言《こうまんい》ひし口《くち》にも似合《にあ》はず、何《なに》とて降参《かうさん》せしぞ。化物仲間《ばけものなかま》へ聞こへても外聞悪《ぐわいぶんあ》しし。見越《みこし》入道とて、何恐《なにおそ》れあらん。此上《うへ》は我《わ》が手下《した》の者《もの》、汝《なんぢ》の手下《した》の化物《ばけもの》どもを駆《か》り集《あつ》め、見越《みこし》が逗留《とうりう》しをるのまわり狐《ぎつね》の方《かた》へ押《お》し寄《よ》せ、いち〳〵に打《う》ち従《したが》へ、見越入道《みこしにうだう》を生《い》け捕《ど》り、此方《ほう》へ降参《かうさん》させよ」と勧《すゝ》めけるにぞ。山彦《びこ》「げにも」と勇《いさ》み立《た》ち、それより仲間《なかま》の化物《ばけもの》を駆《か》り集《あつ》め、その支度《したく》をなしたりける。

山彦「しからば、木枯《こが》らしの森《もり》へ押《お》し寄《よ》せ、狐《きつね》どもを皆殺《みなごろ》しにしてくれん。しかし、そふうまくいけばよいが」

狒狒「見越《みこし》入道だとつて、何怖《なにこわ》いものか。あの首筋《くびすじ》を引《ひ》つ捕《つか》まへて、飴屋《あめや》の飴《あめ》を伸《の》ばすやうに(四五)、おもいれ伸《の》ばして引《ひ》きちぎつてやるがよい」

(四五)飴屋の飴を伸ばすやうに　飴細工の一つの特徴は飴を長く伸ばすこと。ここでは、見越入道の長い首をさらに引っ張り、細くなったところを切ることを飴細工にたとえている。

【二六】戦いの前に大宴会　図版　二二四～二二五頁

山彦《やまびこ》より化物《ばけもの》どもを催促《さいそく》しけるに、その山に住《す》む山男《おとこ》、山童《やまわろ》、もくがく(四六)などいふ化物《ばけもの》どもをはじめとし、あまたの化物集《ばけものあつ》まりければ、「さらば、のまわり狐《ぎつね》の方《かた》へ押《お》し寄《よ》せ、微塵《みぢん》になさん」と、山彦《びこ》、勇《いさ》み立《た》ち、猪《ゐのしゝ》に打《う》ち乗《の》り、生臭《なまぐさ》き風《かぜ》、ひやうどろ〳〵の太《たい》鼓《こ》を打《う》ち立《た》て、鬨《とき》の声《こゑ》をあげ、勢《いきほ》ひ込《こ》んで押《お》し出《いだ》す。やがて狐《きつね》のすみか、木枯《こが》らしの森《もり》の此方《こなた》なる野原《のはら》にいたりけるに、遥《はる》か向《む》かふに狐《きつね》火、夥《おびたゝ》しく見へけるにぞ。「さては狐《きつね》ども、我々《われ〳〵》の押《お》し寄《よ》することを計《はか》り知《し》り、この原《はら》に出張《ば》りし、防《ふせ》がんとのことなるべし。何《なに》ほどのことあらん、蹴殺《けころ》してくれん」と馳《は》せ行《ゆ》き見るに、このあたりの野狐《ぎつね》ども大勢《ぜい》酒樽《さかだる》の鏡《かゞみ》を抜《ぬ》き、いく樽《たる》となく並《なら》べたて、山彦《やまびこ》の前《まへ》に狐《きつね》どもひれ伏《ふ》して申しけるは、「我々《われ〳〵》はこの辺《へん》に住《す》む野狐《のぎつね》どもにて、のまわり狐《ぎつね》の支配《しはい》を受《う》けゐる者《もの》どもなり。のまわり狐《ぎつね》、己《おのれ》威《ゐ》勢《せい》強《つよ》きにまかせ、おごりに長《てう》じ、我々《われ〳〵》を責《せ》め徴《はた》り、非義非道《ひぎひだう》の計《はか》らひ多《おほ》く、我々《われ〳〵》難儀《なんぎ》千万《せんばん》なり。今方々《いまかた〴〵》、のまわりの方《かた》へ押《お》しかけ、彼《かれ》を糾明《きうめい》あらん由《よし》 つぎへ

化物の手下1「生臭《なまぐさ》い匂《にほ》ひより酒臭《さかくさ》い匂《にほ》ひ(四七)はまんざらでないの」

化物の手下2「これ〳〵こゝらでこの酒《さけ》を飲《の》んだら、とんだ目《め》にあふだろふ。此大勢《ぜい》のうちに銭《ぜに》を持《も》つてゐる奴《やつ》は一人《ひとり》もあるまいから、おけ〳〵」

化物の手下3「何《なに》、銭《ぜに》はいらぬ、お振《ふ》る舞《ま》いだ。こいつは気《き》が利《き》いてゐる。そんなら、銭《ぜに》を持《も》つてこなんだが、丁度《てうど》よかつた。サア飲《の》め〳〵。しかし、狐《きつね》のお振《ふ》る舞《ま》い。油断《ゆだん》

がならぬ。もしや馬《うま》の小便《せうべん》(四八)ではないか、まづ俺《おれ》が毒見《どくみ》してみやう。どれ〳〵。こりや奇《き》妙《めう》(四九)、酒《さけ》だ〳〵。こうして飲《の》んでみると、小便《せうべん》よりか、酒《さけ》の方《ほう》がよつぽどうまい」

(四六) もくがく　化物の種類であろうが、未詳。
(四七) 生臭い匂ひより酒臭い匂ひ　化物は生臭い風を吹かせると一般的にいわれるが、ここでは「酒臭い」匂いになっている。
(四八) 馬の小便　狐が人を化かす際、馬糞を食べ物にし、馬の小便を酒にする。
(四九) 奇妙　うまい。

【二七】のまわり軍逆転勝利　図版 二二六〜二二七頁

[つゞき] 受《う》け給はり、我々《われ〳〵》疫病《やくびやう》の神《かみ》で仇《かたき》とやら、喜《よろこ》びのあまり、おの〳〵へ酒一献《さけいっこん》差《さ》し上《あ》げたく、こゝに待《ま》ち受《う》け参《まい》らせし也。何《なに》とぞ一献召《いっこんめ》し上《あ》がり、その勢《いきほ》ひに取《と》り拉《ひし》ぎ給へ」と申ければ、化物《ばけもの》ども、酒《さけ》と聞《き》きて、大きなる眼《まなこ》を細《ほそ》くして喜《よろこ》び、我先《われさき》にと争《あらそ》ひ飲《の》みかけ、引《ひ》き受《う》け〳〵、皆々《みな〳〵》生酔《なまえ》ひとなるをも構《かま》はず飲《の》みけるが、しばらくすると、化《ばけ》物《もの》どもおの〳〵総《そう》身ぐにやりとして、足腰《あしこし》も立《た》たず、口《くち》からは涎《よだれ》を垂《た》らし、将棋《せうぎ》倒《だを》しに倒《たを》れて、夢中《むちう》となりける。これはのまわり狐《ぎつね》、かねて山彦《びこ》の攻《せ》め来《た》たることを聞《き》きて、

野狐《のぎつね》どもに言《い》ひふくめてかくのごとく言《い》はせ、酒《さけ》のなかへ痺《しび》れ薬《ぐすり》を入《い》れて飲《の》ませしゆへ、化物《ばけもの》ども皆々《みなく》このゆゑに体痺《からだしび》れ、手足叶《あしかな》はず、立《た》つこともならず、これは〳〵と呆《あき》れゐたるところへ、狐仲間《きつねなかま》にても、舟山《ふなやま》の五郎左衛門狐《ざへもんぎつね》といふ豪傑者《ごうけつもの》（五〇）、多勢《たぜい》を引連《つ》れ、鬨《とき》の声《こへ》をあげて、打《う》つてかゝり、五郎左衛門狐真《ざへもんぎつねま》つ先《さき》に片端《かたはし》より打《う》ち据《す》へ、叩《たゝ》き立《た》てられて逃《に》げることもならず、さん〴〵に敗北《はいぼく》し、大将《たいせう》山彦《びこ》も足《あし》手叶《かな》はず、やう〳〵と猪《いのしゝ》にうち乗《の》り、命《いのち》から〴〵、ほう〳〵の体《てい》にて、安倍《あべ》山さして逃《に》げ出《いだ》しける。

山彦「たゞ飲《の》む酒《さけ》だと思《おも》つて、あんまり喰《く》らひすぎたものだから、足腰《あしこし》がひよろ〳〵とみんなが役《やく》に立《た》たぬ。とかく貴様《きさま》たちは意地《いぢ》が汚《きたな》いからのことだ。俺《おれ》を見《み》ろ。そこへ行《い》つては貴様《きさま》たちよりか知恵《ちゑ》があるものだから、やつぱりこの通《とほ》り、飲《の》み過《す》ぎて、意気《いく》地《じ》がない。逃《に》げろ〳〵」

もくがく「もし〳〵その首筋《くびすじ》よりか背中《せなか》を押《お》さへておくれ。あんまり飲《の》んで、わしは小間物店《こまものみせ》を吐《は》き出《だ》しそふだ（五一）。ア、せつない〳〵」

山男「あいた〳〵。こんなに強《つよ》い奴《やつ》がゐるなら、あとの一杯《いつぱい》はよせばよかつたに。あんまり飲《の》みすごして、ひよろつくから。これ〳〵兄貴《あにき》、生酔《なまえ》ひだから、了簡《りやうけん》さつせへ。これさ〳〵」

五郎左衛門狐「何《なん》と強《つよ》いか。俺《おれ》は女《をんな》にかけてさへ強《つよ》いものを、うぬらに負《ま》けてゐるものか。何《なん》として〱」

（五〇）舟山の五郎左衛門狐といふ豪傑者　舟山は現静岡市の安倍川と藁科川の合流地点の河中、向敷地字船山に位置する細長い小島。「舟山の五郎左衛門」はこの地方の伝説に現れる化け狐。

（五一）小間物店を吐き出しそふ　ヘドを吐くという意味。

【二八】　もめごとの原因は　図版　二一八〜二一九頁

このたび野狐《ぎつね》どもの働《はたら》きをのまわり狐喜《ぎつねよろこ》び感《かん》じて、それ〲に褒美《ほうび》を与《あた》へけるにぞ。それにつき、このほどの騒動《そうどう》にことのほか野狐《ぎつね》どもの構《かま》への地面《ぢめん》を化物《ばけもの》共に荒《あ》らされ、野《の》狐《ぎつね》どものうちに藪潜《やぶくゞ》りといふ狐《きつね》とこんちきといふ狐《きつね》と隣同士《となりどし》の地面《ぢめん》、垣《かき》も倒《たを》れ、荒《あ》れ果《は》てゝ分《わ》からざるを、こんちきの方《かた》よりことのほか張《は》り出《いだ》して仕切《しき》りをしたりけるを、藪《やぶ》潜《くゞ》りの方《かた》の者《もの》どもも大きに怒《いか》り、「これはこの方《ほう》の地面《ぢめん》なり」とて、仕切《しき》りを取《と》り捨《す》てけるより口論《こうろん》となり、互《たが》ひにその地境《ぢざかひ》を争《あらそ》ひ、大喧嘩《げんくわ》となりければ、このこと支配《しはい》するのまわり狐《ぎつね》の方《かた》へ聞《き》こへ、双方呼《そうはうよ》び出《いだ》され、吟味《ぎんみ》ありける時《とき》、こんちき狐《ぎつね》の言《い》ふやう、

「今藪潜《いまやぶくゞ》りの地面《ぢめん》のうちに小《ちい》さき稲荷《いなり》の宮《みや》あり。もとこの稲荷《いなり》はわれら先祖《せんぞ》の建立《こんりう》せし稲荷《いなり》にて、すなはち稲荷《いなり》のあるところ、この方《ほう》の地面《ぢめん》なれども、いつのほどよりか、藪《やぶ》潜《くゞ》りの方《かた》へ取《と》られたる也。この方《ほう》の地面《ぢめん》といふ証拠《せうこ》はその稲荷《いなり》の宮《みや》の柱《はしら》に『願主地主《ぐわんしゆぢぬし》こんちき』と書《か》きつけあれば、これこそ確《たし》かなる証拠《せうこ》なり」と言《い》ふに、藪潜《やぶくゞ》りは「これを知《し》らず」と言《い》ふ。のまはり狐《ぎつねき》聞きて、「さあらば、我明日《われめうにちゅ》行きて つぎへ

藪潜り「このこんちきめが、これからはこつちの地面《ぢめん》だ。己《おのれ》はおらが家《うち》の雌狐《めぎつね》に色事《いろごと》があるそふで、とかくこつちの地面《ぢめん》へ夜這《よば》ひにうせる。今度《こんど》から夜這《よば》ひにうせると打《ぶ》ち殺《ころ》す。俺《おれ》は夜這《よば》ひものにかけては強《つよ》い男《をとこ》だ」

こんちき「ナニ俺《おれ》が夜這《よば》ひに行《い》くにうぬらの世話《せわ》になるものか。それとも世話《せわ》にする気なら、通《とほ》り道にある犬《いぬ》の糞《くそ》でもさらつておけ」

こんちきの子分「この野郎《やろう》ども、小豆餅《あづきもち》でも喰《く》らへく〳〵(五二)。小豆餅《あづきもち》を喰《く》へといふは、糞《くそ》を喰《く》らへといふことだ」

(五二)小豆餅でも喰らへ　狐の害を防ぐために、小豆餅を辻や祠に供える行事があった。

【二九】　知恵者猫股の名案　図版　二三〇〜二三一頁

つゞき　その稲荷《いなり》の宮《みや》を検分《けんぶん》し、その上《うへ》にて、双方《そうほう》の理非《りひ》をわけて裁断《さいだん》すべし」と言《い》ひわたし、まづ双方《そうほう》を引取《と》らせける。

藪潜《やぶくゞ》り狐《ぎつね》、急《いそ》ぎ立《た》ち帰《かへ》りて、そう〳〵稲荷《いなり》の宮《みや》に行《ゆ》き、柱《はしら》を見るに、なるほど「地主《ぢぬし》こんちきこれを建《た》つ」と記《しる》してあり。「後《うし》ろの柱《はしら》なるゆへ、これまで心《こゝろ》づかざりしが、これにては、この方負《ほうま》けになるべし。何《なに》とぞ密《ひそ》かにこんちきといふ名前《なまへ》を削《けづ》り取《と》り、我《わ》が名に直《なを》しおかん」とは思《おも》へども、その身元《もと》より無筆《むひつ》なり。「なまなかほかの者《もの》を頼《たの》み、書《か》き直《なほ》しては、このことも現《あらは》れては、いよ〳〵恥《はぢ》の上《うへ》の恥《はぢ》也。いかゞはせん」と、一人案《ひとりあん》じ侘《わ》びゐたる所に、日《ひ》ごろ心安《やす》く出入《でい》りする猫股《ねこまた》あり。此猫股《ねこまた》は雌猫《めねこ》にて、よく鼠《ねづみ》を捕《と》ることに妙《めう》を得《え》て、つねに多《おほ》くの鼠《ねづみ》を捕《と》り、これを油揚《あぶらあ》げにして、狐《きつね》のところへ持《も》ち来《き》たり、商《あきな》ひして暮《く》らしけるが、この藪潜《やぶくゞ》りは鼠《ねづみ》の油揚《あぶらあ》げいたつて好物《こうぶつ》なれば、いつもこれを求《もと》めて、心安《やす》くその気質《きしつ》も知《し》りたる上《うへ》、ことに此猫股《ねこまた》よく物書《ものか》くことを知《し》りたるゆへ、これを頼《たの》み、書《か》き直《なを》させんと心《こゝろ》づき、急《いそ》ぎ呼《よ》び寄《よ》せ、さま〴〵馳走《ちそう》し、密《ひそ》かに此ことを語《かた》り頼《たの》めば、猫股《ねこまた》さつそく承知《せうち》せしゆへ、藪潜《やぶくゞ》り喜《よろこ》び、密《ひそ》かに猫股《ねこまた》を連《つ》れて、かの稲荷《いなり》の宮《みや》にいたり、小刀《がたな》を以《もつ》て、先《さき》の名前《まへ》を削《けづ》り取《と》りて、「さあらば、こゝへ『藪《やぶ》潜《くゞ》りこれを建《た》つ』といふことを記《しる》しくれよ」と言へば、猫股言《ねこまたい》ふやう、「そなた様《さま》のお名前《なまへ》を書《か》きては負《ま》け公事《くじ》となるべし。これはわたしに任《まか》せ給《たま》へ」とて、矢立《やたて》の筆《ふで》を取《と》り、削《けづ》りたるところへもとのごとく「こんちきこれを建《た》つ」と書《か》きたりければ、藪潜《やぶくゞ》り驚《おどろ》きて、「これはしたり。先《さき》の名前《なまへ》を書《か》くほどなれば、削《けづ》るには及《およ》ばぬことを」と言《い》へば、猫股《ねこまた》打《う》ち笑《わら》ひ、「これにて御身《おんみ》の勝《か》ち公事《くじ》なり。削《けづ》りたる所へ御身《おんみ》の名を書《か》きたる時は御身《おんみ》の巧《たく》みにて先《さき》の名《な》を削《けづ》り、この方《はう》の名《な》に書《か》き直《なを》せしならんと、疑《うたが》ひかゝりて、負《ま》け公事《くじ》となるべし。かやうにしておけば、先《さき》にて削《けづ》り、書《か》き直《なを》したるやうにて、こんちきの方《かた》へ疑《うたが》ひかゝり申すべし」とぞ答《こた》へける。

藪潜り「なるほど発明《はつめい》な雌猫殿《めねこどの》。そのくせ色気《いろけ》もたつぷり。猫撫《ねこな》で声《ごゑ》がかはゆらしいの」

藪潜りの妻「ほんにお玉《たま》や、そなた、人間《にんげん》に化《ば》けるついでがあつたら、京橋《ばし》の仙女香（五三）を買《か》つて来てくりや。どふも美《うつく》しい娘《むすめ》に化《ば》ける時《とき》は、あの仙《せん》女香《かう》でなければならぬわいの」

狐「何《なん》とこのあとで手拭《ぬぐ》ひを被《かぶ》つて銅壺《どうこ》のふた（五四）を叩《たゝ》いて踊《おど》つてみせなさい」

（五三）仙女香　稲荷新道の横丁角にあった坂本屋が売り出した白粉。

（五四）銅壺のふた　銅壺は「燗銅壺」（酒を暖めるために使う金属製の道具）のこと。蓋が付いている。

【三〇】のまわり狐の判決は　図版　二二三頁

あくる日にのまはり狐《ぎつね》、野狐《のぎつね》どもの方《かた》にいたり、かの稲荷《いなり》の宮《みや》を見るに、こんちきの名《な》はあれども、まさしくこれは削《けづ》りたると見へ、その上《うへ》書きし名前《なまへ》なれば、怪《あや》しく思ひ、のまはり言《い》ふやう、「先《さき》にこんちきの申せしごとくその名前《なまへ》あれば、削《けづ》るにも及《およ》ばぬものを、削《けづ》りたる上《うへ》へこんちき名前記《なまへしる》しあるは、察《さつ》するところ、藪潜《やぶくゞ》りの名《な》ありしを削《けづ》り取《と》り、こんちきの名《な》に書《か》き替《か》えおき、さてこそそれを証拠《せうこ》にせんと巧《たく》みたるならん」と、こんちきに疑《うたが》ひかゝりければ、こんちき驚《おどろ》き、「決《け》してわれら削《けづ》りたる覚《おぼ》へなし」と、いろ〳〵言《い》へども、言《い》ひ訳立《わけた》たず、つひにこんちき此論《ろん》に負《ま》けて、藪潜《やぶくゞ》りの勝《か》ちとなりたるは、ひとへに猫股《ねこまた》の才覚《さいかく》なり。

こんちき「私《わたくし》はその柱《はしら》を削《けづ》つた覚《おぼ》へはござりませぬ。その証拠《せうこ》は、私《わたくし》は下戸《げこ》でござりますから、削《けづ》る（五五）とじきに真《ま》つ赤《か》になります」

藪潜り「何《なん》と一言《いちごん》も内藤新宿《ないとうしんじゆく》（五六）。馬糞《まぐそ》のやうな目《め》にあつたらうの」

（五五）削る　酒を飲むという意味。こんちきは下戸で、酒を飲むと顔が真っ赤になることを「柱を削る」にかけている。

（五六）一言も内藤新宿　「内藤新宿」（江戸時代にあった宿駅）は「無い」の洒落。つまり、「一言もない」との意味。

【三一】猫には小判かかつおぶしか　図版　二二三頁

藪潜《やぶくゞ》りはこんちきと地面《ぢめん》の争《あらそ》ひに勝《か》ちたるもまつたく猫股《ねこまた》の陰《かげ》なりと、その知恵《ちゑ》の深《ふか》きを感心《かんしん》し、一礼《いちれい》にとて、猫股《ねこまた》を招《まね》きて、さま〲馳走《ちそう》しもてなして、鰹節一連《かつをぶしいちれん》を与《あた》へける。その時《とき》、舟山《ふなやま》の五郎左衛門狐《ぎつね》、かねてよりこの藪潜《やぶくゞ》りいたつて心安《こゝろやす》き仲《なか》なりけるゆへ、こゝに来合《きあ》はせゐたりければ、藪潜《やぶくゞ》り、五郎左衛門狐《ぎつね》へ密《ひそ》かに委細《いさい》のことを打《う》ち明《あ》けて語《かた》り、この猫股《ねこまた》の才覚《さいかく》にて、勝《か》ち公事《くじ》となりたることを語《かた》れば、五郎左衛門狐《ざへもんぎつね》大きに感《かん》じ入り、猫股《ねこまた》へ引《ひ》き出物《でもの》を与《あた》へ、その才知《さいち》を褒美《ほうび》して、共《とも》に酒盛《さかも》りして、心安《こゝろやす》く語《かた》らひける。

五郎左衛門狐「いかさま猫《ねこ》じや〲とおしやますが（五七）、猫《ねこ》にもかやうな発明《はつめい》なものがござりますから、鼠捕《ねずみと》る猫《ねこ》は爪《つめ》を隠《かく》すと譬《たと》へにも申ますが、この猫《ねこ》のことでござらう。いやはや感心《かんしん》〳〵」

藪潜り「そして此雌猫《めねこ》は糞仕《ふんし》もよいと申す(五八)ことでござります。しかし、此節《せつ》は少《すこ》し盛《さか》りがついたそうでござりますから、かけ小用《せうよう》(五九)はいたすかもしれませぬ」

猫股「これは〳〵猫《ねこ》に鰹節《かつをぶし》(六〇)よりか、猫《ねこ》に小判《ばん》を下《くだ》されたら、尚《なを》ありがたうござりませうに」

(五七)猫じや〳〵とおしやます　寛政期から流行した唄。「猫じゃ猫じゃとおしゃますが、猫が下駄穿いて杖ついて、絞りの浴衣で来るものか」は元唄の歌詞(『江戸語大辞典』)。

(五八)糞仕もよい　猫が定められた場所に糞尿をする。

(五九)かけ小用　雌猫が発情するとき、尿でマーキング行為をする。

(六〇)猫に鰹節　諺。好物の鰹節を猫のそばに置くと、油断ができないという意味。危険な状態のたとえ。ここでは、利口な雌猫は好物のはずの鰹節より、普通の猫なら価値が分からない小判の方が欲しい。

【三二】 大胆不敵な猫股危うし　図版　二二四～二二五頁

小岩岳《こいはだけ》といふ山に、昔誰人《むかしたれびと》か住《す》みて落城《らくぜう》し、滅《ほろ》びて空《あ》き城《じろ》となりたる城《しろ》あり。（六一）今《いま》は化物《ばけもの》の住《す》みどころとなり、こゝに住《す》む化物《ばけもの》どもは、柄糸《つかいと》も切《き》れ、鞘《さや》も剝《は》げたる古《ふる》大小《せう》を差《さ》し歩きけるが、二人連《ふたりづ》れにて、いづくへやら行《ゆ》きて帰《かへ》りがけ、旅《たび》のことなれば、一人《ひとり》の侍《さむらひ》の化物《ばけもの》大小《せう》を取《と》りて、両掛《がけ》の荷物《にもつ》へ差《さ》し挟《はさ》み、その荷物《にもつ》を担《かつ》ぎて来《き》たりけるが、途《と》中《ちう》にて休《やす》むとて、荷物《にもつ》を道端《みちばた》に下《お》ろしおき、その身《み》は土手《どて》の上《うへ》に腰掛《こしか》けて休《やす》みゐたるところへ、かの猫股《ねこまた》通《とを》りかゝり、誤《あやま》つて、かの荷物《にもつ》に差《さ》し挟《はさ》みてありし刀《かたな》へ猫股《ねこまた》の足触《あしさわ》りければ、侍《さむらひ》の化物《ばけもの》大きに怒《いか》り、「これ〳〵、汝《なんぢ》は侍《さむらひ》の刀《かたな》を土足《どそく》にて蹴散《けち》らし、挨拶《あいさつ》もせず行《ゆ》くは不届《ふとゞ》きなり。汝《なんぢ》、男《おとこ》ならば、その分《ぶん》には差《さ》し置《お》かぬ奴《やつ》なれども、雌猫《めねこ》ゆへ、了《りやう》簡《けん》すべし。こゝへ来《き》たり、謝《あやま》りゆくべし」と申ければ、猫股《ねこまた》打《う》ち笑《わら》ひて言《い》ふやう、「なるほど、御《おん》身の刀《かたな》へ触《さわ》りたるは我が身の粗相《そゝう》なれども、御《おん》身の方《かた》にも粗相《そゝう》あり。しかれば、粗相《そゝう》はあい互《たが》ひの事ゆへ、我《わ》が身《み》謝《あやま》るにも及《およ》ぶまじ」と言《い》ふ。化物《ばけもの》、いよ〳〵腹《はら》を立《た》て、「この方《ほう》にも粗相《そゝう》あるとは心得《こゝろへ》ず。品《しな》によらば、（六二）女なりとて堪忍《かんにん》ならず」と、刀《かたな》を取《と》りて、反《そり》を打《う》てば、雌猫《めねこ》は少《すこ》しも騒《さわ》がず、「およそ侍《さむらひ》の大小《せう》といふものは腰《こし》に帯《たい》して歩《ある》くべきものなるに、御身《おん》、荷物《にもつ》へ差《さ》し挟《はさ》みておき給ひしゆへ、我《わ》が足《あし》の触《さわ》りたる也。腰《こし》に差《さ》すべきを荷物《にもつ》へ付《つ》け給ひしは御身《おんみ》の粗相《そゝう》なり。腰《こし》に差《さ》し給はゞ、何《なに》とて我《わ》が身《み》の足《あし》の触《さわ》るべきやうなし」と言《い》ふ。この理屈《りくつ》に化物《ばけもの》は閉口《へいこう》し、返《かへ》す言葉《ことば》はなくて、口《くち》ごもりてゐたりける。

侍1「此雌猫《めねこ》め、太《ふと》い奴《やつ》だ。打《ぶ》ち殺《ころ》して、回向院《ゑかういん》（六三）へでもやつてくりやう」
猫股「こりやお前方《まへがた》は、雌猫《めねこ》を捕《と》らへて何《なん》となさる。こんな猫《ねこ》のやうでも、二股《ふたまた》の化《ばけ》猫《ねこ》。猫《ねこ》も杓子《しやくし》も同《おな》じやうに思《おも》つてゐなさると、あてが違《ちが》ふ。わしがちよつかいを出《だ》すが最後《さいご》、だれでもかれでも掻《か》き破《やぶ》つて、笹掻《さゝが》きにしてやるのだから、早《はや》く牛蒡《ごばう》ほどな尾《を》を振《ふ》つて、逃《に》げてしまいなさるがよい」
侍2「女《おんな》だから許《ゆる》してやらうと思《おも》つたが、よく思《おも》つてみたら、女《をんな》だけ尚許《なをゆる》されぬ。さだめて盛《さか》りがついてゐるであらう」

（六一）小岩岳といふ山に、昔誰人か住みて落城し、滅びて空き城となりたる城あり　現長野県安曇野市穂高有明の城跡。戦国時代に焼かれた。
（六二）品によらば　事情によると。
（六三）回向院　両国にある寺院。猫の墓碑が多く建てられた。

【三三】猫股豪傑狐に恋　図版　二三六～二三七ページ

侍《さむらひ》の化物《ばけもの》、猫股《ねこまた》の一言《いちごん》にへこみたるを、一人《ひとり》の化物悔《ばけものくや》しがり、「己《おのれ》、口賢《くちがしこ》く言《い》へばとて、許《ゆる》すべきや。打《う》つて捨《す》てん」と、猫股《ねこまた》を捕《と》つて引据《す》へ、さんざんに打擲《ちやうちやく》しけるに、此時《とき》、舟《ふな》山の五郎左衛門狐《ざへもんぎつね》、此ところを通《とふ》りかゝり、猫股《ねこまた》と見るより、傍《かたわ》らによりて、委細《いさい》のことを見ゐたりけるが、猫股《ねこまた》の言《い》ひ分《ぶん》を感《かん》じ入り、その発明《はつめい》を感《かん》じゐたるが、今打擲《ちやうちやく》にあふを不憫《ふびん》に思《おも》ひ、立《た》ち寄《よ》りて、化物《ばけもの》どもを引退《の》け、いろ〳〵挨拶《あひさつ》し宥《なだ》むれども、いつこう聞《き》き入れず、狐《きつね》へも無礼《ぶれい》の挨拶《あいさつ》するゆへ、狐堪《きつねこら》へかね、たちまち此化物《ばけもの》どもを投《な》げつけ、張《は》り飛《と》ばしけるに、化物《ばけもの》ども斬《き》つてかゝるを、通力自在《つうりきじざい》の五郎左衛門狐《ざへもんぎつね》、二人《ふたり》の化物《ばけもの》を踏《ふ》みつけ〳〵、荷物《にもつ》をくゝりし縄《なわ》を猫股《ねこまた》に解《と》かせ、二人《ふたり》を縛《いまし》め、辺《あた》りの立《たち》木にくゝりつけおき、猫股《ねこまた》を打《う》ち連《つ》れて帰《かへ》りたるが、五郎左衛門狐《ざへもんぎつね》は藪潜《やぶくゞ》りが此ほどの話《はなし》と言《い》ひ、今《いま》又猫股《ねこまた》が此化物《ばけもの》への言《い》ひ分《ぶん》を聞《き》きて、猫股《ねこまた》の利発《りはつ》なるを感心《かんしん》のあまりに執《しう》心起《しんお》こり、此猫股《ねこまた》の親猫《おやねこ》へ言《い》ひ込《こ》み、貰《もら》ひ受《う》けて妾《めかけ》となし、寵愛《てうあひ》してぞ暮《く》らしける。

侍「こいつはとんだ目《め》に間《あひ》の山《やま》(六四)。縞《しま》さんではない、こん〳〵さん、どうぞ許《ゆる》しておくれ〳〵」

五郎左衛門狐「よい所へわしが通《とを》りかゝつて、そなたの幸《しあは》せ。そなたにはわしも話《はなし》がある。あの稲叢《いなむら》の陰《かげ》へなりとも、ちよつと来《き》て貰《もら》ひたいものだ」
猫股「これはいつぞやお目《め》にかゝつた舟《ふな》山の旦那様《だんなさま》、ありがたふござります。すでのこと、あの衆《しう》に尻《しり》をなめられるところでござりました」
（六四）とんだ目に間の山「とんだ目にあふ」の洒落。間の山は三重県伊勢市の地名。俗謡に「縞《しま》さん、紺《こん》さん、中乗《なかのり》さん、サアやってかんせ、ほうらんせ」という。

【三四】猫股の親父捕まる　図版　二二八〜二二九頁

かの猫股《ねこまた》の親猫《おやねこ》は宿無《やどな》しと異名《いみやう》の付《つ》きたる泥棒猫《どろぼうねこ》なりしが、数年《すねん》を経《へ》て二股《ふたまた》となり、化物《ばけもの》の仲間《なかまい》入りして、安倍《あべ》山の山彦《やまびこ》の手下《した》なりしに、今度我《こんどわ》が娘《むすめ》の猫股《ねこまた》を五郎左衛門狐《ぎつね》の方《かた》へ遣《つか》はしたることを聞《き》きて、山彦《びこ》大に怒《いか》り、「先《さき》にのまわり狐《ぎつね》の方《かた》へ押《お》し寄《よ》せたる時《とき》、その五郎左衛門狐《ぎつね》に仲間《なかま》の者《もの》ども打《う》ちのめされたる、仇敵《あだがたき》の狐《きつね》の方《かた》へ娘《むすめ》をやりし宿無《やどな》し猫《ねこ》は二心《ふたごころ》あるにちがひなし。急《いそ》ぎ召《め》し捕《と》り、その罪《つみ》をたゞすべし」と、山彦《びこ》、手下《した》の化物《ばけもの》どもに示《しめ》し合《あ》はせ、「この宿無《やどな》しは力強《ちからつよ》く豪傑者《ごうけつもの》なれば、たばかりて生《い》け捕《ど》るべし」と、密《ひそ》かにその支度《したく》をなし、宿無《やどな》し猫《ねこ》を招《まね》き寄《よ》せ、またたびを焚《た》きて、その匂《にほ》ひに嗅《か》ぎ入《い》りたるところを見すまし、大きなる紙袋《かんぶくろ》を頭《あたま》より被《かぶ》せければ、宿無《やどな》し猫《ねこ》は思《おも》ひもよらず驚《おどろ》き、ちよつかいにて紙袋《かんぶくろ》を取《と》らんとしながら後退《あとじさ》りするところを、化物《ばけもの》どもつひに叩《たゝ》き伏《ふ》せて、頸玉《くびだま》を入れて、縄《なは》をぞかけたりける。

化物1「こんな泥棒猫《どろぼうねこ》には油断《ゆだん》がならぬ。夕《ゆふ》べ俺《おれ》が寝酒《ねざけ》の肴《さかな》にしやうと思《おも》つてのけておいた猪《しゝ》の頭《あたま》がない。大方《かた》この猫《ねこ》めが引《ひ》きをつたにちがひはない。猪《しゝ》の頭《あたま》は引《ひ》いてもよいが、此上《うへ》、おらが内の大事《だいじ》のかゝアでも引《ひ》かれてはつまらない」

山彦「この泥棒猫《どろぼうねこ》め、早《はや》く首筋《くびすじ》から縛《しば》れ〳〵」

化物2「頭《あたま》へ紙袋《かんぶくろ》を被《かぶ》せたはよい思《おも》ひつきだ。さあ〳〵俺《おれ》が手を叩《たゝ》くから、ちよいとひつくり返《かへ》つてくれ。それ〳〵、飛《と》んだり跳《は》ねたり変《か》わつたり、よい〳〵」(六五)

宿無し猫「これ〳〵、この紙袋《かんぶくろ》を取《と》つて、手拭《ぬぐ》ひを被《かぶ》せてくれ。そふしたら、こゝで俺《おれ》が『猫《ねこ》じや〳〵』でも踊《おど》つてみせやう」

化物1「こまごと言《い》ふな。踊《おど》りが見たければ、己《おのれ》よりか、俺《おれ》が中村芝翫《なかむらしくわん》といふところを踊《おど》つてみせるのだ」

(六五)飛んだり跳ねたり変わつたり、よい〳〵「亀山の化物」と呼ばれた玩具。浅草雷門内日音院の門前で売られた。割竹の上に乗った人形がひっくり返るように仕掛けがあるので、

「飛んだり跳ねたり変わったり」という。

【三五】猫股の厳しい選択　図版　二三〇～二三一頁

さても猫股《ねこまた》の親猫《おやねこ》、山彦《やまびこ》の方《かた》にて召《め》し捕《と》られ、糾明《きうめい》にあふ由《よし》、五郎左衛門狐《ぎつね》の方《かた》へ聞《き》こへて、猫股《ねこまた》、親《おや》の難儀《なんぎ》にあふを悲《かな》しみ、何《なに》とぞこれを助《たす》けんと思《おも》ひ、五郎左衛門狐《ざへもんぎつね》にしばしの暇《いとま》を乞《こ》ひて、安倍山《あべ》に来《き》たり、父《ちゝ》の宥免《ゆうめん》を願《ねが》ひければ、山彦《やまびこ》、猫股《ねこまた》を呼《よ》び出《いだ》し言《い》ふやう、「汝《なんぢ》が父宿無《ちゝやどな》しは数年《すねん》我《わ》が手下《した》にてありながら、仇敵《あだがたき》の五郎左衛門狐《ざへもんぎつね》の方《かた》へ汝《なんぢ》を遣《つか》はし、よしみを結《むす》ぶこと、二心《ふたごゝろ》あるに極《きは》まりたれば、召《め》し捕《と》りて、獄屋《ごくや》へ入《い》れたり。汝《なんぢ》もこゝへ来《き》たりしこそ幸《さいは》ひ、共《とも》に召《め》し捕《と》り、拷問《ごうもん》すべし」と言《い》ふ。猫股《ねこまた》は、「まったく父《ちゝ》に二心《ふたごゝろ》なし。我《わ》が身《み》とても、敵方《てきがた》へこの身《み》を任《まか》せたるは、親《おや》のため多分《たぶん》の金《かね》に替《か》へたるのみにて、決《け》して野心《やしん》のためにあらず」と言《い》ふ。山彦《びこ》言《い》ふ、「さらば、その方《ほう》ども、野心《やしん》なくば、我言《われい》ひつけることあり。その方《ほう》はこれまで鼠《ねずみ》を油揚《あぶらあ》げになし、狐《きつね》へ売《う》りて渡世《とせい》とせし由《よし》聞《き》き及《およ》びたり。さるによつて、今《いま》又あまたの鼠《ねずみ》を捕《と》り、油揚《あぶらあ》げとし、その中《なか》へ毒《どく》を入れて、五郎左衛門狐《ざへもんぎつね》をはじめ、そのほかの狐《きつね》どもに喰《く》らはせ殺《ころ》しなば、その時《とき》、父宿無《ちゝやどな》しを許《ゆる》し、褒美《ほうび》の品々《しなじな》遣《つか》はすべし」と言《い》へば、猫股《ねこまた》聞《き》きて、「いかにも仰《おほ》せのごとく計《はか》らひ、狐《きつね》どもを皆殺《みなごろ》しにいたし申すべし。それまでは父《ちゝ》のこと、何《なに》とぞ御慈《おんじ》悲《ひ》の御計《おんはか》らひを願《ねが》ひ参《まゐ》らすなり」とて、暇《いとま》申立《た》ち帰《かへ》りける。

化物1「此雌猫《めねこ》めは、どふやら細工場《さいくば》がよさそふな猫《ねこ》だはへ」

化物2「此度《たび》、親方《おやかた》の仰《おほ》せの通《とほ》り、すつぱりと首尾《しゆび》よくやつたなら、その時《とき》、親方《おやかた》から褒美《ほうび》はしつかり。そこでわしが貴《き》様《さま》を貰《もら》ひ受《う》けて、その褒美《ほうび》ぐるめ、わしが引受《う》け、女房《ぼう》にしてやるが、何《なん》と嬉《うれ》しいか〳〵」

化物3「化物《ばけもの》は皆古風《みなこふう》で律儀《りちぎ》だが、狐《きつね》どもは皆鋭《みなするど》いから、あつちへ引《ひ》き込《こ》まれぬやうにするがよい。それとも引《ひ》き込《こ》まれたくば、狐《きつね》よりかわしが引《ひ》き込《こ》んでやりませう」

【三六】　ひとまずお正月のご挨拶　図版　一三二頁

さても舟《ふな》山の五郎左衛門狐《ざへもんぎつね》は舟《ふな》山稲荷《いなり》(六六)の眷属《けんぞく》の総頭《そうかしら》を言《い》ひつけられ、その慶《よろこ》び何《なに》かの一礼《いちれい》にとて、のまわり狐《ぎつね》より金銀米穀《きん〳〵べいこく》あまた送《おく》り越《こ》しければ、五郎左衛門《ざへもん》めでたき春《はる》を迎《むか》へ祝《いは》ひけるは誠《まこと》にめでたき幸《しあは》せなり。さてこの草紙《さうし》いたつて長《なが》く、だん〳〵珍《めづら》しき趣《しゆ》向《こう》もあれば、このあとは後編《こうへん》に譲《ゆづ》り、来春《はいはる》の新版《しんぱん》とす。此草紙《さうし》、御求《もと》めの御方《おんかた》、よくしまひ置《お》き給《たま》ひ、来年《らいねん》の新版《しんぱん》と照《て》らし合《あ》はせ、御覧《らん》のほど、ひとへに〳〵願《ねが》ひあげ参《まゐ》らせ候。めでたくかしこ。

「当春《とうはる》合巻草紙《さうし》錦絵類《にしきゑるい》いろ〳〵新版《しんばん》たくさんに差《さ》し出《いだ》し候。御求《もと》め、御覧下《らんくだ》さるべく候」板元

十返舎一九著
歌川国芳画

化皮太皷伝《ばけのかはたいこでん》　二編　六冊

来春出板追々めづらしき趣向をあらはし、いく編も春ごとに出板し、お子様方御目ざましに奉入御覧候。

（六六）舟山稲荷　『駿河記』によると、向敷地村（現静岡市）に舟山神社があった。

化物たちの来し方　行く末　安村敏信

化物嫁入絵の不思議　湯本豪一

よみがえる草双紙の化物たち　小松和彦

化物たちの来し方　行く末

安村敏信
Yasumura Toshinobu

欧米における化物たちは、人間生活を脅《おびや》かす怖い存在であるようだが、日本のそれは必ずしもそうではない。本書に収録されたどの化物を見ても、怖いという印象よりもおかし味や愛嬌《あいきょう》を感じるのではあるまいか。

それはこの化物たちが古くから日本人に親しまれてきたことを示唆《しさ》する。彼らがわれわれとどのように付き合い、造形の中で活躍してきたかを限られた事例の中に見てゆこう。

巨大顔

顔は人間にとって最も印象に残る部位である。歌舞伎《かぶき》の見得《みえ》でも手足を踏んばった後に顔を振って決めるように、視覚に与えるインパクトは強い。

①『大江山絵巻』（国立国会図書館蔵）

この顔が異常に巨大化すれば、それだけで強烈な驚きがもたらされ、化物となり得る。

この巨大顔の化物としてまず想起するのは『土蜘蛛草紙《つちぐもそうし》』に出てくる尼公《あまぎみ》である。顔が二尺で体が一尺という巨大な尼は、頼光ににらまれただけでニコニコ笑いながら消えてゆくのであるが、何とも薄気味悪い。この絵巻（南北朝時代とされる）よりやや先行する『大江山絵巻《おおえやまえまき》』にも巨大な顔は登場する。敵方の主人公酒呑童子《しゅてんどうじ》がそれで、彼の打ち取られた首を運ぶ場面をみれば如何《いか》に巨大な顔であるかがわかるだろう［図①］。

②葛飾北斎『霜夜星』（国立国会図書館蔵）

③歌川国芳「竹沢藤次　独楽の化物」（足立区立郷土博物館蔵）

酒呑童子は鬼として描かれるので、鬼の系譜でこの顔を見る必要もあるが、後世描き継がれる『大江山絵巻』には人間らしい顔の酒呑童子も描かれるので巨大顔のひとつと見てよかろう。

『天怪《ばけもの》着到牒《ちゃくとうちょう》』に出てくる大《おお》侍《ざむらい》の顔は一段と肥大している［五一頁］。葛飾北斎《かつしかほくさい》（一七六〇〜一八四九）の読本挿絵には巨大顔が多く登場する。『阥阦《おんよう》妹背《いもせ》山《やま》』や『恋夢艋《ゆめのうきはし》』などであるが、極めつきは『霜夜星《しもよのほし》』に登場するものだろう［図②］。歌川国芳《うたがわくによし》の「竹沢藤次　独楽の化物」［図③］の中の陰影法を施された巨大顔の化

④『稲生物怪録絵巻』（広島県三次市教育委員会蔵）

⑤鳥山石燕『今昔画図続百鬼』

物は、北斎の『恋夢艋』に登場した淡都《あわいち》の霊に由来する。これらの怖い系の大顔に対し、微笑《ほほえ》む系の大顔も忘れてはならない。『稲生《いのう》物怪録絵巻《もののけろくえまき》』にはいくつかの巨大顔が登場するが、何といっても愛敬のあるのは、首が手に変じて平太郎をなで回す大首女［図④］だ。

このような巨大顔の化物は、鳥《とり》山石燕《やませきえん》（一七一二～八八）の『今昔画図《こんじやくがず》続百鬼《どくひやっき》』では「大首」として位置づけられた［図⑤］。石燕の弟子喜多川歌麿《きたがわうたまろ》（一七五三～一八〇六）によって試みられた美人大首絵は、まさか化物とは関係あるまい。その後の勝川派・歌川派で試みられる「大首絵」というのも、日常世界に取り込まれた巨大顔の変種とみられなくもない。これは、現代の漫画やテレビでも応用され、SF映画の世界でも活躍している。

ろくろ首

ろくろ首は、映画『学校の怪談』にも登場する、現代で最も親しまれている化物といえる。江戸時代においてもポピュラーであったことは、本書の処々にろくろ首が登場することでも納得できよう。

掲出の『信有奇怪会《たのみありばけもののまじわり》』の場面は最も笑えるもので、自らの首で桜の木に縛《しば》られたろくろ首を助けようとして、恋人の見越入道が人間の婆の面をかむってやって来たところ［一五四頁］。股間から一物ならぬ首をニュッとだして愛《いと》しのろくろ首娘と再会する。何ともユーモラスだ。このろくろ首は首が伸びる仕掛《しかけ》の見世物細工《みせものざいく》に直接のルーツをもつのだろうが、イメージの一方の源泉としては『賢学草紙《けんがくそうし》』に代表される安珍清姫《あんちんきよひめ》の変化、即ち竜が人面をつけるところから来ているのではないだろうか。竜身故《ゆえ》に

⑥鳥山石燕『画図百鬼夜行』

⑦葛飾北斎『百物語　さらやしき』（神奈川県立歴史博物館蔵）

首とみまごう部分が伸びて賢学を追いかける。この竜身が長い首となって化物が生まれる。この系統をひくものに源琦《げんき》の『妖怪絵巻』があり、竜身状の首のまま舞楽衣裳を着て競い合うろくろ首たちが登場する。

ろくろ首には若い娘と入道が多いようだが、石燕の『画図《がず》百鬼夜《ひゃっきや》行《ぎょう》』に描かれた若い娘が屛風を乗り越えてのぞき込むイメージは強烈で、その後のろくろ首の概念を決定した感がある［図⑥］。そのろくろ首の定番イメージを見事脱却し、素晴らしい構想力で前代未聞の作品を作り出したのは葛飾北

⑧葛飾北斎『頼豪阿闍梨恠鼠伝』（国立国会図書館蔵）

斎である。「百物語　さらやしき」では皿を割って殺されたお菊が、その皿をつなげて長い首とし、ろくろ首の化物として妖気を吐《は》く［図⑦］。皿のすれ合うチャリチャリ、ザラザラという音までも聞こえてきそうだ。また、この化物は一式作り物という皿なら皿だけでどんな物でも作って見世物とした当時の見世物小屋の作り物にヒントを得た可能性もある。さらに北斎は読本『頼豪阿闍梨恠鼠伝《らいごうあじゃりかいそでん》』で、ろくろ首と見せかけて、実は八重《え》垣姫《がきひめ》の霊魂が抜け出る様を描いてみせた［図⑧］。お見事という他ない。歌川国芳の「源頼光館《みなもとのらいこうやかた》土蜘蛛作妖怪図《つちぐもようかいをつくるず》」は当時の幕政批判と評判をとったものだが、悪政に苦しむ庶民が化けた妖怪の中にも、しっかりろくろ首入道が参加しているではないか。

骸骨

顔や首といった人間の部位を極端に大きくしたり伸ばしたりして出来た化物を見てきたが、骸骨《がいこつ》は人間の肉を腐《くさ》らせ骨だけにした物である。六道《ろくどう》絵《え》などにも死相の最終段階として描かれ、人々になじまれてきたが、これが動き出すと化物になる。動けば骨と骨がぶつかり合ってカタカタと滑稽味のある音がする。そのせいか骸骨には怖さに先行してユーモラスなイメージがつきまとう。河鍋暁斎《かわなべきょうさい》（一八三一〜八九）の『暁斎漫画《きょうさいまんが》』中の一図となると、パロディーも極まれり、というところだが、一休和尚《いっきゅうおしょう》（一三九四〜一四八一）と骸骨を描いた作品でも怖さはない。円山応挙《まるやまおうきょ》（一七三三〜九五）の『波上白骨座禅図《はじょうはっこつざぜんず》』が、何となく宗教性を帯びているように感じるのは大乗寺《だいじょうじ》という寺が所蔵するためで、図だけを見るとどこかパロデ

⑨鳥山石燕『今昔百鬼拾遺』（国立国会図書館蔵）

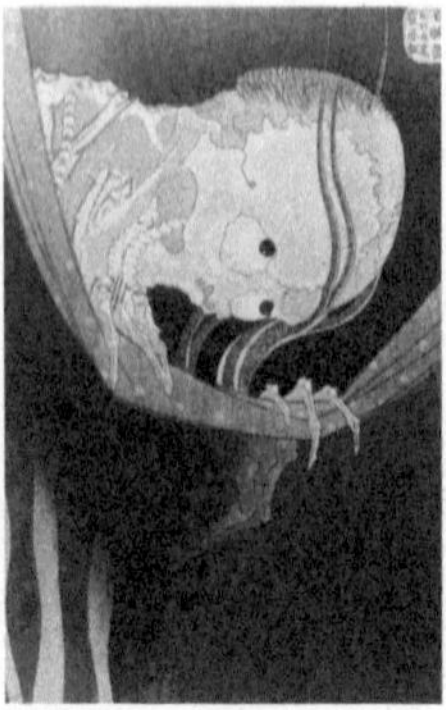
⑩葛飾北斎『百物語　こはだ小平次』

イーっぽい。石燕の『今昔《こんじやく》百鬼《ひやっき》拾遺《しゅうい》』中、髑髏《どくろ》を集めて「目競」とした化物が描かれている［図⑨］が、よく見ると、これもつい笑ってしまう。

こうした骸骨を怖くしたのは葛飾北斎ではあるまいか。「百物語　こはだ小平次《こへいじ》」［図⑩］をみると一瞬ユーモラスに見えるかも知れない。だが、よく見れば目や髑髏の内側に寄生虫のように無数に這《は》う毛細血管が次第に無気味さを増してくる。背筋から入り込む無気味さとでも言おうか。それに比べ、歌川広重《うたがわひろしげ》（一七九七〜一八五八）の「平清盛《たいらのきよもり》怪異を見る図」は庭

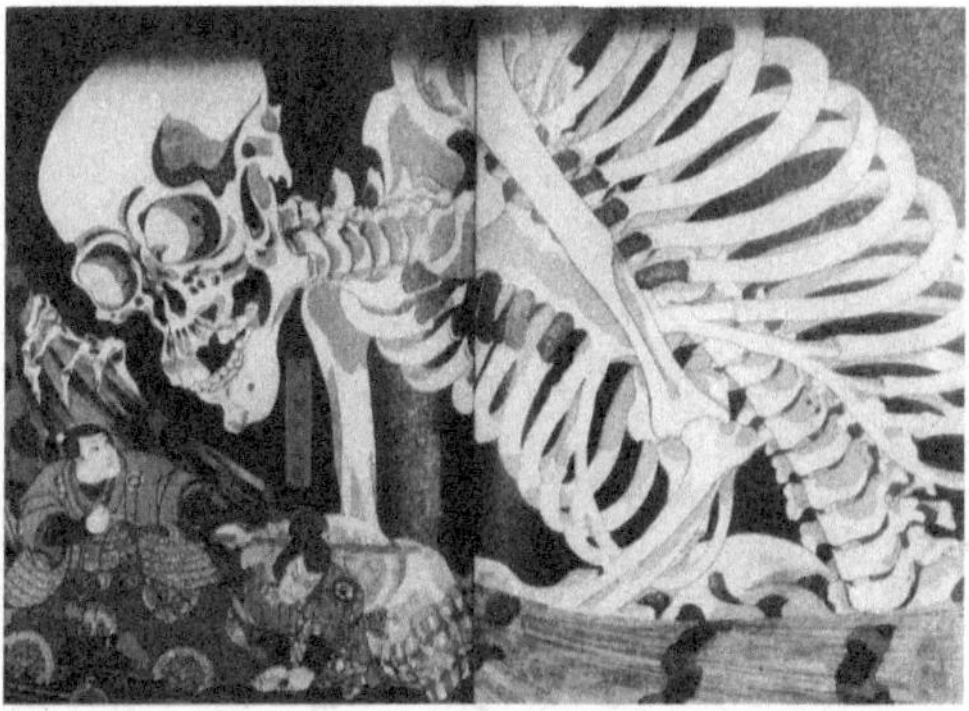

⑪歌川国芳『相馬の古内裏』

の雪景色が源氏の怨霊《おんりょう》によって全て骸骨の姿に変ずるという怪奇な場面を描いたものだが、広重の体質のせいか画面にはおどろおどろしい情感はなく、無気味さもあまりない。

歌川国芳の「相馬《そうま》の古内裏《ふるだいり》」［図⑪］となると骸骨が巨大化するうえに、洋風の陰影法が施されて立体的になるため、ドキッとさせられる。これはさすがに無気味だが、このイメージは現代の宮崎《みやざき》駿《はやお》アニメ作品『風の谷のナウシカ』に登場する巨神兵にひき継がれていて興味深い。最近ではカルシウム栄養剤のコマーシャルにも骸骨が登場し、日常生活に違和感なく入り込んでいる。描かれる骸骨が化物としての怖さを取りもどすのは何時《いつ》、誰によってであろうか。

器物の怪

「器物百年を経て、化して精霊を得てより、人の心を誑《たぶら》かす、これを付喪《つくも》神《がみ》と号す」。この『御伽草子《おとぎそうし》』の『付喪神』冒頭に記された解説が器物の怪の正体とされる。器物が百年経ることにより魂《たましい》を持つというアニミズム的俗信は、自然界の処々にカミを見出す日本らしい信仰といえる。しかし、魂を持った器物が、何故《なぜ》人の心を誑かさねばならないのか。付喪神が自然界の霊力の象徴であることは、『泣不動縁起《なきふどうえんぎ》』において陰陽師《おんみょうじ》安倍晴《あべのせい》明《めい》が付喪神を祀って三井寺《みいでら》の僧智興《ちきょう》の病を弟子証空《しょうくう》に移す場面によっても知られる。付喪神の霊力が疫病神《やくびょうがみ》を動かす訳だ。この付喪神は人間を誑かすどころか人間に益する。

一方に「百年《ももとせ》に一年《ひととせ》たらぬつくもかみ」というのが『伊勢物語《いせものがたり》』に出て来て「九十九髪《つくもがみ》」の字をあてられる。これは百から一をとると白となり、白髪を意味し、また百から一を引くことで九十九という数が出てくる。この九十九髪と付喪神の混同が人を誑かすという俗信へつながるとみられないか。つまり、器物が百年たてば精霊を得るのに、九十九年目で捨てられてしまう。そこで器物は精霊ならぬ悪の魂を得て人間どもに逆襲を企てる。その後、仏法によって一年分の善根を積み精霊となって成仏する。『付喪神』の物語中「百年に一年足らぬ付喪神の災難」と言ってみたり、器物が「百年を経たる功あり」と言ってみたり、百の前後で数の混同がみられる。そこで、いったん百という数を除外してこの物語の本質的構造を件《くだん》のように読み直してみてはどうだろうか。そうすると人の心を誑かすのは九十九年目の付喪神ということになる。

人心を誑かす典型的な器物の怪は『土蜘蛛草紙』中、頼光のもとに夕闇と共に現れる化物たちだ［図⑫］。真珠庵本『百鬼夜行絵巻《ひやっきやぎょうえまき》』に登場する器物の怪たちは人を傷つけたりしない。自ら陽気に騒ぐだけ、というのが器物の怪の主流ではなかろうか。『妖怪一年草《ばけものひとよせぐさ》』にみえる切籠灯籠《きりこどうろう》の化物［九〇頁］も、いつも給仕《きゅうじ》役ということでタコのような手足がユーモラスだ。石燕の『画図百器徒然袋《がずひゃっきつれづれぶくろ》』はこうした器物の怪の集大成であるが、

⑫『土蜘蛛草紙』（国際日本文化研究センター）

⑬鳥山石燕『画図百器徒然袋』（国立国会図書館蔵）

「琴古主」［図⑬］ひとつを見ても、目のクリクリッとした陽気な化物としてとらえられているようだ。

鬼

オニはオン（隠）の転化した精霊の意から人にたたる幽鬼《ゆうき》、さらに仏教の羅刹《らせつ》と混同した餓鬼《がき》や青鬼・赤鬼といった幅広い広がりをもって我が国の歴史を跋扈《ばっこ》してきた。従ってその種類をみるだけでも一冊の大著ができるだろう。

とはいえ、日本人が一般的に持っている鬼のイメージというのもある。『夭怪着到牒』に出る二本

⑭『地獄草紙』（奈良国立博物館蔵）

の角を持つ赤鬼はその典型といえよう［六五頁］。これは地獄の獄《ごく》卒《そつ》から転化したもので、『地獄草紙』に描かれた獄卒たちと比較するとその共通性がよくわかる［図⑭］。この鬼のイメージは、『融通《ゆうづう》念仏縁起《ねんぶつえんぎ》』では疫病神《やくびょうがみ》の姿に応用される。名主の家の門前に集った疫病神たちの中には動物の頭を持つものも二、三含まれてはいるが、多くは羅刹系の鬼たちである。羅刹系の鬼でも一角から二角や多角のもの、三ツ目のものなど鬼のバリエーションの多様化を伝えて興味深い。

鬼はまた巨人信仰とも結びつく。

⑮『土蜘蛛草紙』（国際日本文化研究センター）

⑯鳥山石燕『今昔画図続百鬼』

『土蜘蛛草紙』で頼光にたちむから二十丈ばかりの背丈の化物の姿は、基本的に羅刹系の鬼である［図⑮］。巨大で異形のものといえばまず鬼が筆頭に考えられたことを示していよう。石燕の『今昔画図続百鬼』に登録された鬼も、この羅刹系の典型的なものである［図⑯］。

ところで、借金取りを鬼というのは鬼のような性質を持っているからである。極悪非道の犯罪者に向かって鬼と叫ぶのも同意である。このような意味で現代にも脈々と生きているのは鬼婆である。これを子供などに描かせると怒り狂った女性の顔にたいてい角が生えて

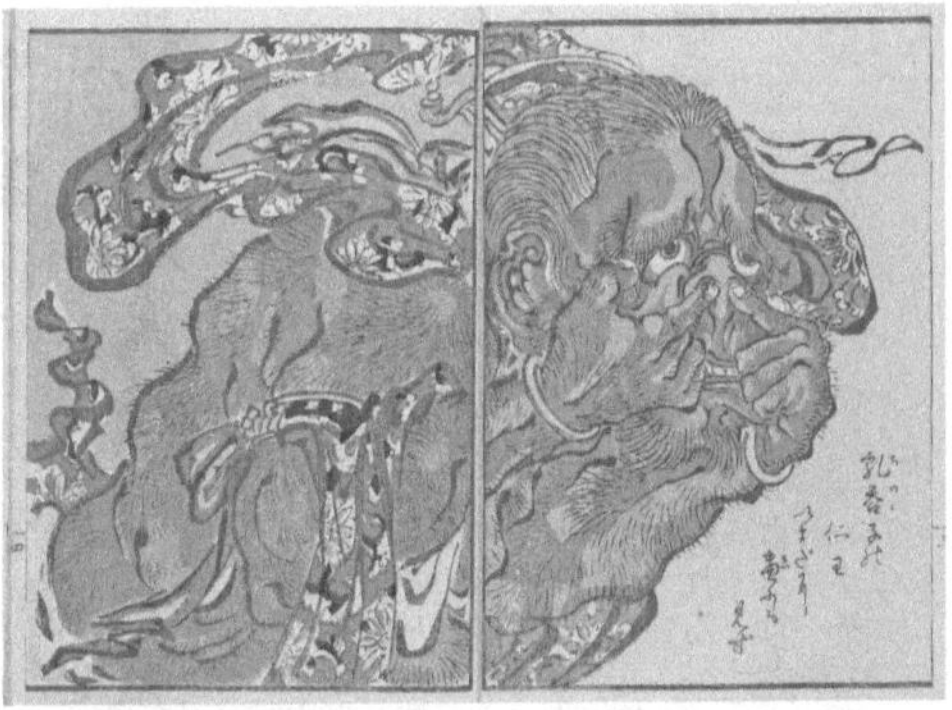

⑰河鍋暁斎『狂斎画譜』（立命館アート・リサーチセンター蔵））

いる。鬼と角は切り離せない繋《つな》がりを持つのだろう。

　私などには、仏教の守護神たる仁《に》王《おう》のイメージにも、鬼と共通する要素を感じるが、その場合の鬼は羅刹系のものだ。仏教の中の忿《ふん》怒形《ぬぎょう》の諸仏も鬼と共通のイメージを持つ。「地獄に仏」の仏は案外この忿怒形であったかも知れない。それなら違和感なく地獄を徘徊《はいかい》できたであろう。それはともかく、勇猛であるべき仁王も、諧謔《かいぎゃく》好きの河鍋暁斎の手にかかっては、挿図のような哀れな姿となる［図⑰］。ましてや鬼などは、推《お》して知るべし。

化物嫁入絵の不思議

湯本豪一
Yumoto Koichi

本書で紹介されている『化物《ばけもの》の娵入《よめいり》』は化物を扱った版本のなかでもユニークなテーマとして異彩を放っているが、この絵がどのように描き継がれ、どの程度の広がりを有していたかについてはほとんど語られていない。その理由は、化物の嫁入を題材にした作品としては熊本県八代《やつしろ》市の松井家に伝わる『化物婚姻絵巻《ばけものこんいんえまき》』がよく知られている程度で、その他の資料の発掘が遅れていたためと思われる。

ここでは、今まで紹介されなかった作品などの資料を分析することによって「化物嫁入」にアプローチしていきたい。

絵巻の「化物嫁入」

本書の『化物の娵入』と同じストーリーが展開される絵巻については、以前から松井家の『化物婚姻絵巻』がしばしば紹介されてきているが、私はこの絵巻以外に数点の「化物嫁入」絵巻を確認している。まず、そのなかの一点、河鍋暁斎《かわなべきょうさい》（一八三一〜八九）画とされる『化物嫁入絵巻』で全体のストーリーをたどってみたい。この絵巻は嫁のところに結婚話が持ち込まれるところから始まり、見合い、結婚、子供の誕生などを経て、朝日に驚いて化物たちが何処へか四散する場面で終わっており、全部で十六図から構成されている。

十六図という構成は松井家の『化物婚姻絵巻』とも一致する（『化物婚姻絵巻』は最後に宝船の図が加えられているが、これは直接ストーリーには関係ない）ものの、ストーリーの展開は全く同一ではなく、中盤に順序の入れ替りが認められる。

このような傾向はもう一点の『化物嫁入絵巻』にもいえる。この作品は中盤までしか残されていない残欠絵巻のために後半部分についての確認ができないものの、やはり中盤に入れ替りがみられ、前出の二点の絵巻のどちらとも異なるストーリーが展開されている。しかし、三点の絵巻の各図を個々に比較すると細かな部分についての違いはあるものの、ほぼ同一の図であり、同じ情報によって描かれていたことがわかる。また、中盤にストーリーの入れ替りがあることから、情報の広がりがあったことが推測できる。おそらく、模写されていくなかなどで、図の入れ替りが生じてきたのであろう。

では、絵巻の「化物嫁入」と本書の『化物の娵入』は絵巻と版本との違いはあるものの、同じ情報に基づいて描かれていった双子《ふたご》のような存在かというと、必ずしもそうとは言えない。このあたりのことについて、もう少し詳しくみてみたい。まず、『化物嫁入絵巻』の十六図のうち、版本『化物の娵入』には描かれていない場面をピックアップしてみると、嫁の道具を運ぶ図［図①］、嫁化粧の図［図②］、婚礼祝い飲食の図［図③］、化物日の出に驚いて逃散図［図④］の四カ所が挙げられる。このうち、日の出に驚いて化物が逃げて行く場面などはまさしく大徳寺《だいとくじ》真珠庵《しんじゅあん》に伝わる

『百鬼夜行絵巻《ひやつきやぎようえまき》』の系統をひいたエピローグであるといえよう。『百鬼夜行絵巻』の影響は嫁の道具を運ぶ図に琴や琵琶《びわ》が付喪神《つくもがみ》として登場することからも見てとれる。また、化物が化粧をする場面も『百鬼夜行絵巻』には存在する。このようなことから、化物の嫁入というテーマが絵巻として描かれるに際して、江戸時代に盛んに模写されて最もポピュラーな妖怪絵巻として知られていた『百鬼夜行絵巻』から、いくつかの題材を得て各所にちりばめてストーリーを組み立てていったであろうことが想像されるのである。

いっぽう、版本『化物の娵入』にある図で絵巻には存在しない場面として、本書一一九頁、一二二頁、一二三頁、一二八頁、一二九頁が指摘できる。このうち、一二八頁の料理をつくる場面などは描かれた内容は異なるものの、轆轤首《ろくろくび》のおろくが一つ目の見平と結婚する話を扱った版本『ばけ物よめ入』(作者、刊行年不明)にも見ることができ、化物嫁入をテーマとした版本のなかでの相互の関連性を考えていく必要があろう。また、版本『化物の娵入』に描かれている狐(本書一二二頁、一二三頁)、馬・猫股(本書一三六頁)といった動物は絵巻では登場しないが、版本には描か

① 嫁の道具を運ぶ図

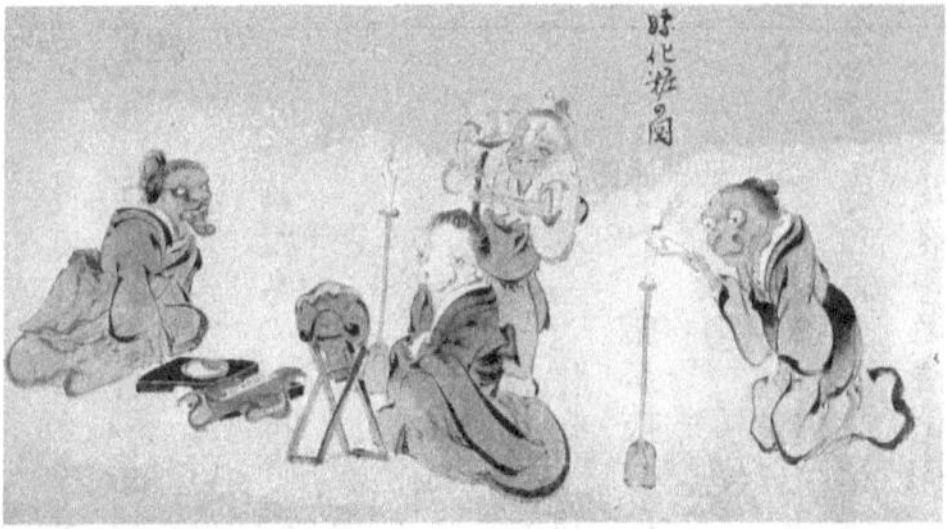

② 嫁化粧の図

③ 婚礼祝へ飲食の図

④ 化物日の出に驚き逃散図

れていない鬼が出てくるといった違いがある。

このように、版本『化物の娵入』と絵巻とは基本的には同じ話であり、そこに描かれた場面も多くは共通するものの、明確な違いがあることも事実で、両者が混じり合った作品や版本をそのまま絵巻にした作品はまだ確認できていないことから、ルーツは同じだが、絵巻は独自にパターン化されたものが描き継がれていった可能性を指摘できるのである。

ところで、版本の場合は絵と文章によって物語が構成されていることにより、読者は登場する化物たちの関係や出自を読み取ることができる。嫁の世話ばかりして金を稼ぐ化物、結納《ゆいのう》を持っていき羽目を外して飲んで川へ落ちた化物、祝儀《しゅうぎ》を期待して嫁入り行列に参加している化物等々である。また、床が抜けたり壁が崩れ落ちた住まい、墓地などが化物の背景に描かれており、いかなる場所において、化物たちが人間と同じような生活をしているのかについても具体的にイメージできる。これに対して、絵巻にはそのような情報はいっさい盛り込まれておらず、人間世界の嫁入りの一部始終を単に化物に置き換えて描いているに過ぎない。そこには化物の生活感は感じられない。また、足を料理するといったグロテスクな場面［図

⑤『化物の嫁入』二（明治一九年）

⑤」は描かれず、嫁を乗せた駕籠《かご》や婿《むこ》の身なりも人間とそっくりの立派なもので、版本と比較すると化物らしさは消えている。

　このような違いはどこから来るのだろうか。私はこの違いはまさに版本と絵巻の違いに由来するのではないかと思っている。すなわち、版本は木版によって大量に刷られて誰もが入手できる庶民の読物だったのに対して絵巻は肉筆で描く一点ものであり、一般庶民には無縁の代物《しろもの》なのである。『化物婚姻絵巻』が八代城主の松井家に伝えられていたというのも頷《うなず》ける。版本と絵巻の需要層は異なり、そのために絵巻ではグロテスクなものや生活感が抜き去られ、化物の嫁入りというユーモアだけを描くことによって需要者の要望を満たしていたのではないか。

錦絵の「化物嫁入」

錦絵の「化物嫁入」がいつ頃から描き出されたかについてはまだ調査できていないが、明治時代の戯画錦絵《ぎがにしきえ》で「化物嫁入」をテーマとした作品を二点ほど確認したので、この作品と版本『化物の娵入』との関係について論じてみたい。

一点は明治十九年に制作された「化物の嫁入」である。この戯画は三枚セットで構成されているが、ここで紹介するのは二［図⑥］と三［図⑦］の二点である。三枚でストーリー全体を描いているためにカットされた場面や文章はあるものの、ここに登場する化物、添えられた文章とも版本と瓜二《うりふた》つで、まさしく版本をもとに描かれたことがわかる。しかし、各場面の背景にうごめく化物や草木を淡い色調で入れるなどの工夫もみられる。

⑥『化物の娵入』

⑦「しん板　おばけのよめ入」（明治時代）

また、狐が道案内として登場する場面では、「コンコン　さきぶれ　おばけのかたがた　でむかい　でむかい」という版本にはない文章が添えられている。これらがはたして何かの影響を受けているのか否《いな》かについても検討の余地は残されているといえよう。それは、たとえば、嫁の駕籠をかつぐ化物の顔つきは版本のそれよりも、むしろ絵巻に描かれた婚礼祝い飲食の図の左端で大口を開いている化物からヒントを得たようにも思われるからである。

さて、もう一点の戯画は「しん板　おばけのよめ入」と題された

⑧「しん板　おばけのよめ入」(明治時代)

作品である［図⑧］。この絵には制作年は記されていないが、その作風や色調から明治時代の作であることは明らかである。この戯画も版本からいくつかの場面をピックアップして制作されたことは疑いない。刷りは戯画「化物の嫁入」とくらべると粗雑で、安価であったことが察せられるが、この戯画にも版本にない化物が登場する場面があり、これが何かの影響によって描かれたのかも検討していく必要があろう。

「化物の嫁入」というテーマは版本、絵巻、錦絵など、意外に広く描かれている。また、本書で紹介された版本とは別の内容を持つ化物嫁入を扱った版本も存在する。これらに加えて更なる資料の発掘と、版本の題材としても取り上げられている「鼠《ねずみ》の嫁入」「鶴《つる》の嫁入」「狐《きつね》の嫁入」などとの関連性をみることによって「化物の嫁入」の全体像が浮かびあがって来るものと思われる。いずれにしても、ここでの推論や問題提起も限られた資料に基づいているに過ぎない。「化物の嫁入」に関してはまだまだ情報の集積が十分でないのが現状なのである。

よみがえる草双紙の化物たち

小松和彦　Komatsu Kazuhiko

一

日本の妖怪変化《ようかいへんげ》の歴史に興味をもちながらも、これまでの主要な関心が古代・中世に置かれていたこともあって、江戸時代の妖怪変化の状況に関してはあまり詳しくない。江戸の妖怪事情に関心がなかったわけではない。いや、むしろとても強い関心を抱いていた。

江戸の妖怪世界への入門書ともいえる鳥山石燕《とりやませきえん》の『画図百鬼夜行《がずひやっきやぎょう》』を一瞥《いちべつ》するだけでも、おどろくほどたくさんの妖怪変化のたぐいが江戸の市民たちにもてはやされていたかわかるからだ。この時代の妖怪変化のたぐいのことを知らずして妖怪論を展開するのは正気の沙汰《さた》ではない、といっても過言ではないのだ。

にもかかわらず、その入り口で足踏み状態になっていたのは、はっきりいえば、これまで、その世界への適切な概説書もなければ、その全体像を推《お》し量《はか》ることができるようなテキストの翻刻《ほんこく》・注釈という基礎作業もほとんどなされてこなかったからであった。

ところが、幸いにも、近年の妖怪ブームにも支えられて、ようやく、妖怪絵の紹介や怪談を集めた説話集や歌舞伎を中心にした怪談物についての本格的な翻刻作業や研究がなされるようになり、次第にその輪郭《りんかく》が見渡せるようになってきたのである。

ところで、ほとんど知られていないが、江戸の妖怪文化の一大水脈ともいうべきものに、いわゆる「草双紙《くさぞうし》」のなかに描かれた妖怪変化群がある。「草双紙」とは、挿絵と文章が渾然一体《こんぜんいったい》となった絵本群のことで、専門家の間では刊行時期や装幀《そうてい》などから青本《あおほん》とか黄表紙《きびょうし》とか合巻《ごうかん》などと分類されたりもしている。

しかしながら、残念なことに、この草双紙の妖怪の研究はまだ手つかずの状態に置かれている。なぜ研究がないかと詮索《せんさく》すれば、絵本であるから、まずは国文学と美術史の双方の分野に属する研究者がそれぞれの立場から研究していいはずである。しかし、そのオリジナルなテキストに数点あたってみればわかるように、その作品の構造は粗雑にして類型的であり、また絵も有名絵師が描いたものであっても、錦絵《にしきえ》などにくらべるとやはり粗雑で類型的であるために、いずれの分野からも芸術性という観点からは評価しにくい作品なのである。しかも題材が妖怪変化を扱ったものになると、さらに関心が低くならざるをえなかったのであった。

こうしたこれまでの「化物系草双紙」の扱い方には、うなずける点も多い。しかし、これらの作品群を芸術性・創造性といった観点からではなく、文化史的あるいは社会学的視点からとらえ直してみたとき、つまり妖怪変化史という観点から接近するならば、まったく異なった輝きを示すことになるはずである。すなわち、これらの作品群は、鳥山石燕の『画図百鬼夜行』などの影響を受けるとともに、巷間の妖怪伝承を吸収し、歌舞伎その他の芸能や見世物などの現実世界をも反映した特異な作品世界を創造し、さらには幕末から明治にかけての妖怪絵ブームに影響を与えることになったと思われるからである。たとえば、本書に収録された『化物《ばけもの》の娵入《よめいり》』は、その構図や造形から見て、熊本県八代《やつしろ》市の松井文庫の『化物婚姻絵巻《ばけものこんいんえまき》』と影響関係にあることがうかがえる。すなわち、わが国の妖怪文化史の構築にあたって、この種の作品群の発掘と整理・検討は不可欠な作業なのである。

もっとも、このたび、こうして『江戸化物草紙』と銘打って紹介された作品は、数多く伝わっている「化物系草双紙」群からわずかに五つを選び出したにすぎない。したがって、その全体像からいえば氷山の一角にしかすぎないといってもいいものなのだが、しかし、詳細な解説がなされ、現代人も大いに楽しむことができるようなかたちで刊行されたことは画期的なことだといえよう。しかも、翻刻・解説者が、米国出身の日本文学研究者であるということにも、驚かされる。日本文化研究がいよいよ本格的な国際化を迎えたということの証左であろう。

二

さて、収録された作品を素材にしながら、私のこれまでの妖怪研究をふまえて、いくつか気づいたことを述べてみたい。

私がもっとも興味深く思ったのは、私たちが「妖怪《ようかい》」と表現するモノたちを、「化物」「夭怪」「妖怪」などといった多様な表記をしつつも、いずれも「ばけもの」と読ませていることである。このことは、江戸時代の人々のあいだでは「化物」という呼び方が一般的であったということを物語っている。それが現代では「妖怪」に置き換えられているわけである。このようなことになった背景には、近代になって、こうした存在をまじめに学問として議論しようとした井上円了《いのうええんりょう》や江馬務《えまつとむ》、柳田國男《やなぎたくにお》、藤沢衛彦《ふじさわもりひこ》などの初期の「化物」研究者が、民俗語彙《ごい》としての「化物」に対して学術用語として「妖怪」を当てようとした歴史があるということを指摘できるだろう。

たとえば、井上円了は人々が信じているあらゆる「不思議現象」のうちの「迷信」を「妖怪」とみなし、根拠のある「不思議」を「真怪」と名づけて区別し、前者の「妖怪」の撲滅《ぼくめつ》をはかろうと試みた。これに対して、柳田國男はむしろ民衆のなかの「化物」たちの盛衰史や「妖怪」と「幽霊」の区別を行おうとした。こうした試みは学問的な試みであったが、学者の書物が学者のあいだにのみ流通するといった性格のものではないために、しだいに多くの人々にも浸透して、民俗語彙《ごい》としての「化物」を「妖怪」と言い直していったのである。今日でもなお、「妖怪」という語が、堅苦しい感じで、しかもその意味が把握しにくいのは、そのためなのである。

学術用語としての「妖怪」概念の浸透が、一般の人々の「化物」観を混乱させてしまったことは否定できない。「妖怪」と「幽霊」と「化物」とは同じものなのか、それともどこか異なった点があるのか、ということをしばしば大まじめに尋ねられるからである。

もっとも、学術用語としての「妖怪」と民俗語彙として流通していた「化物」や「幽霊」といった語の錯綜《さくそう》した現状を解きほぐして説明するのは、容易なことではない。実際、私にもうまく説明できないのである。しかし、草双紙の化物たちの生態が明らかになることで、その整理も少しは進展しそうである。

まず、はっきりしていることは、江戸時代の民俗語彙としての「化物」の近・現代的の通俗的な呼称は、やはり「化物」であり、またその幼児語的呼称は「おばけ」（お化け）である。では、「化物」（お化け）とはどのような存在をいうのだろうか。少なくとも、そのような語がつくり出された最初の意味は、文字どおり、化けることができる能力をもった存在ということであった。つまり、狐が人間に化けるとか、狸が茶釜に化けるといったように、本来の姿とは別の姿になれる存在が「化物」であった。したがって、人間であっても鬼や天狗に化けることができる能力をもっていれば、その人は「化物」といえるわけである。このような整理の仕方をすれば、鬼のように、人間の姿になって出現することができる存在も「化物」といえるはずである。

ところが、やがて、この「化物」の用法の延長上に、変幻自在《へんげんじざい》に化けることができるというのではなく、不《ふ》可逆《かぎやく》的な一回だけの変身、あるいは変化する相手が決まっているもの、つまり道成寺《どうじょうじ》の蛇＝鬼になった清姫や天狗になった後醍醐《ごだいご》天皇といった存在にも、「化物」の語を用いることができるようになったようである。

さらに、注目したいのは、アダム・カバット氏によれば、江戸時代には、化物系黄表紙の一つである伊庭《いば》可笑《かしょう》『化物仲間《ばけものなかま》別《われ》』には、「何でもお望みのものに化けることができる」化物と、「たんに異形の姿をしているだけの化けることができない」化物との対立が描かれているという。このことからもわかるのだが、初期の化けられる「化物」たちのなかに、たくさんの化けられない異形《いぎょう》のモノたちが入り込んできていたらしい。『化物仲間別』では、前者は狸《たぬき》や狐《きつね》、猫股《ねこまた》、獺《かわうそ》、河童《かっぱ》、五位鷺《ごいさぎ》、後者は見越入道《みこしにゅうどう》、三つ目入道、ろくろ首、雪女、ももんじいなどが挙げられている。つまり、別の言い方をすれば、後者を含み込むことで、ある時期から当初の「化物」概念からもっと広い「化物」概念に変化していったのである。

では、こうした拡張した「化物」には、どのような種類（柳田國男の『妖怪談義《ようかいだんぎ》』では、これを妖怪種目と呼んでいる）があったのだろうか。これをもっとも単純なかたちで物語っているのが、たとえば、今回翻刻された『夭怪《ばけもの》着到牒《ちゃくとうちょう》』である。この物語は、ようするに「化物尽《づ》くし」であって、夜が更《ふ》けて、次々に化物どもが登場し、最後にそれを狂言に登場する豪傑《ごうけつ》朝比奈《あさいな》三郎《さぶろう》が退散させるというだけの、話にもならない話なのだが、江戸時代後期の妖怪種目の呼称と姿かたちがどのようなものであり、その頭目とされたものがどのような化物であったかを類推させてくれる貴重な資料となっている。

いま、化物の頭目である見越入道とその手下の名前を列挙してみよう。大頭小僧《おおあたまこぞう》（入道の孫）、河太郎《かわたろう》、尼入道《あまにゅうどう》、三毛猫《みけねこ》の二股《ふたまた》（猫股《ねこまた》）、逆女《さかおんな》、海《うみ》坊主《ぼうず》、狐《きつね》、馬殿、姫路の刑部《おさかべ》、三面乳母《みつめんうば》、女の人魂、悪息《あくいき》、蛸《たこ》の入道、狒《ひ》狒《ひ》、狸《たぬき》、車巡《くるまめぐ》り、なめくじ、蝙蝠《こうもり》、風尼《かぜあま》、骸骨《がいこつ》、赤鬼。

これらの化物は、明らかに拡大解釈された「化物」であり、異形の者たちを発見したり新たに創り出したりすることによって、その種目を限りなく増やすことが可能な仕組みになっている。もっとはっきりいえば、鳥山石燕の場合には「百鬼」と称したものが、ここでは「化物」となっているものの、その中身の構成の仕方は、ほとんど同じなのである。『画図百鬼夜行』の「百鬼」（化物）を空間的な配列から時系列的配列にし直すために安直な物語化をはかったものが、十返舎一九《じっぺんしゃいっく》の『妖怪一年草《ばけものひとつとせぐさ》』や、『天怪着到牒』であるのだといえよう。

もう一つ指摘しておこう。近代になって柳田國男やその影響を受けた研究者たちは、「妖怪」（化物）と「幽霊」を区別しようとした。だが、この時代の作品には、明らかに「幽霊」は「化物」の仲間になっていることが物語られている。たとえば、本書所収の一九『化皮太鼓伝《ばけのかわたいこでん》』には、化物種目の一人として、白だわしの妻になる道に迷った幽霊が登場し、伊庭可笑『化物世櫃鉢木《よつぎのはちのき》』では、産女《うぶめ》系のろくろ首の幽霊が描かれている。

ということは、柳田國男たちは、「幽霊」が江戸時代は「化物」の一種であったのにもかかわらず、この時代の「幽霊」の人気の高さから生じる伝承の多さに惑わされて、それを「化物」から分離・独立させたとも解釈できる。いま仮に、江戸時代の人々に「産女は化物か、幽霊か」と尋ねたら、「産女は幽霊系の化物だ」と答えるであろう。そのような質問は「私の妻は、女か、人間か」と質問するようなものなのであった。

しかし、これらの作品群の浮上によって、先学の分類ばかりでなく、私自身の分類も訂正を余儀なくされていることを白状しなければならない。

というのは、『妖怪学新考』（小学館刊）において、学術的な意味での「妖怪」を「不思議なもの」の総称と考え、音だけの妖怪、触る妖怪、姿をもった妖怪といった下位区分をし、さらにこれと交錯するような別の区分として、「化ける」という属性に着目して、「化けられない妖怪」としての「幽霊」と「化けられる妖怪」としての「化物」に区別した。しかし、どうやら私の分類もまた幽霊の隆盛に惑わされていたらしいのだ。すなわち、江戸の民俗語彙にそくせば「化けられない化物」の種目に「幽霊系化物」がいるとするのが、もっとも妥当であったようである。産女や雪女などは、その仲間たちであった。

三

こうした「化物系草双紙」（江戸化物絵本）を覗いてみて、興味深く思ったもう一つの点は、化物の「属性」や化物世界の「習俗」を人間および人間世界の裏返し・転倒として描き出そうとしていることである。妖怪はものごとの性格・属性を逆転させて造形される。化物が夜に活動するのは昔からの決まりであるが、さらに細部にまで、そうした逆転を徹底させるのである。

たとえば、『妖怪一年草』では、人間世界では、正月に松竹を門ごとに立てるが、化物世界では「柳」を立てる。凧《たこ》上げに対して、ろくろ首を伸ばして「首上げ」をし、花見の季節には穴に入って「穴見《あなみ》」をする。雛《ひな》祭りの人形には、様々な道具が内裏《だいり》雛に化ける。化物の親玉見越入道の子供は逆子《さかご》の状態で生まれる。五月の節句には人間世界では邪気を払う菖蒲《あやめ》を軒に吊《つる》すが、化物世界では邪気を増すような草ぐさを汚らしく飾る。人間世界では盆には先祖が戻ってくるとされているが、本当かどうかは姿が見えないのでわからないが、化物世界では先祖の幽霊たちがたくさん集まってきてどんちゃん騒ぎをする。八月には月見ではなく、晦日《みそか》の晩に「闇《やみ》見《み》」をする。等々と語られるわけである。

たしかに、化物世界を人間世界の逆転・転倒の世界として描き出すことによって、人間世界の「習慣」も同時に描き出されているので、私たちはこれらの作品を通じて人間世界の「習慣」についても知ることができる。その意味では民俗学的な資料ともいえるわけであるが、おそらくこうした作品が江戸時代の子供たちへの文化伝達の強力な装置ともなっていたのであろう。しかし、類型的で説明的な深みのない記述は、たちまちのうちにマンネリ化に陥ってしまうのも必定であったと思われる。

私がもっとも注目するのは、たくさんの化物が次々に姿かたちを与えられて、目の前に登場してくることにある。化物の親玉の見越入道をはじめとして、そのいずれも、たしかに異形の者たちで、その多くは人間より身体が大きかったり、身体の一部が変形したり、欠落ないし増加することで造形されているのだが、ほとんど恐怖を感じさせることなく、むしろ笑いを誘うものである。つまり、人間に飼い慣らされてしまっているのである。

これらの化物の特徴として目につくのは、化物たちがちょっとしたことがあると首を長くする、つまりろくろ首の状態になることである。これにはなにか理由があったのであろう。ひょっとすると、江戸市民の「覗き」願望などがそこに託されているのかもしれない。

それ以上に印象的なのは、妖怪たちの造形がぐにゃぐにゃした軟体動物のように描かれているように思えることである。皮膚的な感じ、曲線的な感じ、と言っていいかもしれない。そう、のっぺりとした蛙やなめくじのような身体、人間の身体でいえば、性器の形状や皺の多い皮膚の感覚である（じっさい、よくよく見ると、多くの戯作には、男性器と女性器を人間に見立てた作品が多いのだ）。そうした動物や身体の一部のぐにゃぐにゃ感を変形・強調し、それにぼさぼさの毛（そう、江戸の妖怪たちは毛深いのだ）をつければ、妖怪ができあがるのではないか。そんな印象を受けるのだ。これはきっと、ぐるぐると回りながら伸びる長いろくろ首への嗜好《しこう》とも関係しているのだろう。

それにしても、この『江戸化物草紙』によって、いったんは鳥山石燕の『画図百鬼夜行』の図鑑のなかに標本のように陳列されるようになってしまっていた「化物」たちが、草双紙の作者の力を借りて、図鑑から抜けだして結集し、物語のなかで再び伸び伸びと活動しようとしていたという実態が明らかになったことは、ともかくそれ自体で貴重である。

やがて、もっと紹介と研究が進み、空白だった日本の妖怪変化史の一側面を埋める資料ということだけでなく、これらの「化物」の世界は、江戸の怪異・娯楽空間のなかに、すなわち文芸・演劇・絵画・見世物、等々が織りなす世界のなかに組み込まれることで、江戸の精神の表象の重要な構成物として、多くの現代人の関心を集めることになるのではなかろうか。本書を覗かれた読者にはもうおわかりだと思うが、本書所収の作品だけでも、それを十分に予感させているはずである。

文庫版あとがき

私は〝化物が面白い〟というきわめて単純な気持ちで江戸の化物世界に入り込んだ。

十五歳の時、たまたま『源氏物語』を英訳で読んだのがきっかけで、一気に日本文学のとりこになり、あれからもう四十五年がたった。最初のころ、日本文学に関してほとんど好き嫌いがなかったのは今になって不思議に思うが、大学院の時からやっと泉鏡花の幻想小説に落ち着いた。特に私の関心を引いたのは、鏡花の描く化物像であった。

例えば、鏡花の河童を芥川龍之介の『河童』と比較すると、明確な相違があるが、何らかの共通性もある。これが、伝説などが裏付けとなった河童に関する固定概念というものだろう。これを研究しているうちに、文学（つまり創作）における化物の原点を調べたくなった。そして辿り着いたところは、江戸時代の草双紙である。資料を収集した結果、十返舎一九作の化物の草双紙が多いことが分かった。実際読んでみたら、くずし字の壁を越えて素直に楽しめることができたのである。これが、本書の出発点であった。

やはり一九のとぼけた笑いはよかった。『源氏物語』や鏡花の小説と比べると、確かに趣《おもむき》は違っている。しかし、意外にも鏡花は一九の愛読者だったという。この二つの世界はどこかでつながっているように思われる。

＊

本書は一九九九年の年明けに小学館から出版された『江戸化物草紙』の文庫版である。私にとって初めての本ということもあって、特別な思い出がいっぱい詰まっている。

この本がどのように生まれてきたのか。そのいきさつについて少し述べさせていただきたいと思う。恩師の延広真治先生のご紹介を経て、編集者の原八千代氏から論文の依頼が来た。十返舎一九の化物関係の黄表紙について論文を書いてみて、編集者のご意見を電話で確認したところ、「私も以前から黄表紙の化物に関心を持っております。是非一度お会いしたい」と言われた。初対面の二人だったが、化物話に花が咲いて、その流れで「本をやりましょう!」ということになった。二日後には原さんがその企画書を完成した。

およそ一ヶ月後、原さんから私の話を聞いた小学館の部長・上野明雄氏が、「ぜひ出版したい」と言い出した。上野さんの動きは原さんに負けないほど早かった。なんと一週間経たないうちに企画書が正式に通った。この話を原さんから聞いたとき、半信半疑だったが、「本当の話ですよ。狐に化かされていませんよ」と言われた。後日、私たちが上野さんと編集担当の堀井寧氏に挨拶に行った際、「我々は狐ではないよ。ご安心」と笑い飛ばされたのである。

その後、凄まじいスピードで物事が進んだ。今度は上野さんのご紹介で、小松和彦先生の妖怪・怪異プロジェクトに参加することができて、研究の視野がいっそう広まっていった。同時に原稿の締め切りが迫っており、急に慌ただしくなった。寝不足でゾンビのように動き回った記憶もあれば、生き生きした記憶もある。とにかく、必死だった。そして、一九九八年十二月二十四日に、見本がついに私の手に渡された。そのまま、数冊の重い本を抱えながら、友人のクリスマス・パーティーに出かけた。江戸時代の化物からクリスマス・プレゼントをもらうのは妙な気持ちだったが……。

今振り返って考えると、この本が企画のアイデアから形になるまで九ヶ月しかかからなかったのは不思議でならない。当然、多くの方々にご助力いただいたからこそ、この本が世に出た。ここでは、皆様のお名前を述べることができないけれど、私の研究の出発点（資料収集と翻刻の作業）に深く関わった高橋則子先生、板坂則子先生、故ダラム ヴァレリー先生に心からお礼を申し上げたい。そして何よりも、業績がまだ少ない無名の私を信じてくださり、多大な力を尽くしてくださった原八千代氏と上野明雄氏にも感謝の気持ちでいっぱいである。

＊

さて、この文庫化に関して、文章の訂正と追加が若干ある。小学館の本では、レイアウト上の問題があり、多くの注釈を付けられなかったが、今回は各作品のテキスト（くずし字の翻刻）が後ろにまとめられているので、注釈の数をかなり増やすことができた。各絵の下にある解説だけを読めば、ストーリーを十分把握できるように工夫したが、折角だから、ぜひ後ろの文章も読んでいただきたい。草双紙特有のリズムがあって、読めば読むほど物語に吸い込まれていくのである。

草双紙の化物は、暗闇でウロウロするような陰険な妖怪ではなく、人間好きで、結構目立ちたがり屋だ。だから、自分たちの話を積極的にアピールする。本書所収の『妖怪一年草《ばけものひとせぐさ》』の最後では、親玉の見越入道をはじめ、大勢の化物たちが作者の十返舎一九の家に押し込み、新しいネタを紹介する。「私たちは想像の産物だとはいえ、いかにも楽しい存在だよ」といわんばかりである。そう考えると、江戸時代の化物がもう一度注目されたくて、二百年後に我々人間にこの不思議な本を差し出したのかもしれない。そして、文庫版を通して新たな読者と出会うのも、自惚れ屋の化物たちにとって、何よりの喜びになるだろう。

草双紙の化物の面白さは、要するに、草双紙という文学形式そのものの面白さである。これを教えてくださった延広先生の長年のご指導は、私の一番の宝物で、研究の面のみならず、心の支えにもなっている。本当にありがとうございます。

最後に、江戸の化物たちを復活させた、文庫編集担当の安田沙絵氏にも厚くお礼を申し上げたい。

二〇一五年七月

アダム・カバット

本書は一九九九年に小学館から刊行された
単行本に加筆・修正し文庫化したものです。

江《え》戸《ど》化《ばけ》物《もの》草《ぞう》紙《し》

アダム・カバット＝編

平成27年 8月25日 初版発行
令和6年 12月5日 5版発行

発行者●山下直久

発行●株式会社KADOKAWA
〒102-8177 東京都千代田区富士見2-13-3
電話 0570-002-301（ナビダイヤル）

角川文庫 19328

印刷所●株式会社KADOKAWA
製本所●株式会社KADOKAWA

表紙画●和田三造

ISBN978-4-04-409489-8 C0139

角川文庫発刊に際して

角川源義

　第二次世界大戦の敗北は、軍事力の敗北であった以上に、私たちの若い文化力の敗退であった。私たちの文化が戦争に対して如何に無力であり、単なるあだ花に過ぎなかったかを、私たちは身を以て体験し痛感した。西洋近代文化の摂取にとって、明治以後八十年の歳月は決して短かすぎたとは言えない。にもかかわらず、近代文化の伝統を確立し、自由な批判と柔軟な良識に富む文化層として自らを形成することに私たちは失敗して来た。そしてこれは、各層への文化の普及滲透を任務とする出版人の責任でもあった。
　一九四五年以来、私たちは再び振出しに戻り、第一歩から踏み出すことを余儀なくされた。これは大きな不幸ではあるが、反面、これまでの混沌・未熟・歪曲の中にあった我が国の文化に秩序と確たる基礎を齎らすためには絶好の機会でもある。角川書店は、このような祖国の文化的危機にあたり、微力をも顧みず再建の礎石たるべき抱負と決意とをもって出発したが、ここに創立以来の念願を果すべく角川文庫を発刊する。これまで刊行されたあらゆる全集叢書文庫類の長所と短所とを検討し、古今東西の不朽の典籍を、良心的編集のもとに、廉価に、そして書架にふさわしい美本として、多くのひとびとに提供しようとする。しかし私たちは徒らに百科全書的な知識のジレッタントを作ることを目的とせず、あくまで祖国の文化に秩序と再建への道を示し、この文庫を角川書店の栄ある事業として、今後永久に継続発展せしめ、学芸と教養との殿堂として大成せんことを期したい。多くの読書子の愛情ある忠言と支持とによって、この希望と抱負とを完遂せしめられんことを願う。

一九四九年五月三日